文艺与传媒丛书
（第二辑）

回到文学现场
——关于当代文学的研究

杨光祖 著

中国社会科学出版社

图书在版编目(CIP)数据

回到文学现场：关于当代文学的研究／杨光祖著．—北京：中国社会科学出版社，2016.2
　ISBN 978 – 7 – 5161 – 7598 – 9

Ⅰ.①回… Ⅱ.①杨… Ⅲ.①中国文学—当代文学—文学研究 Ⅳ.①I206.7

中国版本图书馆 CIP 数据核字（2016）第 025320 号

出 版 人	赵剑英
责任编辑	罗　莉
责任校对	李　林
责任印制	戴　宽

出　　版	中国社会科学出版社
社　　址	北京鼓楼西大街甲 158 号
邮　　编	100720
网　　址	http：//www.csspw.cn
发 行 部	010 – 84083685
门 市 部	010 – 84029450
经　　销	新华书店及其他书店

印刷装订	三河市君旺印务有限公司
版　　次	2016 年 2 月第 1 版
印　　次	2016 年 2 月第 1 次印刷

开　　本	710×1000　1/16
印　　张	14.5
插　　页	2
字　　数	256 千字
定　　价	56.00 元

凡购买中国社会科学出版社图书，如有质量问题请与本社营销中心联系调换
电话：010 – 84083683
版权所有　侵权必究

目　　录

第一章　形式是自由的象征
　一　形式与文学的神语 …………………………………………（3）
　二　文学的技术与灵魂 …………………………………………（14）
　三　网络文学:灵光消失与复制技术 …………………………（22）

第二章　当代小说解读
　一　《小团圆》与张爱玲的创伤记忆 …………………………（31）
　二　张爱玲:恐惧阴影里的天才 ………………………………（38）
　三　《兄弟》的恶俗与学院批评的症候 ………………………（49）
　四　莫言:这样的小说让我们恐惧 ……………………………（60）
　五　余秋雨:一切神圣的东西都被亵渎了 ……………………（67）

第三章　微观西部文学
　一　田小娥论 ……………………………………………………（77）
　二　庄之蝶论 ……………………………………………………（87）
　三　杨显惠论 ……………………………………………………（97）
　四　《带灯》:修辞并不只是一个简单的技巧问题 ……………（106）
　五　张贤亮:罪感的缺失与苦难的倾诉 ………………………（117）
　六　《平凡的世界》中的创作误区与文化心态 ………………（128）
　七　《绝秦书》论 …………………………………………………（138）

第四章　文学评论与真理呈现
　一　雷达:富于穿透力的声音 …………………………………（153）
　二　李建军:时代需要这样的批评家 …………………………（167）
　三　王鹏程:文学批评是真理的呈现 …………………………（176）

四　何英:女性视点下的当代文学 …………………………………（187）

第五章　文学现象分析
　　一　电影/文学的分与合
　　　　——从电影《白鹿原》《萧红》谈起 ………………………（197）
　　二　底层叙事如何超越 ……………………………………………（203）
　　三　乡土文学如何现代 ……………………………………………（208）
　　四　文学创作与作家气象 …………………………………………（211）
　　五　文学批评与底线伦理 …………………………………………（215）
　　六　作家主体与文学的生长 ………………………………………（219）
　　七　长篇小说热与作家的文体意识 ………………………………（223）

后记 ……………………………………………………………………（226）

第一章

形式是自由的象征

一　形式与文学的神语

古罗马历史学家塔西佗在《日耳曼尼亚志》说："在那儿可以听到太阳上升的声音，并且可以看到太阳神所驾诸马的形状及其头上的光轮。"[①]读到这里，我有一种莫名的感动，古人的天地人神四维时空中，时间、过程、声音是一种同构关系，"倾听"是先民存在的一种重要形式。而曾几何时，我们已不再"倾听"，却开始"倾诉""控诉"，甚至"征服了"。于是，天地远人而去，神也逃遁无踪，人似乎成为了主宰。但其实人早已异化为非人了。看看我们当下的文学，那种轻薄、轻狂、无知、低级趣味，真是到了让人无法呼吸的地步。文学，在他们的手里早就成了死尸，虽然挂满了"勋章"，也是死尸而已。

树在生长，草在生长，孩子在生长，生命都在生长，却只有当下的中国文学不再生长。它们成为了"作家艺人"而已，与弹棉花的没有什么区别。于是，作家成了匠人，作品成为了死物。天地人神，人居其一，优秀的作家只是"倾听者"而已，是一个通天人之际的管道而已。为什么近代西方能出现那么多优秀的作家作品，而我们的当代文学只配做社会学研究的材料？比如奥威尔的《一九八四》《动物农庄》，是很让我们的作家羞愧的。人家20世纪40年代就能创作出如此深刻精辟富有想象力的小说，而经过了这样时代的中国作家写出了什么？我想西方文化里哲学教育的积淀是一个重要的因素，他们富有想象力，艺术感觉极其敏感，看到生活一点点，就能想起许许多。一个人立在大地，其实是有一个看不见的或被大家忽视的时间空间在，否则他就站不到那里。可我们的作家只看见了"人"，而根本看不到或想不到时空。我们的作家能看见有限的在场，根

[①] ［古罗马］塔西佗：《阿古利可拉传　日耳曼尼亚志》，马雍、傅正元译，商务印书馆1959年版，第71页。

本无视广袤的不在场。没有形而上学能力，没有完整的天地人神思维，只把个人膨胀得如宇宙一样大，怎么能写出好作品？

美国学者洛德在《故事的歌手》里指出，在一个人学会聆听的时候，一种节奏和韵律模式就不可救药地笼罩了他的一生，"年轻人在开始学艺的阶段学来的节奏、旋律将会伴随他的一生"。[①] 所以我们阅读《秦腔》，虽名"秦腔"，小说里面也"贴"了好多秦腔曲子，但整部作品却与秦腔关系不大，不仅仅是说内容，更主要是指小说的形式，从结构、语言、节奏、韵律看。因为童年的贾平凹就没有听过多少秦腔，陕南，尤其商洛地区，并不时兴秦腔，或者说秦腔不如关中正宗而深入。就贾平凹本人而言，文化心理细腻绵密柔弱，恐怕很难从骨子里喜欢秦腔。而《白鹿原》没有挂"秦腔"的招牌，可整部小说却笼罩在秦腔之中，密不透风，甚至可以说它就是一部秦腔，演绎了白鹿原上五十多年的悲欢离合，恩怨情仇。当我2007年冬天站在白鹿原上，高亢的秦腔立即骤然而至，一下子把我震慑了。《白鹿原》的成功，得益于陈忠实的关中童年体验。可惜的是，由于陈忠实后来的所谓"文化"教育，强加了他许多东西，而缺失的"某些"教育，却让他丧失了许多东西。比如，他的语言，就显得生硬芜杂，与白鹿原并不合拍；又如人物塑造如朱夫子，就不像从这片土地中生长出来的人物。2008年的冬天，当我立于寒风中的庆阳镇原县潜夫山上，俯瞰县城，我就分明感到了王符的存在，他就属于这里，属于董志塬，而不是别处。可惜，甘肃庆阳作家有愧于方圆一百公里的董志塬，他们过于"现代"，过于"传统"的表达方式却与这片土地隔得太远了。他们早就忘掉了或抛弃了幼时的节奏旋律，邯郸学步，最后忘记了起初的走法。

沈亚丹在《寂静的声音》里说："诗歌的发生更大程度不是依赖于具体的词语，而是根植于一种节奏。自我的情感最初被体验，所能自觉到的也不是词语，而是一种强烈的但又难以言说的节奏，那是一种几乎伴随成长经验和语言经历与生俱来的音乐模式。"[②] 其实，何止诗歌，文学概莫能外。我们读《静静的顿河》，肖洛霍夫把一条顿河与两岸草原写活了，多少年过去了，虽没有再读，但却愈来愈清晰，甚至都能听到顿河的声

---

① [美国] 洛德：《故事的歌手》，转引自沈亚丹《寂静之声——汉语诗歌的音乐形式及其历史变迁》，上海人民出版社2007年版，第157页。

② 沈亚丹：《寂静之声——汉语诗歌的音乐形式及其历史变迁》，上海人民出版社2007年版，第155页。

音，嗅到草原的清香，搅得你根本无法安静。而格里高利、阿克西妮亚等人物也时常撞到你心中，揪得你的心难受。我们早忘了它的细节、语言、人物对话，但那种节奏、韵律却一直响在你耳旁。巴别尔的《骑兵军》却是另一种形式，一种非常短促却尖锐的节奏，——那是骑兵的节奏。而我们的作家却只记住了西方大师的某个开头如何如何，某个细节怎么漂亮，学习模仿唯恐不及，而根本不顾及自己笔下的人物、环境。我近年经常出去讲课，接触的也都是非文学界的人，饭桌上谈起文学，一片不屑，我起初总是辩解因为人的娱乐方式多元了，文学也就边缘了。他们根本不接受：我们也喜欢文学，可看了许多，发现只有低级趣味，只有无聊，只有空洞。作为一个当代文学研究者，我无法否认这一点。

中国作家（艺术家）太聪明了，不仅是王彬彬说的投机的聪明，明哲保身的聪明，更指"学识"的聪明。在他们那里，"形式"很次要，关键是内容，关键是卖点。有很多作家就当面给我说，作家会编故事就行了，读那么多书有什么用，写那么高深有什么用。其实，他们根本不懂"形式"的奥秘，沈亚丹研究指出，形式无论是在古希腊，还是在德国古典主义乃至于西方现代哲学文学中，都是一个至高无上的概念。在基督教中是一个与神毗邻的概念。形式先于那些具体的文学，它的存在是抽象的，也是幽暗不明的，它的出现需要特定的感观体验触发，世界由此被体验和感知。海德格尔说，不是人说语言，而是语言说人。学者肖驰说："律诗的形式体现着中古以来中国文人一种对宇宙人生的至深、潜意识中的信念。"① 但中国的当代作家疏远或遗忘这种传统，真是太久远了。

亚里士多德早就说过，事物的本质不是物质性的质料，而是它们具有的各自不同的差异性。他说，这些不同的形式才是决定这个事物之所以成为这个事物的东西，才是事物的本质。② 赵宪章也认为，"形式"是西方美学的元概念，"道"是中国美学的元概念。沈亚丹进一步认为，对于艺术作品而言，形式具有本体论意义，不同艺术形式产生不同艺术门类。③

---

① 肖驰：《论中国古典诗歌律化过程的概念背景》，转引自《中国文哲研究集刊》第9期，第136页。

② ［古希腊］亚里斯多德：《形而上学》，转引自沈亚丹《寂静之声——汉语诗歌的音乐形式及其历史变迁》，上海人民出版社2007年版，第5页。

③ 沈亚丹：《寂静之声——汉语诗歌的音乐形式及其历史变迁》，上海人民出版社2007年版，第6页。

艺术作品是人类感知世界的方式之一，和人类其他感知方式一样，是形式的产物，更准确地说，是艺术形式的产物，是艺术形式而不是内容，对于艺术作品的性质以及形态具有决定性作用。因为内容只能通过形式得以呈现。此段话说得真是精彩极了，看中国当代作家对话，或他们的文章，虽然他们经常在说西方的什么福克纳、马尔克斯、卡夫卡，却似乎根本没有懂得这一点。倒是俄苏的流亡诗人布罗茨基访谈录，却一再提到这个问题，观点与沈亚丹的没有什么两样。我也想，如果李白只用律诗形式，杜甫却用古风，那会是什么样子呢？可能只是两个二流诗人而已。李白的生命律动只能用古风才能元气淋漓，而杜甫的沉郁顿挫也只有用律诗才能成就"诗圣"的英名。

　　2008年11月12日车过董志塬，满眼苍黄，一望无际，司机忽然打开秦腔CD，时高亢，时低回，或壮怀激烈，或柔情似水，正与这山川契合。这真是一种生命的歌哭。那一刻，我内心里一阵感动，泪水都涌上来了。而在甘肃甘南，车行草原，雪山，白云，绿草，只有藏歌最适合那片土地。试想在杭州西湖吼秦腔，会是什么感觉？身处田田荷叶里，只有越剧、昆曲，从生命深处流出，欲唱秦腔口难开，因为根本没有那种生命的冲动。文学形式渗透于文学的各个层面，首先是语音的音乐性组合，体现为文学中的声韵；其次，是通过语义揭示的神韵流动的生命空间；最终归于寂静，进入老子"大音希声"的境界。文学形式最本质的意义，就是对生命本体的观照。我的朋友，哲学家刘春生说，形式就是"世界"的结构、生命的韵律，而形式感即结构"世界"的能力。形式感对作家非常关键，因为它是一种生命感，一种生理的体验。联想到音乐，此言十分精辟。从某种意义上来说，文学艺术是残酷的。文学艺术总是要求其承担者付出生存的代价。当你找到那种形式，那种血肉相连的形式，如果还想表达出来，那是拿生命在透支啊。为什么大多数艺术家都短命，因为他们是用生命灌溉艺术。而能做到用艺术滋养生命的又有几人呢？一个文学艺术家，在找到属于自己的形式的时候，生命又算得了什么呢？在生存与艺术之间，他们都毫不犹豫地选择了艺术。因为那种神秘的声音在前面召唤着他们，那么执着，那么不屈。

　　真正的大家，作品中都贯注着音乐的律动，鲁迅文章的音乐性，已有学者做过专门研究，他的小说、散文、散文诗、杂文，各各不同，众体皆备，即便小说之内，也以形式的奇特独异多样而称誉世界。在他那里，没有流水线产品，没有自我重复。鲁迅为什么"不悔少作"，因为它们都是他生命的律动，生长的年轮，是心灵真实的流露。看四大名著，为何成为名著，研究它们的"形式"，答案也在里面了。看这届茅盾文学奖获奖作品，麦家的《暗算》其实就是技术产品而已，技术尚且过得去，或算得上熟练工人，但"生命"却是没有多少的，完全是闭门造车的结果而已。当然，麦家的作品在中国当代文学里，还算不错的了，改编电视剧更合适。

李云雷在《文学与我们的生命体验》里说："在我看来，《野草》并不是诗歌，也不是散文，也不是散文诗，它是那么独特的一种文体，但是这种文体的产生，正是鲁迅先生表达内心感受的过程中一种挣扎的凝固或定型化。他独特的思考与感受并不能以某种既定的或现存的文体来表达，若按照既定文体的固定规范，他那丰富而独特的生命体验便难以完整地表述出来，而既然要充分地表达，他就不能不寻求一种新的方式，于是他只能突围，只能挣扎，这就是我们所看到的《野草》。虽然我们不能以某种文体概括《野草》中的篇章，但是我们却能从中感受到鲁迅先生深邃、矛盾而痛苦的灵魂。同样，在这些篇章中，鲁迅先生所写的虽然只是'个人'的思想与感悟，但是透过他的描述，我们可以看到那个时代的面影，甚至也可以看到人类共通的精神体验，它并不因为写'个人'而渺小，却因为深邃、独特而丰富，反而能在更深层次上抵达一个开阔的世界。"[①] 其实，鲁迅先生的杂文也可作如是观。鲁迅晚年独创出一种文体：杂文，来承载自己特有的思想和情感。从此以后，杂文与鲁迅就几乎合一了。虽然鲁迅之后有很多人写杂文，但有几个人真能写好一篇杂文呢？鲁迅晚年的"杂文"，周作人晚年的"文抄公体"，我个人觉得都非常了不起，是他们对中国文学的一种贡献。而且他们之后，也无人能熟练或成功使用这种文体。一想起这种文体，我们首先想到的就是鲁迅、周作人，就如一想到"随笔"（试笔），我们首先想到的就是蒙田。尼采离开他的老师后，很长时间无语，无法执笔，他说，他瘫痪了。后来他找到了格言的形式。他说，它会成为一种潮流。

优秀的作家，在一种难以克制的创作冲动中，他必须找到一个"形式"，就像大河必须找到一个承载它的河道，如果没有，它就会自己找出一

---

① 李云雷：《文学与我们的生命体验》，《文艺报》2010年7月28日。

个。世界上的河流，他们都有着不同的河道，不同的地域，不同的形态，不同的深度、宽度，不同的温度，等等。但不管是怎样的河道，它就是那条河的形式。在这里，河，与河道，其实是一体的，水乳交融，是一种生命的呈现。文学，也是如此，它就如一条河，需要自己的河道。不同的作家，不同的作品，就需要不同的河道，这些不同的河流，人类一看见，就知道它们是河，不会误认为是山。一个作家，有自己独特的生命，独特的生命体悟，因此，也就需要自己独特的文体形式。而且表达不同的生命体验，也就需要不同的形式。鲁迅的小说、散文、杂文、诗歌、演讲，都那么与众不同，就因为他的生命体验的独特，他的思想的深刻，还有他为此找到的非常妥帖的形式。于是，鲁迅就成为了文学史上的一座高峰。

而且，形式里也有一个雅与野的问题。秦腔，高亢激越，适合西北黄土高原，适合表达这里人的苦难生活。但由于文学家或优秀艺术家的很少介入，它的歌词就显得平白直朴，音乐表现也比较单调。更接近于民间音乐，听多了会感到闹，尤其在现在的城市，更是如此。江苏的昆曲，由于有汤显祖《牡丹亭》、洪升的《长生殿》、孔尚任的《长恨歌》，在文辞上一下跃升到了一个很高的层次。不过，昆曲的高雅，也是它现在很难被大众所接受的原因。但真正的艺术总是"高山流水"，一旦大众化，其艺术性就值得怀疑。这里就涉及到一个形式问题，艺术必须讲究形式。作为诗词，作为戏剧，它的台词，很重要。江南出诗词大家，出唐宋词研究大家，因为他们懂音韵，懂平仄。不懂音韵者单谈唐诗宋词的思想内容，虽然不失为一个办法，但总是感觉缺了那么一块。从艺术性来说，还未登堂入室。我们古人的古筝、古琴，给人的艺术享受，那是大众文艺无法代替的。

多年来的政治标准第一，使得我们遗忘了什么是艺术，也疏远了艺术。诗歌成为了口号，小说成为了表达政治倾诉的一个工具，散文成为了小情感的最好载体。一个民族需要大众文艺，这没有错。但一个民族光有大众文艺，是可耻的。我们必须要有具有世界水平的文学艺术作品。那么，就不能不注意形式，不研究形式。

北宋词人周邦彦的词，一般人很难欣赏，尤其北方人。因为它太细腻，太工而丽，太形式了。我们能看懂苏轼、辛弃疾这样的词，因为他们更口号化，更适合国人的呐喊心理，更适合国人的诗传统。李清照说："逮至本朝，礼乐文武大备，又涵养百余年，始有柳屯田永者，变旧声作新声，出《乐章集》，大得声称于世；虽协音律，而词语尘下。……至晏元献、欧阳永叔、苏子瞻，学际天人，作为小歌词，直如酌蠡水于大海，然皆句读不葺之诗尔；又往往不协音律者，何邪？盖诗文分平仄，而歌词分五音，又分五声，又分六律，又分清浊轻重，且如近世所谓《声声慢》、《雨中花》、《喜迁莺》，既押平声韵、又押入声韵；《玉楼春》本押平声韵，又押上去声，又押入声。本押仄声韵，如押上声则协；如押入声，则不可歌矣。王介甫、曾子固，文章似西汉，若作一小歌词，则人必绝倒，不可读也。乃知词别是一家，知之者少。"① 这里李清照谈词这种文学题材的形式问题，我觉得很到位。陆游《老学庵笔记》云："易安讥弹前辈，既中其病。"

叶嘉莹说："我所说周邦彦使词发生了一个大的改变，并不是指内容方面的改变，而是指叙写方式上的改变。"她认为最早的小令，完全以感发取胜，在叙写方式上要一针见血。因为小令的空间很小，无法铺陈，必须扼要。后来柳永开始写长调，开始铺陈。她指出："周邦彦用思索安排的方法写词，他在写景写情时是用勾勒的手段，在叙事时则用小说式或戏剧式的方式。这是周邦彦的特色，也是词在发展历史上的一个很大的变化。"柳永、周邦彦能够以词写词，并发展了词的表现方式，因为他们都懂音乐。叶嘉莹说："我们以前讲别的词人，他们所作的只是配曲子的歌词，只是文字。可是周邦彦和柳永两个人都懂得音乐，所以他们所创造的不只是文字，而且还有曲调。"② 所以，阅读周邦彦的词，就与读苏轼词不一样。王国维《清真先生遗事》说："故先生之词，文字之外，须兼味其音律。"并认为："词中老杜，非先生不可。"

电影大师卓别林能成为世界电影大师，与他塑造的流浪汉形象关系最大。或者没有流浪汉形象，也就没有电影大师卓别林。而这一形象，是他在去化妆室的路上，"我忽然有了主意：我要穿一条鼓鼓囊囊的裤子和一双大鞋子，拿一根手杖，戴一顶圆顶礼帽。我要每一件东西看上去都显得不合适：裤子是松泡泡的，上衣是紧绷绷的，礼帽是小的，鞋子是大的。"③ 再贴一撮小胡子。这个形式真是天才的创造，他说："我扮演的人

---

① 李清照著，王延梯注：《漱玉集注》，山东文艺出版社1984年版，第117—118页。
② 叶嘉莹：《北宋名家词选讲》，北京大学出版社2007年版，第301—302页。
③ ［英］查理·卓别林：《一生想过浪漫生活——卓别林自传》，叶冬心译，国际文化出版公司2004年版，第151页。

物与众不同,是美国人不熟悉的,甚至连我也不熟悉。但是,一穿上了那身衣服,我就感觉到实有其人,感觉到他是一个活生生的人物。说真的,他会使我转到种种荒唐古怪的念头,而在我不曾打扮和化装成这样一个流浪汉之前,那一切都是我做梦也想不到的。"① 在这里,我们看到"形式"对一个艺术家的重要,它甚至是决定性的。很多艺术家从事一辈子艺术,最后一无所成,就是一直没有找见适合自己的形式。卓别林说,他一装扮好了之后,有了那身衣服和那副化装,"笑料和噱头纷至沓来,在我脑海中不断地涌现"。②

电影大师卓别林塑造的流浪汉形象深入人心,但他只是电影默片时代的产物。在默片时代,卓别林无疑是超人的,无人能及的。他将其哑剧的表演天才与默片时代的电影天衣无缝地完美结合,这才诞生了流浪汉的杰出形象。可是电影的发展过快,很快就进入了有声时代,卓别林虽然也挣扎着导演、主演了几部电影,如《大独裁者》《凡尔杜先生》等,《大独裁者》还保留了他流浪汉的一些形象,取得了有声电影的成功。《凡尔杜先生》《一个国王在纽约》虽然不错,但总体看与他早期电影无法相比了。他无疑感到吃力了。因为他独创的流浪汉,就形式来说,只适合默片。他说:"如果我真的去拍有声电影,无论拍得多好,我也没法超出我演哑剧的水平。我也曾考虑,如何让流浪汉开口说话:或是说一些单音节的短词,或是只嘟哝几句什么。但是,这都不行。只要是一开口,我就会变得和其他丑角一样了。"③

鲁迅一生一直想写一部长篇小说,可最终没有动笔。我想没有找到一个"形式",可能是一个很关键的因素。如果说短篇小说是一棵树,那长篇小说就是一座森林。中国人的思维、情感、性情更适合创作短篇小说,而不是长篇小说。我这里说的是现代意义上的长篇小说。中国传统的长篇小说很多其实还是短篇小说的结集,如《儒林外史》,这一点鲁迅在《中国小说史略》里说"虽云长篇,颇同短制",是颇中肯綮的。没有贯穿全书的中心人物和主要情节,只是分别以一个或几个人物为中心,其他一些人物作陪衬,形成一个个相对独立的故事,完全符合中国人散点透视的审

---

① [英]查理·卓别林:《一生想过浪漫生活——卓别林自传》,叶冬心译,国际文化出版公司2004年版,第154页。
② 同上书,第153页。
③ 同上书,第435页。

美习惯。至于《三国演义》《西游记》《水浒传》都是章回体，也就是属于中国文化特有的说书传统。这种传统，伸缩性特别大，可长可短。就结构来说，也远远没有达到自足的程度。《红楼梦》第一次打破了说书的程式，而且比较成功，可惜也只完成了80回，并没有完篇。"五四"文化运动之后，鲁迅第一次用全新的结构奠基了中国现代小说，而且无论思想、文才、形式，至今无人超越。但在长篇小说领域，他一直犹豫不前，最终一无所成，用杂文这种更适合自己的文学形式结束了自己的文学生命。他在世的时候，茅盾的长篇小说《子夜》等已经出版，就现有的资料看，鲁迅对《子夜》的评价并不高，虽然他没有公开说什么，但茅盾几次请求他写序或评论，他都没有写，只是让胡风去写。公平地说，现在看那个时候的长篇小说，就结构来说，问题很多。茅盾的《子夜》除了思想的浅薄，就形式来说，也没有什么可说的。

我甚至感觉到现在为止，中国人创作长篇小说似乎还处于能力不足的状况。我们的很多长篇小说就其内涵来说，与一个短篇小说没有多少差别。也就是说，我们看到的还是一棵树，而不是一座森林。这与中国人的思维习惯有关。看我们的音乐，一般都是很短的，很抒情的，像西方音乐中的那种交响乐，我们是没有的。而这种交响乐式的多声部、和声，或复调，是西方长篇小说的主调。像他们的长河小说、成长小说，历史小说，视野非常辽阔而厚实。欧美的很多长篇小说杰作，它们的结构就用的是西方交响乐的结构。在那种宗教音乐文化的影响下，他们的长篇小说结构，一般来说都是创新不断，而且比较成功。因为他们适合长河思维，而我们更适应短章思维。

当代中国文学的衰落，就是作家形式感的缺失。我们猛一看当代文学，作家似乎都在那里疯狂地进行形式的实验，五光十色的，但仔细一看，他们只是为形式而形式，并不是出于生命的需要，并不是出于作品的需要，更没有灵魂的突围和挣扎。我曾在一篇文章里批评当代作家丢失了自己的灵魂。在这个文化消费的疯狂时代，众多的作家把眼光盯在了作品的版税上，当然版税不是不可以考虑，只是考虑版税，与创作应该分开。如果创作的时候只想着我如何写才能迎合市场，才能畅销，那么这样的写作是可耻的。杰出的作家，一旦进入创作就是进入一种无我的状态，一种迷狂的境界。由于当代作家普遍的文化修养低下，无法在很高的层次思考人类共同的问题，他们灵魂的不在场，导致他们的技术至上，而不是形式。① 在这里，技术，与形式，必须严格区分开。只有技术，还不是艺术，只有"形式"才可以成就艺术。庄子说的"进乎技矣"就是这个道理。福楼拜说："风格本身就是观察事物的绝对方式。"②

真正的形式，是自由的象征。庄子说"逍遥游"，一个内心不虚净，没有"坐忘"的作家，是很难真正进入"形式"，并获得一种形式感。诺瓦利斯说，诗人即世界的创造者。一个真正的作家，是具有精神超越的人，他的眼睛并不在世俗的那个层面，他创作只是为充分表达自己的体验和感受，表达他对这个世界的看法。中国当代作品为什么越来越粗糙，越来越没有细节了？这就是因为他们与这个"世界"的感知方式出了问题。他们的写作是为"别人"或外在的一个目标，而不是出于自己内心的需要，不是为了安妥自己的灵魂。因此在写作中他们就没有耐心，也就是不"耐烦"，只是很快地从不同的写作对象上"滑"过，而丝毫不愿意停留。他们要的是情节，是悬念，是传奇，是票房，是感官刺激。真正的写作就如小孩的游戏，是一种全身心的投入，是细节的玩味、重复，是不断地停留、回味，是一种彻底的忘我。苏联作家布尔加科夫的一段话："一个作家不论处境何等困难，都应忠于自己的原则……如果把文学用于满足自己过上更舒适、更富有的生活的需要，那么这种文学是可鄙的。"这样的作家不管您如何"形式"，也只是"技术"而已，因为您的"形式"不"自由"，您的"形式"为您的实用目的服务。当然，在"技术"的驱动下，哪里还有"形式感"？因此，也就无法形成"结构"世界的能力。没有"结构"能力，文学作品的质量也就可想而知。

巴赫金在《陀思妥耶夫斯基诗学问题》中提出的复调、狂欢化诗学、超语言学等，给人们提供了一种独特的理论视角和思维模式。他借用这些概念来阐释陀思妥耶夫斯基的艺术特点。因为在他看来，生活的本质是对话，思想、艺术和语言的本质也是对话，复调是对话的最高形式。复调和狂欢理论张扬的是人与人之间的亲昵和平等，而官方真理是独白式的，体现的是人与人之间的等级、压制和隔绝，只能导致思想的停滞和僵化。只有对话才具思想活力和生机。③ 这是一种真正的艺术研究，一种深度对

---

① 参见杨光祖《文学的技术与灵魂》，《小说评论》2010年第4期。
② 福楼拜：《包法利夫人》，周克希译，上海译文出版社2007，译本序第5页。
③ 参看巴赫金《陀思妥耶夫斯基诗学问题》，刘虎译，中央编译出版社2010年版。

话。中国当下的文学批评，缺乏的就是这种研究。我曾经说，我们的文学艺术批评，什么时候能真正地讨论一些"文学艺术"的问题？我们缺乏巴赫金这样杰出的批评家。

俄罗斯圣彼得堡大学的伊苏波夫教授评价说："巴赫金的学说实际上是一种爱的学说，产生于没有爱的时代，这是一种渴望爱的学说。"我很欣赏这句话。我认为他才说到了点子上。我们的有些学者激赏余华的《兄弟》，认为其使用了狂欢化的叙述手法。还有一些学者面对国内一些三流作品，动不动就使用"复调"的概念。其实，就是不懂"形式"，把"形式"与"技术"混淆了。[①] 在这样一个疯狂的技术时代，作为真正的作家，我们应该重新思考形式问题，思考形式与文学艺术的神语。

中国当代文学没落，很重要的原因就是作家遗忘了形式，因为作家已没有形式感，他们都成为了匠人、技术员。他们的书写不是自己生命的歌哭，不是自己生命的律动，他们只是在生产流水线产品，千人一面，千文一面，文学早成了工具，成为了"器"，成为了死尸。

没有生命的植物不是植物，是柴草。

没有生命的文学不是文学，是技术产品。

---

① 杨光祖：《〈兄弟〉的恶俗与学院批评的症候》，《当代文坛》2008年第1期。

二　文学的技术与灵魂

中国现代文学诞生了一批优秀的作家作品，更诞生了伟大的文学家鲁迅，可当代文学60年了，我们却没有诞生伟大的作家作品。为什么呢？我认为一个很重要的原因，就是我们的作家没有灵魂了，我们的文学作品没有灵魂了。没有灵魂的东西，也就没有生命，只是一个"工具"而已。当代很多作家，没有信念，没有神圣，他们只认金钱，只认名利。如果我们在文学里把道德、理想、希望、文化使命感、社会责任感等都放逐了，那么留下的就是一个"文本"，大家最初还可以炫耀一下自己的技巧，到最后，写作就成为了一种纯粹的技术活！文学于是成为了"器"，作家是匠人，关心的只是如何把"文学"这个"器"收拾得更光鲜，更能吸引人，以争取更多的读者，换来更多的人民币而已。而从西方大师那儿学到手的娴熟的技巧，带给他们空前的自信，甚至狂妄。他们以一个熟练技术工人的心态，开始了蔑视文学大师的时代，蔑视的同时自己也虚幻地成为了文学大师。他们恰巧忘记了一点：在精神上，与那些真正的大师相比，他们不过是侏儒而已。而文学之所以为文学，就是因为它们有思想，有精神，有探索。

现代文学继承了近代文学的灾难、痛苦与紧张，在那亡国亡种的关键时刻，作家站出来了，用自己的心灵唱出了时代的最强音。阅读他们的作品，我们能感觉到灵魂的焦虑与撕扯，甚至能听到那种撼人的撕裂声。而当代文学却几乎没有了，我们听到的是集体的声音，组织的声音，市场的声音，甚至金钱的歌唱与焦虑。当今作家普遍失魂了，他们追逐的是肉体的欲望。他们以自己的"手艺"傲视苍天厚土，根本不知道司马迁、鲁迅等人的伟大之处。有些屑小大肆攻击鲁迅，还自认为他是有主张，有思想，轻侮别人是奴才，因为那些"别人"热爱鲁迅。

当代作家的精神堕落，我曾经认为原因是当代中国与西方的张力小了，近现代那种撕裂变弱了。可是一位从事海德格尔研究的学者却认为，不是撕裂弱了，而是我们的感觉麻木了。他是我尊敬的学者，他的观点引起了我的重视。我觉得他说的很对，在全球化的冲击下，人类、中国面临的焦虑、紧张日甚一日，可是我们的知识分子满足于市场狂欢下的身体呐喊，而放逐了自己的灵魂。

人类在走向自己的反面，在开始自己的毁灭。21世纪是人类面临最大挑战的时刻，现代性、全球化像利维坦，对人类产生了巨大的压迫。中国作为后发国家，其实感受应该是最强烈的，可是从作家的作品里，我们只看见了市场、名利、肉体、金钱，最多就是一点现象的描述，而很少深入地钻探、思考。文学界、思想界的崇拜胡适，肆意鞭笞鲁迅，就是一个明证。其实，就对人类未来的顾虑，对现代性的体验来说，胡适根本没有鲁迅的深度，而就现代性与中国，及中国文化未来之发展，鲁迅那里的思考更是人所罕及。绝大多数学人只看见了鲁迅的一面，或者说表面，而对鲁迅的另一面，他们并没看见，或者没有能力看见。看看徐梵澄的回忆，看他的精神世界，也有鲁迅的巨大影子。他对扬之水说，当初与鲁迅先生一起探讨学问，以后再没有这样的人了。言外之意，鲁迅是他唯一的知音。可这句话如今有几人能听懂？不管左派、右派，他们看见的都是他们眼里的鲁迅，而鲁迅真正的幽暗伟大，他们并没有完全了解。

邵建之流所谓的新自由主义打着"自由主义"的小旗帜到处张扬，似乎给谁贴上"自由主义"的标签，那就等于"伟大"，天真到如小孩子看电影一定要搞清楚谁是好人，谁是坏人一样。他们认定胡适是自由主义，所以伟大。而鲁迅似乎不好说是自由主义，而且经常批评自由主义的胡适，那就等于专制主义，甚至是"文化大革命"的潜在发起人之一。看着他们这种二元论的思维，我真感到一种荒唐与无奈。即便自由主义很单一，很简单，没有那么多的派别，没有那么多的差异，难道不是自由主义，就是专制吗？难道一"自由主义"就是"美好新未来"吗？邵建说胡适是阳光，鲁迅是闪电，"闪电以它的锐利，可以刺穿黑暗，让黑暗现出原形。和闪电相比，阳光不是在黑暗中穿刺，而是在黑暗的外面将黑暗照亮。"读到这里，我们不禁纳闷：难道胡适是上帝？再读下去，更加奇怪："面对黑暗，鲁迅的方式是诅咒。胡适不同，他不是诅咒，而是点燃一根蜡烛去照亮。这一根蜡烛，微弱而持久，最后引来了阳光，而它本身却熄灭于阳光之前。"① 这里,"阳光"怎么又成为了"蜡烛"? 最后还熄灭于阳光之前? 真是不知所云。就这点"识见"也敢谈论鲁迅? 我曾经说过,中国还没有人配研究鲁迅,虽然说得过了一点,但还是有一点道理的。因为鲁迅的伟大不是我们这些"现代人"所能理解的,他的缺点也不是那些新潮学者所能看出来的!

对尼采、克尔凯郭尔、舍斯托夫、毕加索等现代大师有深入研究与体悟的鲁迅先生,他在广博的文化背景下对中国文化、中国社会的思考,不仅深入而且痛苦之极。他听到了那个顽固而诱惑的声音,人性、人、人类将走向何方? 他很清楚,并不是像胡适说的,好人政府会给中国一条光明之路; 他也不相信,英美政治制度会给中国未来一个康庄大道。他看得更远,他在《过客》《死火》等文章里早就表述了自己的幽(忧)思。韦伯1904年写的《新教伦理与资本主义精神》就把整个"现代经济秩序的庞大宇宙"视为"一个铁笼","以不可抗拒的力量决定着一切降生于这种机制中的个人生活",它必然"决定着人的命运,直到烧光最后一吨化石形态的煤炭"。

当人在现代性的旗帜下,取代了上帝或神的地位,开始野心勃勃地人定胜天时,其实,已经走向了自己的反面。天地人神,四维空间,谁都不能缺。现代性流放了天、神,科学主义一路凯歌,人似乎真的成为了上帝,开始无所不为,无所不能。但是,现代性发展到如今,事实告诉我们: 一切都不可能。于是有了后现代主义的解构,有了他们的圭臬: 怎么都行! 到了这步田地,人类何其可怜。

迟子建《额尔古纳河右岸》用艺术的方式描述了这种可怕的现状。本来我对茅盾文学奖作品早就失去了兴趣,谁获它我都觉得可以,怎么都行嘛。但就有一天,我在书店无书可看,随手拿起了迟子建的《额尔古纳河右岸》,很随意地去扫了一眼后记,可竟然就挪不开眼睛了。站在那里一口气读完,有一种想哭的感觉,很强烈,似乎勾起了我灵魂深处的一种隐痛,或者说是找到了自己的精神家园。那一刻,我知道我一定要买下她,读完她,并还想为此写点文字。古人说: 上学以神听之,中学以心听之,下学以耳听之,而现在的文学作品能够以耳听之的都很少,何谈其他? 但迟子建《额尔古纳河右岸》是可以以神听之的。当然这样说,并

---

① 邵建:《20世纪的两个知识分子——鲁迅与胡适》,光明日报出版社2008年版,第415页。

不是说它的艺术境界或艺术水平有如此之高，而是它的展开境界，它的澄明状态。在小说里，作家没有把自己放到不合适的地位，没有以真理或真理掌握者自居，没有现代人的优越感。她在那里就是一个倾听者，一个管道，她把自己的感受写了下来。我们很多"人类"早就"现代化"了，他们根本瞧不起乡下人，以侮辱土著为先进。但他们不知道，真正跟"人"靠近的恰恰是他们，而不是我们。他们知道什么是"天命"，什么是"地气"，什么是"自然"，什么是"敬畏"。这个"知道"不是我们那些学院派的学富五车的"知道"，一二三四地侃侃不休一学期。他们是真"知""道"，大道无行，大道无言，他们用自己的身体、灵魂，验证或体悟或呈现着"道"的存在。他们在城市的丢魂失魄，无所措足，他们在城市的堕落沦丧，都是因为一个"现代性"的东西。

阅读《额尔古纳河右岸》，我不由得想起了美国人类学家科林·M. 特恩布尔的《森林人》。不同的是，后者是一部人类学名著，而前者是小说而已。后者写的是非洲扎伊尔伊图利森林中的巴姆布提俾格米人，前者写的是大兴安岭森林中的鄂温克人。但两部作品都试图传达或描述一个生活在森林世界中的民族的某种生活和感受，他们对于那个世界的挚爱，对于那个世界的信任；而且叙述者都是第一人称，所不同的《森林人》是真实的作者，而《额尔古纳河右岸》不是作者，是小说主人公，是一个叙述者，一个90岁的老妈妈。《森林人》有一句话："森林是我们的家园，当我们离开森林的时候，或者当森林死去的时候，我们也就该死去了。我们是森林人。"可以表达两部作品共同的主题。森林人说话都有一种歌唱的声调，歌曲、歌声是他们的灵魂，也是森林的灵魂。韵律从这里诞生，诗意的栖居就在此处。

马克斯·韦伯认为，他的同代人只不过是些"没有灵魂的专门家、没有心肝的纵欲者；而这种无效的结果却让人误以为，它达到了人类历史上前所未有的发展水平"。在"现代性"的铁笼的规训下，我们每一个人都受到铁栏的塑造，没有灵魂，没有心肝，没有性别，没有个人性别，几乎可以说没有存在。马尔库塞在《单面人》里说大众既没有了自我，也没有本我，他们的灵魂没有了内在的紧张或活力。他们只有在他们的商品中认识自己，在他们的汽车、音响、住房、厨房设备中找见自己的灵魂。现代性让现代的男女变成了他们的机械复制品而已。

迟子建是一位艺术感觉很好的作家（缺点是少了厚重、沉郁，更缺一种对文化、历史的思想穿透力），三次获得鲁迅文学奖，一次获得茅盾文学奖。评委往往为她的连续获奖而为难，但不给她又说不过去。在当代作家里，她的艺术感觉是一流的。这可能与她长期生存的那片土地有关，她是能感知土地，能倾听自然的少有的作家。正是那片土地给了她艺术的韵律，给了她生命的歌唱。我的朋友、哲学家刘春生说，形式就是"世界"的结构，生命的韵律，而形式感即结构"世界"的能力。形式感对作家非常关键，因为它是一种生命感，一种生理的体验。联想到音乐，此言十分精辟。

迟子建就是一个富有形式感的作家。而且更为重要的是，她的这种形式感来自那片土地，来自天籁。甚至可以说，她与那片土地息息相关，她为那片土地代言。因此，只要那片土地一到她的笔下，就神灵附体，就灵光四射。但当她要硬写什么《伪满洲国》，就明显地苍白无聊了。

很多作品语言华美，为什么却没有灵魂，没有艺术感染力？苏联文学理论家维诺格多夫认为，绝大多数人把两种完全不同的语言混淆甚至等同起来了，这就是"作为艺术材料的语言和作为经过审美改造的形式、作为诗歌创作意识载体的语言"。[①] 我个人认为这是说到了要害处。我们都知道佛教里，还没有开光的佛像，也就是一个雕塑而已，很普通很普通。但一旦开光，那就完全不一样了，一种力量就通过它而辐射到信徒身上。维诺格多说，文学作品从来总是要透露出作者形象的信息，从字里行间，从描写手法，能感觉到他的面貌。这里的"作者形象"不等于作者，但却存在于作品之中。只有"作者"的伟大，才有作品的伟大，才有伟大的作者形象。一个灵魂委琐的人，无论如何都写不出优秀的作品。因为他无法给艺术材料的语言以灵光，使它成为艺术的语言。他们那里就只剩下技术而已，这是当代中国作家的宿命和悲哀。列夫·托尔斯泰也说："任何一部文学作品中，对读者来说最为重要、最为珍贵、最有说服力的东西，便是作者自己对生活所取的态度，以及作品中所有写这一态度的地方。文学作品的价值不在于有首尾贯通的构思，不在于人物的刻画等，而在于贯穿全书始终的作者本人对生活的态度是清楚而明确的。"[②]

《额尔古纳河右岸》是一本有灵魂的小说，是一本需要用心、用神去

[①] 转引自黄玫《韵律与意义：20世纪俄罗斯诗学理论研究》，人民出版社2005年版，第84页。
[②] 同上书，第91页。

"倾听"的小说。在那里，有我们人类的精神家园，有我们的安身立命。那些离开森林的鄂温克人，那些被搬迁到城市的鄂温克人，忽然不知所措，忽然精神塌陷，他们整天昏昏沉沉，惶惶不安。他们激烈的反应让我们吃惊，因为我们早就适应了现代化。孔子说了：甚矣吾衰也，久矣吾不复梦见周公。

我曾经说过，文学在个人的意义上，才能成为人类的。每个真正的人都有自己的十字架，别人是没有办法的，只有自己扛起来。自己还没有成为真正的"人"，却一个劲地想去解救别人，当然不合宜。但自己还没有清毒，自己还没有清洁，不但不以为可耻，却忙着污浊别人，污浊社会，只看重版税、名利。不过，有时看他们的文字，也在那里大谈灵魂，诸如安妥灵魂之类大词比比皆是，可仔细看看，却是自欺的多，真实的少。所以，一旦世俗的名利、权位等到手了，我们很快发现他们早就不谈灵魂了。灵魂，在他们那里就是一个遮羞布而已，或者撒娇的道具罢了。像鲁迅那样真正为灵魂焦虑，在一个声音的召唤中走向绝境的作家毕竟太少。

徐梵澄说："其心灵之表现愈真纯，则其艺术之诉与力愈宏大，则客观之反应愈深远，则群众之推许也愈崇高。"① 文学，如其他艺术，绘画、雕塑等，也是需要技术的。现在很多作家尚未过技术关。但技术并不是艺术，庄子说"进乎技"，就是艺术必须要超越技术。那么如何超越？这里就有一个艺术人格在。徐梵澄说："诚是传世的伟大艺术家，皆是此艺术人格发到前方，降入世俗，留下了伟大作品。凡其创作，只可说是其整个艺术人格之投入，不单是所谓'感情移入'，借中介而发出之表现。"② 因此，技术需要的仅是知识，与一点智慧，而艺术不可缺少的更是心灵。只有伟大的人格，才能认识、了解、表达另一个伟大的人格，同样，只有伟大的心灵才能创作出伟大的文学作品。比如，贾平凹的长篇散文《西路上》，当时在《收获》连载时我就撰文批评。不过，当时也没有感觉到它的危害性和低俗程度。近来阅读民国一批政界官人、新闻界人士的西北日记，真是大开眼界，无论人家的视野、胸怀、学识，单就那文笔，真让如今的所谓作家汗颜。

现代性带来的消费主义给人类文化以巨大戕害，在市场的名义和诱惑

---

① 徐梵澄：《古典重温》，北京大学出版社2007年版，第213页。
② 同上书，第212页。

下，作家也开始急速堕落。鲁迅先生说："美术家固然须有精熟的技工，但尤须有进步的思想与高尚的人格。他的制作，表面上是一张画或一个雕像，其实是他的思想与人格的表现。令我们看了，不但喜欢赏玩，尤能发生感动，造成精神上的影响。""我们所要求的美术家，是能引路的先觉，不是'公民团'的首领。我们所要求的美术作品，是表现中国民族知能最高点的标本，不是水平线以下的思想的平均分数。"① 但是，"思想与人格"早被当今的作家抛到了脑后，至于"表现中国民族知能最高点"更是被他们嗤之以鼻，或根本无暇一顾。他们需要的是市场，是高产，是速产，是技术，如何把一个短篇注水为一部长篇，一如当下市场上的注水鸡，甚至三鹿奶粉。他们开始用市场份额估量自己或别人文学作品的价值，因为据说这才是最准确的，具有严格的可操作性。而那个"灵魂"或"心灵"原本无法看到，也无法量化，而它的伟大与否只有鬼知道。

其实，由于没有灵魂，没有高尚的人格，"技术"也是很难达到一定的高度的，看目下那些所谓的名家，他们的"手艺"并不高明。当代作家有像鲁迅先生那样纯熟的"技术"的，还没有发现。鲁迅对汉画像、民间剪纸，对中西版画的研究，对中西美术的探究，都到了一个很高的层次，这些养料对他的文字带来了许多力量。而他对中国古代文学的造诣之高，文言文之漂亮，也是有目共睹，又通过翻译外国文学，把一种异质的文字形式带入了汉语。因此，他的文学作品，且不论思想力量，单文字功夫，恐怕短时期内无人能比。山水画大师黄宾虹认为，没有高尚的人格，技术也无法真正提高。他70岁以前遍临古代名画，走遍祖国名山大川，写生稿盈万。80多岁才进入真正的创造时期，开一代画风，成一代山水画大师。他的笔墨功夫，我们当代画家，罕有人及。我曾有机会看到他的真迹，真是叹为观止。我很喜欢陆俨少的唯美，但他的笔墨无法与黄宾虹比。单就技术而论，黄宾虹的兼皴带染法，纯熟的积墨、破墨、渍墨，及他对水、色的使用，都达到了一个非常高的境界，因此，也才能创造出浑厚华滋、雄厚浓黑、纯为化机的山水杰作。他的画夜山、雨山，他的土石不分、木石不分，都是迥异于古人，或在古人的基础上，有了巨大的创造。而他对西方油画的借鉴、学习，更是成就卓著。他说："画无中西之分，有笔有墨，纯任自然，由形似进于神似，即西法之印象抽象。"徐悲

---

① 《鲁迅杂文全集》，河南人民出版社1994年版，第104页。

鸿说："（宾虹）晚年，水墨作法加浅绛、青绿，欲与油画冶于一炉，不守成规，敢于创造。"这些"技术"的获得，不是仅仅靠"为技术而技术"得来的。黄宾虹说了："画品之高，根于人品。画以人重，艺由道宠。""观乎人品，画亦可知。"黄宾虹高尚的人品，还有丰厚的学养，造就了他过人的技术。他对古文字、甲骨、钟鼎文字都有深入研究，还有玺印文字、古陶、紫砂壶、木简，等等，都有长期的爱好和过人的鉴赏力。他在古画鉴定、中国画史领域，都是资深专家，其实他生前的画名并不大，但他在这些领域却是人所公认的权威。

中国当代文学没有产生公认的大家，没有产生足以与《呐喊》《彷徨》《野草》《传奇》《雷雨》《边城》等相媲美的作品，我认为作家人格的委琐，灵魂的苍白，学养的浅薄，是最主要的原因，至于"技术"倒在其次。孔子说："志于道，据于德，依于仁，游于艺。"没有"道""德"，谈何"艺术"？充其量，最厉害也就是一个优秀的匠人而已，能把故事讲好的文学匠人而已。

我们现在的国人整体素质是远超过以前任何朝代的，但在文化高度上我们却是远远降低了。就作家来说，人数是上去了，作品是增加了，而且是呈几何级数，但就缺一两个大师级的人，缺那么一个精英文化群。我们有的是普及，可没有提高，精英文化与通俗文化在我们这里早就抹平了。结局就是：真正创造性的文化很难见到，市侩文化充斥社会，投机主义成为学人、作家的处世原则和创作准则，社会普遍陷于一种无聊、无趣、无生气的状态，一种堕落过程中。

黄宾虹说："综神、妙、能之长，擅诗、书、画之美，情思淡宕，不以绚烂为工，卷轴纷披，尽脱纵横之习；甚至潦草而成，形貌有失，解人难索，世俗见訾，有真精神，是为逸品。"明人恽香山说："画须令寻常人痛骂，方是好画。"

难道不值得我们有抱负的作家三思吗？

三 网络文学：灵光消失与复制技术

随着网络的诞生，网络文学应运而生，文学的边界从此就模糊了。很多热爱文学的写作者开始把自己的爱与恨泼洒在网络上，这里没有编辑，没有门槛，自己写，自己贴，自己看，当然还有许多网虫参与阅读、点评，甚至创作。看的人多了，点击率高了，名声开始大扬，有些还走向了纸媒，或将网络作品由出版社出版，成为了畅销书。由于中国网民已过6亿，手机网民超5亿，这些网民大都为青年人，青春岁月，做梦的季节，于是，文字的书写自然也就遍地开花，博客、微博、微信，还有很多网站，都提供了广阔的平台。

文学的门槛从来没有这么低过，谁都可以把自己心里的所思、所想敲到网上。因此，网络文学自然数量庞大，繁殖迅速，读者广泛，对它的评价，也出现争执。有的学者认为，网络文学垃圾居多，优秀之作凤毛麟角；有的认为那么多的网络文学没有谁是可以读完的，说不定哪个旮旯里就藏着一部《红楼梦》呢。

但是，就目前那些影响大的网络文学而言，即便那几部被转成纸媒出版发行，影响较大的，就其艺术性而言，也是乏善可陈，无法成为文学经典。当然，这可能也是现代艺术的必然结局吧？德国思想家、文学评论家本雅明认为"灵光"是古典艺术与现代艺术的标志，古典艺术是灵光的艺术，而现代艺术是复制的艺术。现代艺术中灵光的日渐减少，主要原因在于现代艺术生产的制作与复制技术的发展。而时代的巨变，也结构性地改变了人，大多数读者、观众已经无法看到古典作品中的光韵了。朱宁嘉也说："现代艺术培养起来的接受者，由于影像的连续刺激，更多时候对艺术的欣赏采用的是反射性感知，即本雅明概括的涣散消遣式，因而，往往感受不到存在于艺术中的灵韵，尤其是古代艺术中的灵韵。""现代艺术培养起来的感知方式，不只让人无法感受传统艺术中的光韵，往往也致使人们与现代艺术中潜藏的灵韵擦肩而过。"

文学是什么？可能不同的人会有不同的答案。但有一点可能大家都是会认同的，那就是文学必须是从"个体"的情感出发，与写作者的"生命"有关。那种与"个人"无关的集体性作品，与"文学"无缘。至于所谓的网络文学，首先就这个概念的内涵，也很难说清楚。而且传统文学与网络文学也不是互相对立的，而是可以互相转化，甚至骨子里都是一样的，只不过一个发表在网络而已。其实，文学就是文学，不管你是通过什么渠道、载体，最后看的还是你的文学品质、文学元素。

我总觉得网络文学，不仅应该有自己的网站，更应该有自己的网络杂志，有自己的网络编辑。如果，人人都可以写作，人人都可以随意发表，没有一点门槛，那也就没有文学了。当天堂的门票越来越便宜时，也就没有天堂了。很多年前，有一位朋友，很早就开了博客。然后就在博客上说东说西，指天指地，有一天，他征求我的意见。我已经看过他满页病句的博客，所以，也就只说了一句话：不要以为开了博客，就是文化人了。他满脸迷惑。

西方哲人说，政治的民主化与文学艺术的贵族性，天生是一对矛盾。我觉得说得极好。当有些人认为拿起毛笔在宣纸上随便一划拉，就是书法，那就没有书法了。如今，这个大众文化的时代，人人都很狂妄，我经常遇到那些年轻学子，拿着他们的长篇小说让我看，而且不是一部，是几部。可你随便翻看几行，几乎都是病句，一聊起来，几乎都没有读过经典作品。我就毫不客气地说，你们真胆大，书没有读几本，就敢写长篇了。而且，他们找我，还不是求教，是要求我写序的，说要自费出版。我只好婉拒。

小桥老树的长篇小说《侯卫东官场笔记》，我从网络上阅读了一些章节。以网络文学的现状来看，这是一部还过得去的作品。起码语言还流畅，结构也清晰，描写乡村底层生活，比较生动形象，那些基层领导，还有那些乡镇干部，也各有各的特色。可以说，是一部比较优秀的网络文学。尤其那个侯卫东，比较成功，通过他，我们看到基层工作的泼烦，也看到中国基层的真实情况，更看到了人在江湖的艰难。从题材上看，这无疑是一部官场小说，而且还算不错的一部官场小说。不过，倘若严格要求起来，小说的文学性、艺术性，还有待提高，部分情节，尤其那些性爱情节，总觉得有点低俗。比如，小说一开篇，就很轻浅，不好说轻薄。一没有写出大学生毕业时的混乱情况,那种整体感没有写出来;二,人物描写也不是很好,男女主人公交代得太模糊了,对他们的描写也没有到位。不是说不能写大学生同居,不能写他们临毕业前在山上丛林里做爱。而是那种描写的态度,那种功力,很有问题。比如说,写侯卫东与那三位小地痞的搏斗,就太马虎了,完全是对读者的不负责任,草草几笔,就仓促结束了。小说里其他相关章节都有这个毛病,仓促交代,细节不细。

　　甘肃网络作家云宏(子与2),创作了历史小说《唐砖》,网上影响较大。《唐砖1:土豆有妖气》已由文心出版社于2013年出版。这部小说语言有动感,读起来,有一种爽利的节奏,就像它的穿越一样,很有味道。描写的是陕甘大地,运用关中方言,也颇有趣。但人物对话却较缺乏个性,作为穿越小说,想象力当然是不错的,不突兀,但细节依然经不起推敲。《西游记》是伟大的神魔小说,故事情节不可谓不离奇,我觉得比之当下的所谓穿越小说,恐怕也是无人能及,其实,它的伟大,一个很重要的因素,就是细节的伟大。如果没有那么多丰富而生动的细节,《西游记》也早就无人提及了。

　　纳博科夫说,抚摸你那神圣的细节。这部长篇小说的细节还缺乏丰富、生动,总体看是粗线条,是那种电视剧脚本的形式。当代小说普遍有这种情况,作家都开始看重戏剧性,而没有耐心去描写一个人,一棵草,一个场面,更不要说人物的心理了。现在有些穿越小说为穿越而穿越,小说没有一定的精神含量,小说"穿越"完了,也就完了,什么都没有,甚至留给读者的只是无聊,还不如一个穿越游戏好玩。技术毕竟是技术,最后我们还要看技术后面的精神。因为人毕竟是人,他是需要文化、信仰、思想的。海德格尔说,动物缺乏世界,而人构成世界。人与动物不一样,就是人有对高雅文化的诉求。那些低级文化虽然能满足读者于一时,但却无法满足于永远。最后大家还是会去阅读那些真正的富有精神深度的作品。而真正的文化精神是需要一个个细节呈现出来,就像美术上的素描一样,你不能乱画一气,毫无章法。不管你是穿越到唐朝,还是宋朝,人性的幽微处,丰富处,还是需要一笔一笔地写出来的,否则,那就不能称为文学。

　　比如《唐砖》里写到西域少数民族政权,作者写道:"域外的牧羊人是野蛮的,没有是非观念,没有礼义廉耻,弱肉强食的自然法则给了他们强健的体魄,却没有给他们创造、劳动的本能。向苍天抢食物,向大地抢食物，向邻居抢食物，如果必要，他们不介意向自己的父母抢食物。他们什么都吃，包括吃人，只要自己的遗传基因能传下去，拳头和弯刀就是他们利益的基础。"这样赤裸裸的民族歧视，甚至诽谤羞辱，都可以公然写出来，还是让人吃惊。如果一位作家持有如此的民族观、人性观，那他的作品就值得怀疑了。蒋胜男的《大秦宣太后》一开篇从秦始皇兵马俑开始，更像一个文化散文。后面的宫廷故事传奇、惊险，颇有动感，戏剧性很强，改编电视剧顺理成章，其实它本身就很电视剧。当然，因为网络上内容太少，后面没有看，无法多谈。希望以后有机会阅读全文。

就目前的网络文学而言，以我粗略的阅读感觉，认为已具有大众文化的典型特征，也具备成熟的商业化运作模式，以经济利益为主要目标。从1998年蔡智恒的《第一次亲密接触》发表，到如今网络文学已经发展十几年了。它的"模式化""同质化""低俗""色情""暴力"也一直是被人诟病的痼疾。由于上网人员大多是青少年，所以网络文学的读者也基本以青少年为主。如今很多大学生已经没有阅读经典的兴趣，他们很少读书，每天游荡于网络文字里，甚至开始了庞大的网络写作。网络文学的娱乐化、世俗化、低俗化、碎片化、程式化，使得他们的写作，往往起点低，眼界窄，甚至几乎成为了机械复制。而网络高强度的写作，很快透支了他们那一点点生活积累，于是，胡言乱道、闭门造车，成了基本的创作模式。尼采说，一切文学，余独爱血书者。

网络文学大都发表在网络上，字数都在10万以上，以至数十万，上百万之上。阅读这些文字需要一双好眼睛，也需要好耐心。很多专业批评家没有时间，也没有好眼神在网络上阅读这么庞大的小说。因此，网络文学的深度批评，就极其欠缺。由于缺乏严肃认真，富有深度的批评，它们亦很难得到提高。e批评，成为他们主要的批评来源，而这种批评，虽然也不乏优秀的点评文字，但总体看，依然是一种浅批评，大多无助于他们的创作。

我最早接触网络文学，那也是10年前了。当时加拿大有一位笑言先生，办了一个网站：笑言天涯，是一家纯文学网站。我在那里也发表了很多文字，当然那些文字大多后来也在纸媒发表了。2009年末，《文艺报》石一宁先生打长途电话向我约稿，说是为一部网络长篇小说写一个4000字左右的评论。我从邮箱看到了这个长篇的电子版《最后一颗子弹留给我终结版》，用了一天时间读完，大概有40万字，但似乎没有结尾。我又问他，他说，网络小说就这样，大多都没有结尾。你就根据这 40 万写就可以了。我又上网看了看，发现很多网络小说都超百万字。看着这些码字的英雄，我既惊讶，也佩服他们的顽强。我的文章《怀念英雄的时代》，最后发表在 2010 年 1 月 13 日的《文艺报》上。

我在文章中说："网络文学，应该说与网络共生死。如果只是在网络发表，就与纸媒写作没有什么差别，只是载体不一样而已。网络文学，应该与网络的高科技结合，互动性、多媒体、高科技、特有的网络语言、跨文体等等，应该是它固有的特点。但刘猛的小说似乎不是这样。它其实只是在网络发表而已，与纸媒写作没有什么区别。惟一的区别，可能是当初仅作为小说投稿，恐怕无法在杂志上发表。"

近年来，不论是网络作家创作，还是网络文学本身，尤其是网络作家素质有了较大的提高，比如结构、文笔，题材也更加丰富。但商业运营，对作家的榨取，对他们文字的伤害，也是致命的。文学艺术一旦与商业完全结合，一般都导致品质下降。盛大文学 3D（所谓 3D，指的是原创小说，衍生版权，作家品牌三个维度）全版权运营的首位获益者唐家三少从 2004 年 2 月开始网络作品创作至今，近十年的时间里，一共创作了 13 部作品，出版了 120 多本书，数量超过了 3000 万字。这样的产量，还真是让人怀疑它的质量。任何艺术家，如果一旦被资本绑架，一般都不会创造出什么优秀的作品来。商业性，是需要的，但如果一味追求商业性，那必然的结局就是世俗性、娱乐性。那里就没有神圣可言，就没有趣味可言。我们的口号是：生产快乐。这样的话，哪里会有艺术二字？

网络文学总体的浅俗化、娱乐性，对广大青少年产生极大的影响，其中之一就是阅读趣味越来越狭隘、低级。白烨说："种种迹象都表明，资本似乎成为了支撑和推动网络文学的主要杠杆和基本力量。作为文学形态之一种所应有的美学的力量近来好像在淡化，在萎缩，如果没有文学的元素与精神的力量在起作用，网络文学的商业运营会失去应有的制衡，使得商业的元素或与经济的力量无遮无拦，这对网络文学的发展是极为不利的。"

一个优秀的读者群，他们需要的就是优秀的作品，而一个市民的读者群，他们需要的其实更多的是娱乐，而不是艺术。我曾经说过，艺术是艺术，娱乐是娱乐，这是完全不同的。可是一个后现代的社会，却是学者开始把通俗文学与精英文学并列，甚至打通的时代。这是一个娱乐至死的时代，它不需要鲁迅、曹雪芹，它只适合周星驰、超级女声、非诚勿扰。因为对市民群来说，太艺术的东西，他们无法消化，那需要他们去思考，他们没有那么强大的脑袋，也没有那么强大的胃。他们不喜欢思考，他们只想娱乐。因此，程式化、模式化就是通俗文学的唯一标准和出路，这是不需要提高的普及，甚至连普及都不是，而只是迎合。

艺术是挑战一切可能性，是一种不要命的探险，它需要它的读者做好准备，并有一个比较优秀的素质。而那些所谓的走市场的畅销小说，在固定的模式下，情节的不合理似乎并不那么重要，读者（观众）也没有那么严格的要求，只要情节吸引人，能赚他们几滴眼泪，消磨他们一段时间，就可以了。《还珠格格》如此，韩剧如此，大多数网络文学，亦如此。

网络文学要真正走向艺术，需要注入美学的力量，需要与人类伟大的文化传统、文学传统接续上。如果无视这个伟大的传统，那网络文学就永远没有出路。最多就是一个娱乐产品而已，一种快餐消费而已。那么，充其量，还是一个大众文化，与艺术无关，与文学无关。

第二章
当代小说解读

一 《小团圆》与张爱玲的创伤记忆

对张爱玲，我的感情比较复杂。我认为在现代文学史上，她在许多方面与鲁迅很相似，尤其在绝望、虚无的层面，有着非常的同构。虽然张爱玲在文章中几乎不提鲁迅，但我能感觉到她是熟悉和喜欢鲁迅的。她对《红楼梦》的酷爱，其实与鲁迅的心灵是相通的。他们都是能够体味到"悲凉之雾，遍披华林"的。她对通俗文学的喜欢，较之鲁迅，当然是有过之而无不及。可鲁迅先生从三味书屋开始，就非常喜欢民间文学。他的《中国小说史略》就是一个证明。只是张爱玲更痴迷而已，甚至影响了她小说的艺术高度。她对鸳鸯蝴蝶派小说的喜爱，就是鲁迅所无法做到的。

美国华人学者夏志清对张爱玲的评价比鲁迅高得多，虽然他后来也修正了自己的观点，评价略有降低。可他对鲁迅的恶评却愈老愈刻薄。在这里，我认为夏老就陷入了一个误区：他从一个极端走向了另一个极端。其实，作为一位长期在美国学习、工作的学者，他对左翼文学的偏见实在太深了。这严重影响了他对文学评价的客观性。

张爱玲20世纪40年代的小说，主要是中短篇小说，其质量是很高的。不要说同时期和之后的中国女性作家难以企及，就是男作家能够赶上的也没有几个。她真是一个天才，一个鬼魅。这样的作家，读者不仅喜欢她的作品，更喜欢她的"人"。但是，随着抗日战争的结束，她的文学创作似乎风光不再。虽然后来她也写了许多作品，除了剧本、电影脚本之外，小说也有好多（包括英文创作），尤其是创作了几部长篇小说，比如《赤地之恋》《秧歌》《小团圆》，等等，可艺术水平实在不好高估。我认为长篇小说《十八春》、中篇小说《小艾》可以说是一个转折点，从此，她的创作开始出现了紊乱，笔似乎不灵了，真的有点江郎才尽的感觉。

《赤地之恋》《秧歌》就题材而言，在当时是有轰动效应的，而且也不能说她写的不真实。可是小说读下来，我们不得不遗憾地得出结论：她的长处还在都市，在大家族，在没落家族女人的心理刻画。她转而写自己并不熟悉的农村，尤其土改中的农村，总是让人感觉味道怪怪的。小说中的人物也基本都是符号式的工具而已，根本没有活起来。尤其她关于共产党干部的描写，只有脸谱化而已。她其实根本不熟悉他们。她自己也说过类似的话：文人应该是园里的一棵树，天生在那里的，根深蒂固，越往上长，眼界越宽，看得更远，要往别处发展，也未尝不可，风吹了种子，播送到远方，另生出一棵树，可是那到底是很艰难的事。

海外一些学者对张爱玲的《赤地之恋》《秧歌》，评价甚高。我觉得政治偏见起了很大作用。张爱玲其实是一个自说自话的作家，她的性格是非常内向、自闭、高傲，甚至冷酷的。这与她小时候与青春时期的家庭伤害关系很大，这种创伤性记忆给她的创作带来了独有的色彩和情调。而那种没落大家族发霉的颓废的家庭气氛，对她产生了致命的心理暗示和结构。这都是现代，尤其当代那些农裔作家根本想象不到的。但她天性中对革命、政治的不感兴趣，对农村的隔膜，注定她写不好此类题材。虽然这两部小说在观察的细致、景色的描写上不乏出色之处，尤其《秧歌》。1951年在《亦报》连载的《十八春》，作为一部25万字的长篇小说也是不很成功的，结尾也未能免俗：她笔下的几位青年男女都投身到"革命的熔炉"去了。以至多年后，她自己都不满意，1955年到美国后，把下半部重新改写，以《半生缘》为题，迟至1966年才在中国台湾《皇冠》杂志和香港《星岛晚报》连载，次年在台湾出版了单行本。

难道张爱玲的时代只属于1943—1945年的上海沦陷区？

刘再复说，张爱玲是夭折的天才，我是同意的。而且我认为，张爱玲的格局不是很大，这当然是与世界大师相比，与鲁迅先生相比。学者所认可的那些当代受张爱玲影响的作家，其实是谈不到格局的。张爱玲沉溺于一己的心理创伤太深太深了。这也难怪，那样的家庭出身，那样的伤害，能够活下来，就是因为她善于自己救自己。这"救"除了文字，就是爱情。她爱胡兰成，就是因为他太懂女人，也太懂她了。可以说胡兰成是张爱玲一生真正的知己，可惜这个男人太花心，并不珍惜这份情。我们阅读《小团圆》，作者写到盛九莉与邵之雍的相爱过程，文笔多么的旖旎和缠绵，可以看到作为邵之雍原形的胡兰成是多么会调情！在这样的男人手下，一直倍受孤独、绝望、毒打折磨的张爱玲能不动心？我们知道胡兰成也是那么的才高情多，世上难得的男子。

> 从这时候起，直到二次世界大战结束，有大半年的工夫，她内心有一种混乱，上面一层白蜡封住了它，是表面上的平静安全感。
> ……一片空白中，有之雍在看报，下午的阳光照进来，她在画张速写，画他在看波兹坦会议的报道。
> "二次大战要完了。"他抬起头来安静的说。
> "嗳哟，"她笑着低声呻吟了一下。"希望它永远打下去。"
> 之雍沉下脸来道："死这么许多人，要它永远打下去？"
> 九莉依旧轻声笑道："我不过因为要跟你在一起。"

张爱玲给胡兰成的相片题赠中说：

> 见了他，她变得很低很低，低到尘埃里，但她心里是欢喜的，从尘埃里开出花来。

想想，这是何等的情感！

我们看张爱玲在抗战结束后，千里寻夫，到温州乡下找胡兰成。看到他已与别的女人同居，她依然给他钱，给他关怀。这都是一般女子很难做到和理解的。小说里写到邵之雍谈到他的一个小情人小康，盛九莉的心很痛苦，可依然在听，"但是一面微笑听着，心里乱刀砍出来，砍得人影子都没有了"。后来，她听到邵之雍问比比："一个人能同时爱两个人吗？"小说写道："窗外天色突然黑了下来，也都没听见比比有没有回答。""比比去后，九莉微笑道：'你刚才说一个人能不能同时爱两个人，我好象忽然天黑了下来。'"

结合张爱玲与胡兰成的传记，我们知道这里几乎就是对他们的情爱描写。在这里，我们看到了张爱玲的挣扎、忍让，以及她在情爱里受的大伤害。胡兰成说张爱玲很宽容，对他的另爱并不介意。其实，怎么能不介意呢？看这里的描写，我们能听到张爱玲心碎的声音。这也是他们最后绝交的主要原因！张爱玲不在乎他是不是汉奸，可她在乎他感情的真与假。胡兰成作为一个情种，很难从一而终，在他心目中，张爱玲只是一个妾而已，并没有成为他的唯一。这一点很多传记资料都可佐证，张爱玲也说过类似的话。而《小团圆》里也有：

之雍每次回来总带钱给她。有一次说起"你这里也可以……"声音一低，道："有一笔钱，""你这里"三个字听着非常刺耳。

她拿着钱总很僵，他马上注意到了。不知道怎么，她心里一凛，仿佛不是好事。

张爱玲是多么心高气傲之人，又是何等敏感、冰雪聪明。周冰心在她的《回眸绝美瞬间：张爱玲评传》里，对胡兰成的"多情"给张爱玲带来的伤害有深刻的描写和论述。读者不妨去看看。

《小团圆》当然不仅是爱情创伤记忆，还有母女的创伤情感记忆。可就是没有家国创伤记忆。

《小团圆》所叙述的时代，正是抗日期间。但我们看不到她对此的看法，或什么作为。或许在她看来，抗战与自己没有任何关系，她的世界里只有她自己，还有她爱的人。甚至为了和自己爱的人，一个汉奸能够在一起，她都可以希望战争永远打下去。有学者说：爱情是女人的事业。这话在张爱玲身上，起码有一半对。可她结果也没有找见爱，找到的只是伤害。当然，爱情本身就是伤害。一个女人对爱情不能抱太高的期望，否则得到的只是失望。张爱玲对人生的绝望，看她的《金锁记》《倾城之恋》就很清楚。但人活着，总要有点希望，于是偶遇的胡兰成就成了她的救命稻草。但这根稻草给她的伤害最深，以至终生难忘。晚年的《色戒》就在隐喻这段孽缘。晚年一直无法出手，最后还想销毁的这册《小团圆》，依然是这段不了情。我们发现，她后期的丈夫赖雅，在她心目中却几乎没有什么地位。那可能只是段婚姻而已。20世纪60年代在美国，她给朋友说："从他（胡兰成）离开以后，我就将心门关起，从此与爱无缘。"

有些学者批评张爱玲不爱国，是非正义不分，可在她的角度，她那样的大家族出身，从小受到那样的伤害，她真的很难想到国家、民族。《倾城之恋》《色戒》里，在描写无望爱情的同时，也暗写了那个大的动荡的时代。可到了晚年，写作《小团圆》之时，时代早就隐退了，只剩下她自己。"三杯两盏淡酒，怎敌它，晚来风急。"回忆当初，竟然写出了为与自己爱的人在一起，还希望战争永远打下去这样的句子。让人不由想起傅雷当年的《论张爱玲的小说》，那里面是有一句话的："我不责备作家的题材只限于男女问题。但除了男女以外，世界究竟还辽阔得很。"她当时不服，辩解道"我甚至只是写些男女间的小事情，我的作品里没有战争，也没有革命。我以为人在恋爱的时候，是比在战争或革命的时候更素朴，也更放恣的。"但其实力量是很弱的。1976年她重校《连环套》，如此说："三十年不见，尽管自以为坏，也没想到这样恶劣，通篇胡扯，不禁骇笑。"看来也是部分认可了傅雷的批评。

《小团圆》的"格局"比《连环套》大，但也大不了多少。这也是《小团圆》失败的一个重要原因。阅读张爱玲的几部长篇小说，我发觉她其实不擅长写作这种文体。当年腰斩《万象》连载的《连环套》也是一个证据。傅雷撰文批评"《连环套》的主要弊病是内容的贫乏"。张爱玲离国之后，由于生活所迫，开始为他人写作，又由于远离国土，地气接不上，格局越来越少，又是自己本不擅长的长篇小说，失败自是难免的。——但她的短篇小说《色戒》是一篇很出色的作品。宋淇当时读完《小团圆》，认为"我有一个感觉，就是：第一、二章太乱"，"荒木那一段可以删除，根本没有作用"。而且，也担忧自传色彩太浓，发表恐对张爱玲不利。可以看出，张爱玲在驾驭长篇小说结构方面，包括立意、构思，都是很不足的。这里有每个作家自己的天赋限制，是没有任何办法的。

张爱玲说："最好的材料是你最深知的材料。"但是她忘记了一点：距离产生美；鲁迅先生也说过，愤怒会杀伤诗美。深知的材料，可如果没有得到良好的发酵，没有一定的时空消化，也一样创作不出优秀的作品。张爱玲给宋淇的信中说："我是太钻在这小说里了"，这其实是小说创作大忌。面对与胡兰成的过去，她到老都未能忘"情"。

不过，我还是认为《小团圆》的出版，是一件好事，对我们更深的认识张爱玲，了解她的内心深处的隐微之处，不无帮助。对于张爱玲这样的作家来说，片纸可珍，不要说一部长篇小说了。我对有些学者批评宋以朗出版此书，颇不以为然。虽然我同他们一样，认为《小团圆》是一部失败之作。当然，《小团圆》里也不乏神来之笔，如描写盛九莉与邵之雍开始的交往，那种调情，写得真是很妙。写他们后来的疏远到分手，也是缓缓地推进中有一种残酷。还有堕胎一节，也很残酷、恐惧，都是好文笔。毕竟是张爱玲的作品，毕竟描写心理是她的擅长。至于大家比较关注的第七节，挑战了很多读者心目中近乎完美或小资的张爱玲，那大胆的描写，是新世纪的新新人类才有的，可没有想到在张爱玲那里早就有了。作为一个大家闺秀，能做到这一步确实不易。这也是许多张爱玲研究者反对出版此书的一个原因吧？不过，我倒觉得这一描写很好，一方面我们知道了邵之雍的情场手段，盛九莉为什么那么痴迷他的原因。一方面，我们也知道张爱玲并不是永远那么苍凉。

我在某一篇文章中看到一段文字：

企鹅版《弗洛斯特诗选》的编者汉密尔顿认为，汤普森在传记中提供大量负面材料，抖出他的阴暗面，是一件好事。因为弗洛斯特的公共形象被过分神圣化了，大批读者根本就是附庸风雅，而这一阴暗面的曝光，实际上是为他的真正敏锐的欣赏者让出一条路来。

我觉得《小团圆》就有这样的功能。它让我们触摸到了一个更真实的、立体的张爱玲。

弗洛斯特85岁生日之时，大批评家莱昂内尔·特里林在致辞中指出，弗洛斯特最好的作品都具有一种"令人惧怕"的本质。诗人史班德在回忆录中说，叶芝对他说："莎士比亚的心灵是可怕的"。他要求解释。叶芝说："莎士比亚诗中，存在的最终现实是可怕的。"我曾发表过一篇文章：《那是一片连鸟的踪迹都没有的雪原》，就是讲这个道理。

可能当下人在文化消费时代，心灵的接受能力大为减弱，甚至只知道肉体的欢乐，而根本忘记了灵魂的存在。他们努力把张爱玲塑造成他们的消费对象，而《小团圆》的出版打乱了这一点。其实，就以前的作品而言，张爱玲绝对不是小资文化的代表，也绝对不是消费文化的形象大使；她是有深度的大作家。遗憾的是被市场改变了。鲁迅，他们改变不了，于是就谩骂，就诋毁，就从中学课本里取消。其实，一个没有鲁迅的中学语文课本，还有什么价值？

大作家都在探索未知领域，他们的作品可能会有恐惧、冷酷、绝望，那么人类难道就不需要知道这些吗？人类需要的是轻，还是重？西方哲人说，人一半是天使，一半是魔鬼。作为个体的人，总是有两个自我，一个我被魔鬼往地狱里拖，一个我拼命地向天堂奔。我们作为成熟的人类，不仅要知道、弘扬天使的一面，也要研究、了解魔鬼的一半。大作家做的就是这两方面的工作。一些敏锐的读者感觉到了大师们的恐惧，也就是这个道理。

其实，关于爱情，张爱玲在早期的作品里已经悟透了。《红玫瑰与白玫瑰》里有一段文字：

也许每一个男子全都有过这样的两个女人，至少两个。娶了红玫瑰，久而久之，红的变了墙上的一抹蚊子血，白的还是"床前明月光"；娶了白玫瑰，白的便是衣服上沾的一粒饭粘子，红的却是心口上一颗朱砂痣。

如此冰雪聪明，如此鬼魅，却依旧是意难平，仍然写了这么厚一部《小团圆》。千里赴温州，她说了一句话："我想过，我倘使不得不离开你，亦不致寻短见，亦不能再爱别人，我将只是萎谢了。"这就是张爱玲。可能女人真如《诗经》说的："女之耽兮，不可脱也。"她在《有女同车》里写道："女人……女人一辈子讲的是男人，念的是男人，怨的是男人，永远永远。"

人生真是说不清楚。

二 张爱玲：恐惧阴影里的天才

张爱玲的一生，是一个不断怨恨、寻找父亲的一生，是一个在恐惧阴影里艰难挣扎的一生。万燕认为张爱玲从小接触的男人极少，"她对父亲肯定寄予过很高的期望，因为她的母亲常常不在家，她在《私语》里曾说：'最初的家里没有我母亲这个人，也不感到任何缺陷，因为她很早就不在那里了。'她没有多少母爱，而父亲在寂寞的时候是最喜欢她的。但是她父亲的遗少习气给家里带来的痛苦使她苦恼，和后母一起对她的虐待更让她深深地失望"[①]。其实，说"失望"太轻了，应该说是"绝望"。那种绝望是一种溺水般的难以呼吸。

这一点，只要读读张爱玲的小说散文，就一清二楚。她在《私语》里说到父亲对她"拳足交加"，"扬言说要用手枪打死我"。在后母的挑唆下，把张爱玲禁闭在地下室，达半年之多，患了痢疾而不请医生。最后在佣人的帮助下，逃出了地狱一样的家。当她终于"当真立在人行道上了"，她写道："多么可亲的世界呵！我在街沿急急走着，每一脚踏在地上都是一个响亮的吻。"小说《心经》，残酷地写出了她对父亲的绝望，张爱玲说："在心理学上，小女孩会不自觉地诱惑自己父亲。"[②] 阅读《私语》，看到"父亲趿着拖鞋，拍达拍达冲下楼来，揪住我，拳足交加"的时候，我们知道，父亲和家在张爱玲那里全部、彻底地被粉碎了。这对一个青春期的女孩来说，未免太残酷了。——但天才就这样诞生了！

万燕认为张爱玲有"心理疾病"，这没有错；但她说："后期的张爱玲离群索居，反倒活得更加真实，心态更加正常，那才是完全符合她个性

[①] 万燕：《女性的精神》，同济大学出版社2008年版，第160页。
[②] 《国语本海上花译后记》，见《海上花开》，张爱玲译注，皇冠文化出版有限公司1983年版，第715页。

的生活方式","看她这时期的信件文字,真叫'温柔敦厚',非常喜欢晚年的张爱玲,让人感动"。① 我觉得她理解错了,晚年的张爱玲不仅没有"心态更加正常",而是更加焦虑、不安,她一次次地换房子,还有她晚年深受其苦的"虱子之幻",都是明证。其实,纵观张爱玲一生,我觉得她自己感到最幸福,也是她最怀念的,都是 20 世纪 40 年代的上海时期。那个时候,情感方面有胡兰成,事业上也如日中天,看那个时候的照片,也是意气风发,顾盼自雄。可 50 年代,尤其到美国后的张爱玲,创作的失败,无人认可,还有遭遇的异国冷眼,都让敏感的她无法承受,但又不得不承受。于是,她只好把自己藏起来,这也是一种自我保护。

她在《传奇再版自序》中说:"呵,出名要趁早呀!来得太晚的话,快乐也不那么痛快。""快,快,迟了来不及了,来不及了!"以前我只以为这是作家的年少轻狂而已,现在看来不仅如此。她骨子里是有一种大恐惧在,而这种恐惧让她对世界的变化非常敏感:"个人即使等得及,时代是仓促的,已经在破坏中,还有更大的破坏要来。有一天我们的文明,不论是升华还是浮华,都要成为过去。如果我最常用的字是'荒凉',那是因为思想背景里有这惘惘的威胁。"1947 年能够说出这等话,除了张爱玲,恐怕也不多了。

她只写小事情,远离宏大题材,我们很多人批评她不关注民族大义,其实,这太难为她了。她连自己都"救"不出来,哪里有力量去"救"世?鲁迅也是写小事情,但往往从小里见大,如阿 Q、祥林嫂,因为他还在启蒙,虽然他又怀疑启蒙。张爱玲的文字琐碎,淡化情节,很有现代小说的味道。可那琐碎里,却又深刻,笔之刀是切入人性的最深处,深到一般人无法企及,甚至无法承受的领域。

他与胡兰成的情爱纠葛不仅仅是爱情,也有着对空缺的父亲的置换。她最需要的可能还不是爱情,而是父亲。我们读她的小说,一个 20 刚过的女子对"爱情"的绝望或者说冷静,让我们吃惊。在《红玫瑰与白玫瑰》里她写道:"也许每一个男子全都有过这样的两个女人,至少两个。娶了红玫瑰,久而久之,红的变了墙上的一抹蚊子血,白的还是'床前明月光';娶了白玫瑰,白的便是衣服上沾的一粒饭粘子,红的却是心口上一颗朱砂痣。"24 岁的张爱玲对于"爱情"看得太透了,"透"得让人

---

① 万燕:《女性的精神·自序》,同济大学出版社 2008 年版,第 3 页。

感觉到恐惧。而这个时候他正与胡兰成热恋，并于小说在《杂志》连载完后结婚。真有点不可思议！

　　后来，到美国后，她又找上赖雅。一个同样年龄比她大得多的男人。这两个男人，胡兰成比她大15岁，他们结婚的1944年，她才24岁。要是张爱玲一生还有一点爱情的话，那就是在胡兰成这里。她后来说："他离开我之后，我就将心门关起，从此与爱无缘了。"而张爱玲后来到了美国，与她结婚的赖雅，岁数比她大了29岁。年纪比她的父亲还要大。但赖雅不像胡兰成那样可以短暂地代替父亲的位置。他作为美国人，文化的差异使他无法理解张爱玲。我们看张爱玲，对他还是比较绝情的。余斌认为，张爱玲两次婚姻都很相似，都很快地结婚，"张爱玲对安全感的需求是她每次都迅速地走进婚姻的一大原因，婚姻对于她的意义，其至关重要的一点是它应给她带来一份现世的安稳，而她总是属意年龄比她大出许多的男人，似乎也同她有意无意地更希望处于被保护的地位有关"。[①] 当年到温州千里寻夫，张爱玲责难胡兰成的，也是"现世安稳"四个字。她说："你与我结婚的时候，婚帖上写现世安稳，你不给我安稳？"高傲的张爱玲何时如此"低下"？

　　因为，张爱玲需要的是父亲。她对胡兰成的爱，其实是对自己的寻唤。正如她一生爱的只有一个人：胡兰成，她一生写的也只有一个题材：自己。凡是她写自己的那些文字，都是灵魂附体，让人爱不释手，又烫得拿不住。而远离自己的那些文字，如《赤地之恋》《秧歌》，其实，都颇无聊，虽然也不乏精彩之笔。因为，那些文字没有她的魂。《茉莉香片》等，我们都能看出张爱玲自己的童年，她的创伤性记忆。有人说不了解张爱玲的生平，很难看懂《小团圆》，其实相对于她的其他文字，也一样。可能这是张爱玲感性的一面，相对于鲁迅，她还是狭窄了一点，而且单调了一点。但她的挖掘却深得不是一般；她一生都生活在"自己"里。

　　我们阅读她写于1943年的《沉香屑——第一炉香》，可以看出她对自己命运的预感。葛薇龙，这个女子的命运，难道不就是以后张爱玲的命运吗？她爱那个乔琪，但是人家并不爱她，不过她还是与他结婚了。小说结尾，葛薇龙对乔琪说，我与那些妓女一样，不过人家是被迫，我是自愿。张爱玲与胡兰成的所谓爱情不就是这样吧？她到死都没有忘情于胡兰

[①] 余斌：《张爱玲传》，海南出版社1993年版，第276页。

成，而胡兰成早把她忘记了，他记着的是才女的张爱玲，不是妻子的张爱玲，甚至以"妾妇"视她。这是高傲的张爱玲无法承受的，看她给夏志清的信，那种怨恨很是清楚。写作，真是一种说不清的事情。当时创作《沉香屑——第一炉香》的时候，她还不知道胡兰成呢。

我们阅读《琉璃瓦》《花凋》《心经》，一个20刚过的年轻女子竟写出那样的文字，我们除了惊叹天才之外，也为张爱玲的不幸童年洒一掬泪。她的弑父、恋父情结在她的文字里凸显得让人咋舌。《心经》写了一个上中学的女孩与自己父亲的恋情，而且不仅是恋情，她从13岁起就与自己的父亲发生了性关系。这种题材，20多岁的张爱玲就涉及了，而且写得那么从容老练，直让人叹为观止。《花凋》对女子的死写得那么真实，真实到让人无法接受。万燕说张爱玲有心理疾病，"她用写作超越了内心的疾患，将它们磨衍成深刻的解剖和表达，既表达了自己，也表达了别人"。① 我们都知道，温室里诞生不了天才，只有惨烈的人生才能激发那些有天赋的人，让他们成为天才，为人类献上最瑰丽的艺术之花。万燕说张爱玲真实得可怕，那是自然，这一点她与鲁迅相似。中国现代作家到达这个境界的，可能就他们两人吧？

张爱玲出生在一个大家庭里，一个糜烂的腐朽的旧式大家族。这里有的是金钱、堕落、荒唐。我们看她的《沉香屑——第一炉香》，很惊叹于她的早熟。一位20过一点的女子，能写出香港殖民地那种气氛，描摹姑妈那种中年富婆的心态，如此老道老练，直让人吃惊不小。尤其对人生的冷酷、虚无、荒凉体会得如此透骨的凉，不叫一声天才，是不行的。如果不是她这样的大家族背景，在那糜烂阴森的家庭里受到的非人待遇，是没有任何可能的。第一次阅读，从文本上感觉到一种《红楼梦》的韵味，但那种凉薄、残酷甚至超过了曹雪芹。有人说陀思妥耶夫斯基是残酷的天才，张爱玲也当得起这个评语。看来，经历过繁华、磨难与否，还是不一样的。只是这样的催生天才，也太残酷了。——让人不忍！

张爱玲的父亲才华横溢，可却把时间抛掷在鸦片、赌博上。他在文学上对张爱玲是有启蒙之功的，可对女儿情感的忽视，甚至践踏，严重影响了张爱玲作为一个正常女子的心理，包括性心理。这，从另一个角度又成就了张爱玲的文学才华，虽然太残酷了一点。胡兰成在《民国女子》里

---

① 万燕：《女性的精神》，同济大学出版社2008年版，第3页。

说，张爱玲不留恋学校，亦不怀恋童年，"她而且理直气壮地对我说，她不喜欢她的父母，她一人住在外面，她有一个弟弟偶来看她，她亦一概无情"。她说："我是个自私的人。"

她家作为李鸿章和张佩纶的后代，资产是不缺的，张爱玲小时候住在上海，2岁又迁居天津，8岁又到上海。在上海也先后搬迁了好几次。父亲再婚后，他们又有一次搬迁，那一年她14岁，14年来五度迁徙，期间父母离婚，后母进门，感受自是不同。17岁的时候，又被父亲殴打，并因在地下室半年，一直到1938年才逃出父亲的家。而母亲也根本不理解女儿，她没有了解到张爱玲的天才和个性。她作为母亲经常打击女儿的自信心。周芬玲说，张爱玲既有弑父情结也有弑母情结，"她切断了生命与家族的根源，这使她加速地早熟，并且自我补偿过去丧失的一切。就女性的成长来说，她逃避成为某人之女、某人之妻及某人之母，从此她成为她自己"。[①]

可以说，张爱玲的童年、少年是一场噩梦，而她最后住的那个大宅，也是她的"心碎之屋"。周芬玲写道："父母亲不和谐的婚姻大抵没有破坏她内心世界的秩序，大部分的时间她沉浸于阅读、绘画和观赏电影。她对影像艺术与文字同样敏感。"[②] 其实，破碎而冷酷的家庭早就打碎了张爱玲的内心世界，她只是通过阅读来弥补而已。

当然，这严重导致了张爱玲的早熟。她说："我喜欢我4岁的时候怀疑一切的眼光。"这种遭际使得"她绝不迎合你，你要迎合她更休想"。胡兰成在《民国女子》里写道："我在人情上银钱上，总是人欠欠人，爱玲却是两讫，凡事像刀截的分明，总不拖泥带水。她与她姑姑分房同居，两人锱铢必较。"这也是一种没有安全感的自我防卫。但对自己喜欢的胡兰成，却从不"锱铢必较"，甚至在1945年胡兰成逃难有了别恋之后，她依然寄去大批的钱。让人好不慨叹。她多的是"情"，可是胡兰成不珍惜。

我们阅读《金锁记》，很惊叹于张爱玲出色的心理刻画。那个曹七巧的狠毒、怨毒，处心积虑地残害女儿的爱情。这里是有张爱玲的心理创伤在的，甚至可以说，它就是张爱玲对父亲的抗议、控诉，或审判。安东尼·斯托尔说："强制性的孤独和长时间无法过普通人的生活，都会造成永久的

[①] 周芬玲：《哀与伤——张爱玲评传》，上海远东出版社2007年版，第20页。
[②] 同上书，第11页。

损害。"张爱玲在《私语》里写道:"我也知道我的父亲绝不会把我弄死,不过关几年,但等我放出来的时候已经不是我了。数星期内我已经老了许多岁。""我希望有个炸弹掉在我们家,就是同他们一起死,我也愿意。"

看张爱玲的照片,头都抬得很高,眼睛里充满着冷清、高傲,甚至经常是白眼视人。让我们从她孤高的神情后面看出了她的自卑和绝望。鲁迅说反抗绝望,张爱玲也是一样的。他们文字的底色,都是:黑暗。如果没有青少年时期的家庭伤害,那种施虐,张爱玲断写不出《金锁记》那样反思人性阴暗的杰出小说。

1946年,她在《太太万岁》的题记中写道:

> 阳台上撑出的半截绿竹帘子,一个夏天晒下来,已经和秋草一样的黄了。我在阳台上篦头,也像落叶似的掉头发,一阵阵掉下来,在我手臂上披披拂拂,如同夜雨。远远近近,有许多汽车喇叭仓皇地叫着,逐渐暗下来的天,四面展开如同烟霞万顷的湖面。对过一幢房子的最下层有一个窗洞里冒出一缕淡白色的炊烟,非常犹疑地上升,仿佛不大知道天在何方。露水下来了,头发湿了就更涩,越篦越篦不通,赤着脚,风吹过来寒飕飕的,我后来就进去了。

这真是一段天才文字。

要知道张爱玲当时才26岁。那种苍凉哀伤,让人无法言说。而在她的文章中,这样的文字,太多了。包括出道的《沉香屑——第一炉香》,已经成熟得让人无法相信出自一个23岁的女子之手。张爱玲与鲁迅一样,一出手都已经非常之成熟。鲁迅以后还有变化,还有发展,比如思想的变迁,比如杂文的创立,等等,可是,张爱玲一生都没有超越自己的那一批处女作。出道就是高峰,一生都没有超越。这真是一个异数。在"异数"这个方面,中国现代文学唯有她可以与鲁迅一比。余则不足道也。巴金一生都是青春写作,似乎一直没有长大;沈从文只是写出了湘西的野味,或者说原生态,有一种虚假的美;老舍太"底层",茅盾太政治、太政策,萧红小天才而已,还无法与张爱玲相比。至于丁玲、冰心,都只能算比较好的作家,至于艺术高度,根本无法与鲁迅、张爱玲相提并论。

周芬玲说,张爱玲的生命创伤使她对人性的"阴影"特别敏感。这话倒没有说错。读她的小说,她对声音、色彩、人物心理的描写,那是极其出色而奇特的。没有超强的敏感是根本无法做到的。"张爱玲是 20 世纪擅长挖掘人性黑暗面的能手之一,她对这些'阴暗面'的感受特别深,她的作品愈写愈隐晦,里面潜藏的阴影特别深且广。"①

这与张爱玲的恐惧症有关系。胡兰成说:"她从来不悲天悯人,不同情谁,慈悲布施她全无,她的世界里是没有一个夸张的,亦没有一个委屈的。她非常自私,临事心狠手辣。她的自私是一个人在佳节良辰上了大场面,自己的存在分外分明。她的心狠手辣是因她一点委屈受不得。"看她的小说,那种恐惧,可说是无处不在。葛薇龙就说:"我……我怕的是我自己!我大约是疯了!"读《沉香屑——第二炉香》,那种恐惧感一直干扰着我,几乎难以卒篇。我无法理解一个 20 刚过的女子,怎么对人性钻探得如此之深,而且描写起来那么残酷而冷静?除了天赋之外,她家庭施于她心灵的伤害太深而巨了!

我们读《谈音乐》,那里面张爱玲描写自己对中国音乐的喜欢,对西洋交响乐的拒绝,她说:"我是中国人,喜欢喧哗吵闹,中国的锣鼓是不问情由,劈头劈脑打下来的,再吵些我也能够忍受,但是交响乐的攻势是慢慢的,需要不少的时间把大喇叭小喇叭钢琴凡哑林一一安排位置,四下里埋伏起来,此起彼伏,这样有计划的阴谋我害怕。"

张爱玲怕什么呢?心理学认为,一个小时候没有得到爱的人,长大后就感到不安全,就会封闭自己,自私也是一种自我保护。她遇人不淑,她托身的这个胡兰成竟是一个无行文人,并不把她太当回事。而且据资料说,在上海时,她们在公园幽会,被跟踪而来的佘爱珍猛掴了一记耳光,她只好双手捂脸,狼狈逃离。

胡兰成其实是一个没有长大的孩子,从小在家娇惯了的,做弟弟久了,也就有很强的依赖心理。他总是很任性,他希望的是被人照顾,像小周,还有后来的范秀美、佘爱珍,都在悉心照料他。他喜欢那种被人照顾的温馨之感。但张爱玲孤高冷艳,根本就不会照顾人。他们是精神知己,是知音,却很难成为好夫妻。罗丹喜欢克洛岱尔,但却离不开妻子做的饭,老婆虽丑,但饭做得好,艺术家也要吃饭。这是克洛岱尔没有想到的,也是张爱玲没有想到的。对胡兰成来说,张爱玲更多的是一个精神知己,甚至可以说是他的精神启蒙者,但她的才识卓绝并不一定带来夫妻深

---

① 周芬玲:《哀与伤——张爱玲评传》,上海远东出版社 2007 年版,第 106 页。

情，说不定让胡兰成更加不自信呢。

抗战胜利后，胡兰成到处逃亡，某夜到达上海，因为张爱玲不会招待亲友，胡兰成责备了她。张爱玲很委屈，当即回嘴说："我是招待不来客人的，你本来也原谅，但我亦不以为有哪桩事是错了。"本来，胡兰成知道张爱玲是不会居家待客，忽然来这样一个责备，也就是知道他的心思了。这样一个连自己的亲生孩子都不管不顾的胡兰成，怎么会照顾或负责张爱玲的未来呢？

张爱玲喜欢独处，她说："在现实的社会里，我等于一个废物。""在待人接物的常识方面，我显露出惊人的愚笨。"她经常说："我是一个古怪的女孩。"根据心理学家的研究，儿童时期体验不到安全感的孩子，成年之后就特别需要独处。孤独，是他们最好的避难所，他们讨厌人群。她说："我是孤独惯了的。""以前在大学里的时候，同学们常会说——他们听不懂我在说些什么。但我也不在乎。我觉得如果必须要讲，还是要讲出来的。我和一般人不太一样，但是我也不一定要和别人一样。"[1]

张爱玲有很多话非常之精彩，被人传诵不绝，最经典的当然是在张爱玲送胡兰成的照片背后，题的"见了他，她变得很低很低，低到尘埃里，但她心里是欢喜的，从尘埃里开出花来"。很多人都认为这是爱情的表白，他们说张爱玲是一个为爱而痴的多情女子。其实，多情也就是无情，张爱玲的这个表白，不是爱情的表白，而是一种对父爱的呼唤，一种泣血的可怜的呼唤。爱情是平等的，这里却不平等。

在一个女子的心路历程中，父亲是一个巨大的存在。而我们很多父亲忽视了女儿心理的需要，因此导致女儿心理的残缺，带来她们一生一世的心理疾病。我们经常歌颂张爱玲的绝世才华，可要知道这个绝世才华是以自己的伤残作为代价的，病蚌成珠，那是一个剧痛的过程。我们看张爱玲童年，在后母的挑唆下，父亲对她的残暴，那种毒打，一个正处花季的少女，又赶上这么敏感的一个张爱玲，又是如何能够承受？父亲打了以后，还关她黑房子，后来在好心的女佣人的帮助下，才逃出父亲的魔掌。当走上清晨的冷冽的街道，她发现自己竟无处可去。母亲虽然收留了她，可是母亲的财力有限，而且又正在谈对象。她于是与姑姑在一起。

---

[1] 殷允凡：《访张爱玲女士》，引自金宏达主编《回望张爱玲：华丽与苍凉》，文化艺术出版社2003年版，第316页。

父亲后来与她断绝了父子关系。这样一个绝情冷酷的父亲，是因为后母的挑唆，还是他本身就是残酷冷酷的？我们不得而知。但看张爱玲的回忆，父亲与她之间曾经还是有过温馨的回忆的。可惜只是昙花一现而已。

我们阅读《倾城之恋》，一个弱女子，一个正值青春年华的女子，对爱情的那种解构，那种冷酷，那种透心的凉，可真让我们惊心。我们说张爱玲是天才，可这种"天才"是以早熟为代价，以心的透骨的冷为交换前提。我们说鲁迅是天才，那也是以童年、少年巨大的耻辱为成本的，阅读他的《〈呐喊〉自序》，我们的心为他很疼很疼。他能写出《狂人日记》不是没有原因的，这是生命被摧残后的呐喊，是一种自救。我们通读鲁迅，他的偏执、敏感、多疑，是那么的强烈，而正是如此强烈心理状态，才有他那些绝世的杰作。我们看他与很多人的纠葛、裂变，都是有这个心理疾病在那里的。童年的伤害是一生一世的，永不会褪色。

鲁迅与小自己十多岁的林语堂本是好朋友，后来却分道扬镳，不是因为其他，就是因为心理无法沟通。鲁迅敏感多疑，而偏偏林语堂迟钝麻木。林语堂去鲁迅家里，那时鲁迅初到上海。他与郁达夫一起去，见到了许广平。回来的路上，林语堂就一直没有弄清楚鲁迅怎么和许广平在一起同居，虽然是上下楼。郁达夫何等聪明，他是早看出来了，却偏偏不说。一直到周海婴出世，林语堂才恍然大悟。林语堂如此麻木，难怪创作不出杰出的文学作品。

后来，独自生活的张爱玲创作了许多小说，其实就是以他们的家族为原型。她的父亲看了，很恼火，她家族的人看了，都愤怒异常。但也无可奈何，因为张爱玲早就与他们断绝了关系。张爱玲是在出毒呀，她要通过写他们家族来挽救自己，这是一种清空垃圾站的行为。

胡兰成说："但她想不到会遇见我。我已有妻室，她并不在意。再或我有许多女友，乃至携妓游玩，她亦不会吃醋。她倒是愿意世上的女子都欢喜我。"其实，胡兰成说对了一半。张爱玲是不太在意，但并不是不在意。张爱玲爱他，是弥补自己父爱的缺失。当然，里面还是有一点男女私情。说不在意，那是假的。胡兰成的"自私"竟到如此地步。或者说，张爱玲爱胡兰成，其实也是一种自恋的表现。在张爱玲的人生中，真正懂她的也就胡兰成一人而已。傅雷的《论张爱玲的小说》，高则高矣，但却与张爱玲不在一个话语场，是有疏隔的。傅雷这样一个中西贯通的学者、翻译家，也是无法理解张爱玲的。傅雷太刚烈，太黑白分明，所以他做不了作家。真正的作家往往尽力于灰色地带，在那种黑暗不明中，那种混沌中，才能探索出人生之虚无，人性之复杂。胡兰成也算一个小天才，他懂女人，更懂张爱玲，所以才有张爱玲的千里寻夫，这里是不能用道德或政治的眼光来解读的。

张爱玲一生寻找父爱，呼唤父爱，却一直没有得到。他与胡适的几次见面，给了她晚年许多的温暖，因为那是短暂的父爱的回归。周芬玲说，张爱玲对年长的男性一直怀着"父性的崇拜"，我觉得不大准确。她其实需要的不是"崇拜"，而是"父爱"。周女士同时说张爱玲有"恐惧母亲症候群"，害怕自己变成别人的母亲，但又渴望得到母亲的赞许和慈爱。这倒颇有道理。比如，她与姑姑、炎樱等就有着非同一般的情谊。其实，母爱，张爱玲是缺失的，可她从姑姑，还有别的女性那里毕竟得到了许多。

可父爱呢？

冷而空幻的张爱玲，晚年把自己封闭起来，因为她发现自己根本无法再找到父亲，无法再找到父爱，父爱只有一个，那就是童年自己的父亲。得不到，就永远得不到了。再到哪里去找，都是枉然。她也就不找了，她其实绝望了！

胡兰成那里，还是有一点残存的父爱的影子。可是轻薄的胡兰成哪里懂得了张爱玲的心思？于是，轻薄而多才的胡兰成自己把自己从张爱玲那里了断了。他说："我于女人与其说是爱，毋宁说是知。"我想再说清楚一点，他对女人，只是索取，而从不愿付出。他的一生前后与八位女性发生情感纠葛，这些女性都很优秀，一个"知"让她们都成为他的俘虏，但一个不专，也让他未能得到任何一个全部的身心。

本来，遇到胡兰成这样的一个学历不高，但异常聪明的才子，汪精卫伪政权宣传部政务次长、伪行政院法制局局长、伪国民党中央执行委员、《中华日报》总主笔，20多岁的张爱玲岂是对手？我们看资料，胡兰成在汪伪政权里，长袖善舞，颇擅权谋，不仅与汪精卫关系甚密，而且深得陈璧君的信任。这个胡兰成对国际事务极其敏感，屡臆屡中，后又深得日本人的倚重。而且还不失他文人的本性，晚年文笔更是不一般。在那样一个乱世，错综复杂的政治关系角逐中，竟得以善终，确实是心机不浅呀。

张爱玲，仅仅是胡兰成的一个艺术知音而已，她不可能完全征服胡兰成的心。胡兰成晚年还能与当年上海滩的流氓头子吴四宝的老婆佘爱珍共度晚年，也可见他的气量。当年斗死李士群，胡兰成还有一功呢。而

1974年到台湾，又培养出朱天文、朱天心姐妹，也未尝不是一个奇迹。看朱天文的《黄金盟誓之书》，收有她的"记胡兰成八书"，那么长的文字，竟包含着那般深情，让人叹服胡兰成的魅力。

只是，张爱玲，这个绝世女子，一个文学天才，只好默默地走完自己的一生了。

其实，她是最寂寞，最绝望的。

她晚年是看到了自己的繁华，可她对这些繁华，那如云的粉丝，毫不怜惜。

她缺的不是这些！

因为，晚年的张爱玲在虱子的幻觉中艰难地活着。这种"虱子之幻"更多的是一种恐惧症现象。可她恐惧什么呢？林幸谦说，"虱子"是影射"父亲"的一种象征。其实，她晚年的离群索居，不就是一种自我心理治疗吗？

但阅读《小团圆》，她到最后还是没有忘情胡兰成，这份孽缘，她是到死都没有摆脱的。看来，胡兰成那里，还是有某种东西，让她无法忘记的。或许，那就是一种父爱吧？还是一种一生只有一见的知音之慨呢？

张爱玲说，我离开你之后，就不会再爱别人了，我就这样地萎谢了。

看她离开大陆之后的创作，她确实是"萎谢"了。胡张之绝恋，有《半生缘》，她用笔写出了那段孽缘，也宽容了那个负心的胡兰成。《十八春》是不原谅的，《半生缘》里她原谅了。没有了胡兰成，但有一个《红楼梦》，够了，她的余生就可以维持了。一部《红楼梦魇》，是她的心声，是她的血泪。张爱玲喜欢张恨水，喜欢通俗文学，因为她从这里可以得到匮乏的"情感"。她缺的是情感，可童年时缺少的"情感"，是一生都补不回来的了！

晚年的张爱玲说："人生的结局总是一个悲剧，但有了生命，就要活下去。""人生是在追求一种满足，虽然往往是乐不抵苦。"

她说："只要我活着，就要不停地写。"① 可是，"写"是在"不停地写"，但"写"的东西却已经没有了往日的光辉。

---

① 殷允凡：《访张爱玲女士》，引自金宏达主编《回望张爱玲：华丽与苍凉》，文化艺术出版社2003年版，第314页。

三 《兄弟》的恶俗与学院批评的症候

新世纪以来，中国文坛乱象丛生，但是，遗憾的是，我们的批评界没有如富里迪那样惊呼：知识分子都到哪里去了，对中国文学的弱智化、庸人化、恶俗化进行深入研究与批判，而是忙着排文学史座次，忙着修撰文学史，已经把这些文学创作还远远没有结束的作家急着送进"史"里去了。

在2006年11月30日复旦大学《兄弟》座谈会上，陈思和先生明确说："我们希望余华的《兄弟》进入文学史，进入学院"；"我应该毫不掩饰地说《兄弟》是一部好作品。这部好作品首先是它对当代社会、这个时代作了非常准确的把握"；"我觉得余华从'先锋'到《活着》和《许三观卖血记》，是迈了一大步，从一个完全西方化的先锋作家走向了中国民间社会，我觉得这是一个典范"。

这种评论已经很离谱了，更让我们惊奇的是他接下来的话。他说：我最近在读巴赫金关于拉伯雷的文章，在他所描述的"狂欢化"传统里，我能感觉到余华所写的这种传统。巴赫金说，当我们都习惯了欧洲的资产阶级美学传统的时候，我们其实都忘记了，欧洲还有另外的传统，这个传统就是"民间"的传统。比如，欧洲的民间传统主要是一个"降低"的问题，就是说知识分子如何将自己降低到一个民众的立场上来看待当时的时代和生活。我们可以借助巴赫金来理解余华的《兄弟》。余华走在我们理论的前面，走出了我们当代的审美习惯和审美传统，他连接起了另一种传统，我姑且借用巴赫金的话，就是"怪诞的现实主义"，这是一种"怪诞"的喜剧传统。余华使我们进入到了中国文学的另一个传统，这种传统需要我们认真加以体会，包括怎么看待"粗鄙化"，怎么看待那种吃喝拉撒的原生态的生命，等等。从这个角度看去，李光头应该是一个民间的英雄，而不是一个干干净净的知识分子。《兄弟》里的这个新的美学范畴，有可能使得中国文学在长期被政治、被意识形态、被知识分子话语异化的情况下，重新还原到中国民间传统下。①

复旦大学中文系教授栾梅健也将《兄弟》与《巨人传》相提，他说，《兄弟》一书在评论界和读者中引起的巨大争议，既有当代中国社会转型的现实意义，也可以从文学史中找到极其相似的例证：1532年，当法国著名作家拉伯雷的长篇小说《巨人传》在里昂等地悄然问世时，立即就以其惊世骇俗的语言和荒诞不经的描写引起了法国民众的高度关注。"几乎同样的情况在近五百年后的中国发生了。如果说拉伯雷《巨人传》中的众多荒诞不经乃至不可思议的描写，表现了作者对没落的封建制度与宗教迷信的冲击与嘲笑，显示出新型的人文主义思潮与萌动，那么我们是否也可以这样理解，《兄弟》中对李光头这样'庸俗的'、'满身铜臭的'暴发户的描写，正是余华对当下社会某一侧面的准确描摹，有着强烈的震撼力与穿透力。"②

读着这样的评论，我真的有点不相信自己的眼睛。一部作品刚面世，就将它与世界文学史上的名著相提并论，这种态度不说不严肃吧，也是有点太随意。更何况《兄弟》真的可以与《巨人传》并论吗？真的是怪诞现实主义吗？我们不妨简单地对比、论述一下。这里需要的只是常识，根本用不着多高深的学问和理论。

在《兄弟》里，余华一反过去的暴力与温情叙述，而使用了仿狂欢叙事或假狂欢化叙事。说它仿狂欢，因为他本不是真正的狂欢。巴赫金的狂欢或欧洲的狂欢里有一种人性的解放，"狂欢节以其一切形象、场面、淫秽动作和肯定性诅咒，淋漓尽致地展示人民的这种永生性和不可消灭性。在狂欢节的世界里，人民永生的观念是同现有权力和统治真理的相对性观念结合在一起的"。③"狂欢节的世界取消了一切等级制度"。④ 而这种文化或传统是我们这个民族所严重缺乏的。陈先生说"我能感觉到余华所写的这种传统"，不知这是一种什么"传统"？是哪里的"传统"？

---

① 详见《"李光头是一个民间英雄"——余华〈兄弟〉座谈会纪要》，《文艺争鸣》2007年第2期。

② 详见栾梅健《〈兄弟〉：一部活生生的现实力作》，《文艺争鸣》2007年第2期。

③ [俄] M. 巴赫金：《巴赫金文论选》，佟景韩译，中国社会科学出版社1996年版，第228、222页。

④ 同上。

就我的个人阅读体验来说,《兄弟》的叙事风格是严重失败的,价值趋向是扭曲的变态的。它的风格,我认为准确地说,应该是恶俗。按照美国文化批评家保罗·福赛尔《恶俗》里对"恶俗"的定义:恶俗是指某种粗陋、毫无智慧、没有才气、空洞而令人厌恶的东西。恶俗就是将本来糟糕的东西装扮成优雅、精致、富于品味、有价值和符合时尚。可我们尊敬的批评家却把它当成了纯正、高雅、明智或者迷人的东西。我感觉陈先生将拉伯雷的"民间"狭义化了,或者改造了,他只看见了"民间"的粗鄙、粗糙,**而没有看到人家的"民间"里还有自由、解放与新生**。我们阅读《巨人传》,会强烈地"感觉到自己属于人民大众的那种历史的大无畏精神和生生不息",能"感到自己是主人——而且绝对是主人(在狂欢节上既没有客人,也没有观众,人人都参与,人人是主人)"[①]。

众所周知,拉伯雷《巨人传》是一部高扬人性、讴歌人性的人文主义杰作,充分体现了人文主义者对人、人性和人的创造力的肯定。小说中塑造了高康大、庞大固埃等力大无穷、知识渊博、宽宏大量、热爱和平的巨人形象,体现了作者对文艺复兴时期新兴阶级的歌颂。按照赛义德的理论,拉伯雷这样的作家是真正的知识分子,他们对这个社会,对这个民族的文化都有一种担当意识,他们永远都是用怀疑的眼光审视生活的人。而余华与余华的《兄弟》恰好相反,它是对流氓地痞的歌颂,是对文化的侮辱。无论从哪个角度看去,李光头都不"应该是一个民间的英雄",而应该是一个典型的道德败坏的投机流氓。

对李光头这个地痞流氓的描写,作家倾注了极大的热情,但他的描写是失败的。李光头作为一个民政局下属的残疾人工厂的厂长,国家干部,光天化日之下,指派人或带着全厂职工去针织厂向林红求爱,准确点是侮辱、羞辱一个未婚女青年。我不知道这种比黑社会还黑的下流做法如何可能?更让我们难以忍受的是李光头羞辱了林红,不但良心没有一点歉疚,而且沾沾自喜、洋洋得意地说:"那个阶级敌人在破坏我们的无产阶级革命感情。""林红,千万不要忘记阶级斗争啊!"当这些残疾人被李光头煽动地大喊:林红,请你来当福利厂的第一夫人吧。小说写道:李光头眼睛闪闪发亮,激动地说"群众的呼声很高啊,群众的呼声很高啊"。"百分

---

① [俄] M. 巴赫金:《巴赫金文论选》,佟景韩译,中国社会科学出版社1996年版,第221页。

百的王八蛋"李光头被拒绝后,就开始大耍流氓手段,跑到林红家里去,继续耍流氓,被林红父母赶出来,他还说:"不要这样嘛,以后都是一家人,你们是我的岳父岳母,我是你们的女婿,你们这样子,以后一家人怎么相处?"李光头这些模仿语录的对话,充分展示了他流氓的本性。该节的描写也是对残疾人的一种侮辱。

我们仔细阅读《巨人传》,从内容性质来看,它基本上是一部寓意小说,其全部的寓意虽然极为丰富,但几乎全都围绕"人"这个中心,而其关注的焦点则不外这样几个方面:人的本性、人的教育、人的社会现实处境与人应到哪里去找出路。毫无疑问,这几个方面主要都是针对现实社会中宗教神学观,宗教经院哲学以及教会神权对人的专制、压迫与蹂躏。[①] 人的自然本性如何才能健全发育、优雅提升,拉伯雷认为重要的是教育方式、精神规范、人文环境。而我们把《兄弟》即便看烂,也很难看出它是一部寓意小说,也很难看出它有人文诉求。相反,余华在小说中不厌其烦地张扬的是一种反人文价值观。因此,拉伯雷在《巨人传》中用了很大篇幅描写两个巨人的受教育过程与成长经历。而余华则大肆张扬李光头的文盲、流氓本性,不仅没有教育意识,而且在潜意识中仇视知识及知识分子。

伟大的作家内心都有一个理想。拉伯雷也是有理想的。他在小说中想象了一个德廉修道院,那是一个精神充分解放,个性极度自由的所在,是一片开阔、明亮、文明、优美的天地。有豪华的画廊,巨大的图书馆、花园、草地、运动场、文艺舞台,等等,这不仅显示出作者学识的渊博,更体现了作品的贯穿思想:"使人的灵魂充满真理、知识和学问。"从开卷卡冈都亚降生式的喊声"喝呀!喝呀!"到篇末"神瓶"发出的"喝呀!"的谕示,都强烈地表达了要挣脱精神枷锁,追求新思想和新知识的热切愿望。小说也着重强调了人文教育的重要性,卡冈都亚聪慧过人,可在几十年的经院教育下变成呆头呆脑,只有在接受了人文教育后才变成了名副其实的巨人。我们再来看余华的《兄弟》,哪里有一点这些东西?他的小说中不但没有人文主义精神,而且从骨子可以看出他就反对这些东西。从他的《兄弟》里我们看出了"我是流氓我怕谁",看出了对文化的

[①] 参看柳鸣九主编《法国文学史》(修订本),第 1 卷,人民文学出版社 2007 年版,第 84、89 页。

仇视，对流氓的礼赞，根本没有一丝对真善美的向往。

从艺术上看，《巨人传》横扫了欧洲中世纪贵族文学矫揉造作的文风，其神话般的人物，荒诞不经却又妙趣横生的故事情节，赢得了广大读者的厚爱。正如作者开宗明义所指出的，这部作品虽然表面看来"无非是笑谈，游戏文学，胡说八道"，但它在有关"宗教"政治形势和经济生活方面，却"显示出极其高深的哲理和惊人的奥妙"。而余华的《兄弟》除了"油滑粗俗"，还有《巨人传》的那点特色呢？作为一个长篇小说作家，他缺乏那种思想的穿透力。他仿《巨人传》仅得其表面的"粗俗"，而完全丢掉了人家粗俗后面的精华。

总之，很遗憾，我从《兄弟》里无法看出什么怪诞、狂欢、怪诞现实主义与民间传统，也看不出陈思和先生所极力表扬的那些优点。至于"《兄弟》中对李光头这样'庸俗的'、'满身铜臭的'暴发户的描写，正是余华对当下社会某一侧面的准确描摹，有着强烈的震撼力与穿透力"，就更是莫名其妙的言论，根本不值得一驳。《兄弟》远远没有做到什么"准确""震撼力与穿透力"，它的艺术水准是相当低的，与法国的这部伟大的作品几乎没有什么共同之处，根本就不应该鱼目混珠地拉扯在一起。

为了写这篇文章，我把陈思和先生的《我对〈兄弟〉的解读》认真读了几遍，真的比读《兄弟》还叫人难受。我们说得平和一点，陈先生的解读是一种夸张的过度阐释；说得尖锐一点，是与作品没有什么关系的自说自话。这是当下文学批评的一个非常突出的现象，也是20世纪90年代以来文学批评学院化后的一种痼疾，而且已经严重地侵蚀了正常的文学批评。

无论面对什么样的文本，我们的学院派批评家总是能找出许多理论为它们贴金抹粉。陈先生说："为此，我重读了巴赫金的《拉伯雷的创作与中世纪和文艺复兴时期的民间文化》。这部论著的许多论述，仿佛就是针对我关于《兄弟》的疑惑而发的。"[①] 我们知道，文学创作强调的是独创性、唯一性和非复制性。《兄弟》真的与《巨人传》一样是怪诞现实主义，就一定伟大吗？陈先生不但认为《兄弟》与《巨人传》一样是怪诞现实主义，而且还从作品中发现了弑父娶母模式、哈姆雷特式的报复模

---

① 陈思和：《我对〈兄弟〉的解读》，《文艺争鸣》2007年第2期。下引陈思和文字均出自此文。

式,"如此对称的隐性叙事模式居然完全无意识地潜隐在《兄弟》的文本结构内部,不能不令人暗暗称奇"。我们且不论《兄弟》是否有这些模式,我们要问的是:难道一个小说有了这些西方文学中著名的模式,就一定优秀?就一定值得我们大唱赞歌吗?

对《兄弟》里大量粗鄙的叙事,陈先生旁征博引地引了许多证据、理论,有巴赫金关于"怪诞"的定义,有中国古老的民间风俗,认为"当我们的批评家批评作家用词过于粗鄙时,他们也许同样忘记了,这些作家正是长期在民间生活,感受到某种现代文明以外的信息"。而陈先生正好忘记了,贾平凹、余华已经20多年没有在"民间"生活了,他们一直在城市里甚至欧美大都市"感受"和"享受"着现代文明。陈先生还斩钉截铁地说:"如我在前不久评论贾平凹《秦腔》时所说的,贾平凹描写农民生活时用了大量的粗鄙修辞,这恰恰是他们了解农民文化的缘故。"这真是欺天之论。孔子在《论语》中说"吾谁欺?欺天乎?"我们知道农民说话没有那么文雅,不会引用西方文论,但他们也绝对没有余华、贾平凹所写的那么粗俗。其实中国的许多农村仍保留着许多良好的礼仪。农民的确不把粪便、尿、鼻血看成什么大不了的事,但是农民吃饭时也绝对不会把粪便、尿放在炕上,也绝对不会像《秦腔》所写的那样用石头去砸一泡屎,让它四处溅去。当小孩有了鼻血、鼻痂时,也绝对不会欣喜若狂,而是会把它们擦去。当小孩在人前放屁时,大人会严肃地批评他们,而不会认为是一件很愉快的事。农民也是爱干净,喜欢整洁的,并不像我们尊敬的作家写的那样以脏为美,以丑为美。这种对农民的丑化描写应该结束了。从这里也不难看出,生活在大上海的陈先生对西部农村真是有着许多奇怪的"想象",在他的眼里,那里是混乱的野蛮之乡。这种过于优越的城市心理应该变一变了。

陈先生从巴赫金的文章中仅仅得到了三个东西:民间传统、怪诞现实主义、粗鄙修辞,然后认为这三个东西《巨人传》有,而《兄弟》也有,所以《兄弟》也是杰作。大家不认可《兄弟》,也是因为如《巨人传》一样,"审美趣味"受到挑战而已。这个逻辑也太简单而霸道了。而且也是对巴赫金与《巨人传》的双重误读。

我们应该知道狂欢节是完全独立于教会和国家(但又为其所容忍)的真正**全民广场节日**的象征和体现。它在几千年的准备和发展中,形成了自己的形式和象征的特殊语言,"狂欢节语言的一切形式和象征都充溢着更替和更新的激情,充溢着对占统治地位的真理和权力的可笑相对性的意识。这种语言所遵循和使用的是独特的'逆向'、'反向'和'颠倒'的逻辑,是上下不断换位(如'车轮')、面部和屁股不断换位的逻辑,是各种形式的戏仿和滑稽改编、戏弄、贬低、亵渎、打诨式的加冕和废黜,在一定程度上,民间文化的第二性、第二世界就是作为日常生活、亦即非狂欢节的戏仿而建立的,就是作为颠倒的世界而建立的。但必须强调指出,狂欢节式的戏仿远非近代那种纯否定性的和形式的戏仿:狂欢节式的戏仿在否定的同时又有再生和更新。一般说来,民间文化完全没有单纯的否定。"① 读读这段话,一切不是非常清楚了吗?《兄弟》里哪里有什么"狂欢叙事"?哪里有"再生和更新"?它最多就是"戏仿",是"单纯的否定",而且遍观当代文坛,有几个中国作家真正具有这种狂欢精神?余华的小说里有的是虚无、残酷、暴力,有的是对权力、金钱的崇拜,有的是对女色的疯狂和变态地占有,但没有对真理的向往和对权力的批判。《巨人传》里因狂欢化叙事而采用的粗俗语言,或骂人话、赌咒等广场语言,在小说里"既有贬低和诅咒的意思,又有再生和更新的意思。正是这些正反同体的脏话决定了狂欢节广场交往中的骂人话这一言语体裁的性质"。拉伯雷把骂人话的巫术性质改造了,使得骂人话、脏话对创造狂欢节的自由气氛和世界第二方面,即诙谐方面,作出了自己的贡献。而《兄弟》的骂人话、脏话、粗话,仅仅具有否定、消极意义而已,仅仅是流氓文化的呈现而已,根本没有"再生""广场语言"的特征。

至于怪诞现实主义,巴赫金说:"在怪诞现实主义中(亦即在民间诙谐文化的形象体系中),物质和肉体的因素是从它的全民性、节日性和乌托邦性那个角度显示出来的。在这里,宇宙、社会和肉体保持着不可分割的统一性,是一个分不开的活生生的整体。而这个整体是欢快的,其乐也融融。"② 按这个定义,《兄弟》如何能称之为怪诞现实主义呢?真是莫名其妙。自从马尔克斯的《百年孤独》一出,魔幻现实主义风行中国,于是评论界也开始忙了起来,一下子也封了许多中国当下作品为魔幻现实主义杰作。这种乱点鸳鸯谱的评论方式真是十足的恶搞。巴赫金明确地说

---

① [俄] M. 巴赫金:《巴赫金文论选》,佟景韩译,中国社会科学出版社 1996 年版,第 106 页。

② 同上书,第 117 页。

"怪诞现实主义的一个主要特点是贬低化",也就是世俗化、人间化,把那些崇高的精神性的理想的东西转移到整个不可分割的物质和肉体层次,即大地(人世)和身体的层次。怪诞现实主义的一切形式都发端于民间的诙谐,而民间的诙谐从来不离开物质和肉体下层。诙谐就是贬低化和物质化。关于这个问题,书中有非常详细的论述,读者可以去参看。但无论如何,《兄弟》里根本就没有怪诞现实主义的影子,他关于屁股、屎尿的大段描写,已经成为"经典"段落,但除了恶俗,似乎没有别的。

陈先生为了达到全面肯定《兄弟》的效果,还不惜代价地为最为人诟病的处美人大赛情节辩护,从性心理角度分析了李光头的处女情结之后,认为"处美人大赛是成为富人后的李光头企图用金钱来弥补、追寻童年的缺失以及情欲的缺憾,是企图对十四岁阶段的偷窥事件的一次重新来过"。认为他乱伦式的强占林红,是为了成为"男人"。至于这些论述,我们不好说对不对,应该说有他的可能性。但是,许多人诟病这个长段描写,不是因为这些缘故,而是因为作家用一种猎奇的、认可的,甚至是沾沾自喜的态度对它的描写。作家当然可以描写丑恶的东西,但应用一种严肃的态度去描写。**陈先生在这里犯了一个致命的错误,把作家的"写什么"与"如何写"混为一谈**。其实对于一个成熟的作家,写什么并不重要,只要是他熟悉的生活,而关键是"如何写",这是考验一个作家的试金石,也是一部作品成功与否的关键。而恰巧在这个地方,无论贾平凹的《秦腔》《高兴》,还是余华的《兄弟》,都是完全失败的。

巴赫金说:"贬低化就是世俗化(人世化,落地)、就是靠拢作为吸收本能而同时又是生育本能的大地(人世):贬低化既是埋葬,又是播种,置之死地,就是为了更好更多的重新生育。贬低化还意味着靠拢人体下身的生活,靠拢肚子和生殖器的生活,也就是靠拢诸如交配、受胎、怀孕、分娩、消化和排泄这一类行为。"并特别强调:"贬低化为新的诞生掘开肉体的墓穴。因此它不仅具有毁灭、否定的意义,也具有积极、再生的意义:它是正反同体的,它既是否定又是肯定。"[①] 这已经再清楚不过了,拉伯雷的《巨人传》非为粗鄙而粗鄙,甚至它就不是粗鄙,它是世俗化,但这种世俗化里又有一种生命力。这也是《巨人传》之成为《巨

---

① [俄] M. 巴赫金:《巴赫金文论选》,佟景韩译,中国社会科学出版社1996年版,第120页。

人传》的主要原因。而我们阅读《兄弟》仅仅只有粗鄙，整部小说充满的粗鄙叙事也只给读者一种味觉的恶心而已。陈先生说："余华走在我们理论的前面，走出了我们当代的审美习惯和审美传统，他连接起了另一种传统。"其实，余华不仅"走出了我们当代的审美习惯和审美传统"，也走出了人类的审美习惯和审美传统。至于陈先生说"他连接起了另一种传统"，我看几乎是说梦话，拉伯雷的传统他余华如何去"连接"？

其实，很简单，《兄弟》就是20世纪90年代以来文化消费化、快餐化、粗鄙化后的必然产物而已，与拉伯雷没有多少关系，与巴赫金更是风马牛不相及。像栾梅健先生那样错把《兄弟》当成《巨人传》再世，只能是白日见鬼而已。如果说《兄弟》与传统有关系，那只与中国的流氓文化有关系，我们从《兄弟》里看到的仍然是阿Q，成功后的阿Q。李光头那种对权力、金钱、美色的强烈的变态的占有欲，只能从中国文化中去寻找。"处美女大赛"里李光头从一个个冠军候选者那里寻找感官的刺激，甚至寻找处女的变态性心理、性行为，与民间文化无关，不管中国还是西方，与怪诞现实主义无关，与狂欢也无关。这样的人被说成是"民间英雄"，实在令人百思不得其解。

陈思和先生把余华《兄弟》以"怪诞"阐释，其实也是对"怪诞"概念的乱用。是的，巴赫金的"怪诞"有丑、粗鄙的含义在，可它也有自由、想象、解放人的思想等含义，而这才是"怪诞"的核心所在。当然，"怪诞"本身是非常复杂的，而且是变迁的。巴赫金说："关于怪诞风格及其审美本质的问题，只有依靠中世纪民间文化和文艺复兴时代文学的材料，才可能正确地提出和解决，而且，在这方面，拉伯雷的作品特别能够说明问题。只有从民间文化和狂欢节世界感受的统一性出发，才能够理解怪诞风格各种主题的真正深刻性、多义性和力量；如果脱离这种统一性，仅就这些主题本身看这些主题，它们就会变成单义的、单调的和贫乏的主题。"[①] 从这里我们明白地看出，不论怎么说，余华的《兄弟》都没有什么"怪诞"风格，与巴赫金、拉伯雷都没有任何关系。可能是一种民族自信的缺失，文学理论的严重失语状态，我们当下的文学学者动辄以西方文论来套中国文本，比如用巴洛克来阐释李商隐，用弗洛伊德理论阐

---

① [俄] M. 巴赫金：《巴赫金文论选》，佟景韩译，中国社会科学出版社1996年版，第153—154页。

释李白。我们很难想象一个西方学者会用"建安风骨""盛唐气象"来研究《荷马史诗》《浮士德》和《城堡》。

看来，学院派批评的致命症结除了丧失批评底线伦理之外，① 更在理论过剩，或者准确地说伪理论、假理论太多。当然，这与当前大学实行的一套学术评价体系关系甚大。现在的大学都有一套严密的技术化学术评估标准，在这样的所谓学术标准下，许多杂志就被划到了"学术"之外，比如20世纪30年代或80年代文学批评的主要阵地文学杂志，就无法进入大学所谓学术的范围，更不用说那些报纸了。而大学研究生的批量生产，又是文学评论表面繁荣的一大原因。学校规定研究生毕业必须在规定的学术杂志上发表两篇以上的学术文章，而这些研究生的批评素养且不说他，即这个市场需求的量也是出奇之大。于是，我们的学术杂志迅速商品化，一手交钱，一手交文章，已经成了学术圈的"显规则"。而那些大学教授、博导要申请课题，要完成课题，还有学校每年的考核标准，都要求他们在规定的学术杂志上发表一定数量的文章，于是课题费开始流向学术杂志，所谓的学术文章也就一篇篇地出笼了。

既然是学术，就要像学术。我们的大学也规定了许多所谓学术文章的规范，比如参考文献、注释、引文、主题词、摘要、英文翻译，等等，而且连语言的表达都有了不成文的规定，比如你把评论写得很美，是一篇好文章，这就不行，人家会认为你是文学，而不是学术。于是，大家把文字扭曲、变形、欧化，反正不好好说话，再用上许多的西方理论，大段大段的，这样一"包装"，一篇文字不通的文章就俨然成了"学术"，可以用它换职称、学位等等了。大学对学术的硬性技术标准，使得中国的学术严重泡沫化，表现在中国当代文学研究领域，就是与作品无关的胡说八道急剧增多，而且已经成了文学批评的主要表征。更可怕的是当下的中国文坛，文学批评几乎已经被学院派垄断，那几个有数的权威文学杂志几乎就是他们的领地，而那些发行量不怎么好的文学杂志也被他们与他们的学生垄断。而这些所谓的批评家都要靠作家吃饭，于是双方达成"协议"，于是俨然成了一家人，于是表扬与自我表扬成了文坛的主要特色，出现一种严肃的批评声音也被封以"酷评家"的绰号，好像是酷吏似的，让人敬

---

① 参见杨光祖《批评的伦理底线与批评家理论主体的建构》，《甘肃社会科学》2006年第6期。

而远之。①

　　这些学院派批评家面对一部作品,首先就是到文学史中去找"武器",然后不管合适不合适,就硬套在所要评价的作品上。反正是表扬,怎么说都可以。这是当下文学批评的一大悲哀。但这种评论模式却几乎垄断了当今的批评界,连陈思和这样的资深教授都无法避免。陈先生最近的《论〈秦腔〉的现实主义艺术》(《中国现代文学论丛》第 1 期),也用了非常大的篇幅歌颂《秦腔》,这回借的是德国语言学家洪堡的理论。他说:"我觉得对于解读《秦腔》的文本很有启发"。启发的结果让他得出一个结论:"《秦腔》是一部具有巨大精神能量的作品"。

　　学院派批评家的无限拔高,给了余华们很强大的晕眩感,而随着创作的持续、深入,早期学养的严重不足开始浮现,创作的下滑也就是自然而然的事情了。记得 2005 年我在鲁迅文学院学习时,格非先生来给我们讲课,谈到当代世界文坛,谈到马原、余华他们这些当年的先锋派,他突然很傲慢地说:我们已经是当代世界上最优秀的作家了。停了一会,可能感觉到这话的唐突,又补充说:当然是活着的里面。我非常清楚地记得当时很多同学都吃了一惊。今天我们读《兄弟》也能读出这种傲慢。

　　对当代作家的这种虚妄的傲慢,学院派批评家难道不应该承担一点责任吗?

---

① 杨光祖:《文学批评:在学术的名义下死亡》,《山西文学》2007 年第 8 期。

四　莫言：这样的小说让我们恐惧

（一）《酒国》：扯淡的荒诞

莫言长篇小说《酒国》的撰写开始于 1989 年 9 月，定稿于 1999 年 11 月，期间相距 10 年时间。

《酒国》使用了两条线叙事法，一个"莫言"创作的长篇小说《酒国》（暂定名），一个是"莫言"与文学爱好者李一斗的通信，包括李一斗每次寄来的描写酒国的小说，一共 9 篇，计有《酒精》《肉孩》《神童》《驴街》《一尺英豪》《烹饪课》《采燕》《猿酒》《酒城》。可以说，小说的主要文字就是这 9 篇文章，水平层次不一，还有"莫言"写的《酒国》（暂定名）的 8 段文字。主人公是丁钩儿，省人民检察院特级侦察员，专门去酒国调查一些干部烹食婴儿事件。

小说写得迷离恍惚，似乎很后现代，在表现技法上也竭力后现代，采用了比较时髦的手法，整个结构很类似于卡尔维诺的长篇小说《寒冬夜行人》（又译《如果在冬夜，一个旅人》）。《寒冬夜行人》写一个人到书店买书，每次买的都不对，回家看到一半，就没有了下文，然后又到书店换书，换回来的书，不但是另一本书，而且也是半截书，于是又去书店换，如此循环，很有意思。《寒冬夜行人》的结构，也是两条线，即由男女读者的爱情故事，中间穿插着毫无联系的 10 篇故事开头而构成的。这些没有多少关系的故事，加上男女读者的恋爱故事，使得小说奇趣叠生，余味无穷。

但由于莫言仅仅为形式而形式，所以，他的《酒国》虽然采用多种叙事形式，但由于内容、思想的苍白，从艺术上看，是不大成功的。这与他的另一部长篇小说《蛙》一样，那个不断地给日本人写的信，还有最后的那个剧本，都没有什么意义。形式，由于内容的需要而产生，为表达内容而出现，才有价值，也才最有力量。

莫言的《酒国》，确实还是有一些社会批判意义，但亦不能过度阐释，小说的油腔滑调，某种程度上消解了它的严肃性，包括它的思想深度。有时候，感觉这与赵本山的后期小品颇有类似之处，为娱乐而娱乐，为搞笑而搞笑。

《酒国》（暂定名）8段文字，写丁钩儿去酒国调查烹食婴儿之事。丁钩儿作为特级侦察员，应该说有丰富的经验，用小说里的话说，"他是检察院技压群芳的侦察员"。可小说里的丁钩儿，似乎头脑不够，一到酒国，就被酒国宣传部副部长金刚钻灌翻。而与卡车女司机的性爱故事，荒唐离奇，简直就是《泰囧》。更可笑的是，这位女司机最后竟然是金刚钻的妻子，他们在她家做爱时，被金刚钻拍照。但看金刚钻的情感表达，似乎也莫名其妙，既不像是一个丈夫，也不像一位地方领导。总之，丁钩儿的故事，给人的感觉是极端不可靠，作者似乎想学卡夫卡等现代大师的荒诞写法，但却忘记了荒诞的后面是深刻的思想，对时代的超敏感，对社会变迁的火眼金睛般的观察，还有丰富、生动，而且让人信任的细节。可惜《酒国》缺少的就是细节，真实、生动的细节。那个宣传部副部长金刚钻，根本连个符号都不是，飘飘忽忽，没有品格，没有人性，没有内心，没有精神，没有情感，小说读完了，他究竟吃的是婴儿，还是不是，也不大清楚，他和丁钩儿的对手戏，也是很虚，一切都模模糊糊。

李一斗给"莫言"寄来的9篇小说，详细写到吃烹食婴儿之事，应该说会有一定的批判力度，可是，你读完了，依然没有多少冲击力。为什么呢？我想，还是与这种所谓的后现代手法有关。在小说里，后现代技法与小说所要描写的内容没有有机地结合起来。我说了，过度地倾力于炫技，倒影响了小说本身的冲击力。而且这9篇小说也是各自为政，并没有形成一个系统。《肉孩》写一对夫妻卖自己的儿子小宝，地点是烹饪学院特别收购处，因为孩子被定为特等，最后卖了2140元。《烹饪课》里李一斗的岳母给学生讲授如何烹调肉孩的方法，但小说的前半部分，却主要写的是妻子的丑陋、身体的扁平，写了岳母的丰乳肥臀，写了岳母的风韵犹存。总之，这9个小说，从艺术上看，也乏善可陈，唯一的吃婴儿亮点，似乎也被恶搞了，那种社会的隐喻象征意味，大大地被减弱了。

莫言是在自造的荒诞、恶搞中迷失了自己，也暴露了自己对社会、时代的迷茫和软弱的穿透能力。莫言在访谈中说，进入20世纪80年代后期，他就觉得写作难度大了，因为"对当下农村生活隔膜了。我把握不住现在年轻人的心，写得不自信、不肯定"。莫言坦承，每个时代有每个时代的作家。现在年轻的作家要写出属于他们的当代小说，"我们正在往二线隐退"。

当然时代的变迁是一个重要的原因，但莫言的写作出现问题，更主要的是因为没有思想能力，不具备强大的思想穿透力。

他的文学资源主要是民间文化，那种狂欢，那种民间的搞笑，对他影响巨大。我们知道，莫言很喜欢写打油诗，他的打油诗不能说没有一点意思，但总体看，无法登大雅之堂，还是民间一般艺人的水平。他的钢笔字从庞中华而来，也是格调不高。莫言的《酒国》，就语言来说，很多是耍贫嘴，没有多少趣味。婴儿宴，应该是一个很好的隐喻，像鲁迅的《狂人日记》一样，可以写出我们这个民族的病灶来，对我们的文化做一个深入反思。可惜，莫言的思想能力远远不够，他在语言的狂欢中，沉迷于能指的滑动中，而彻底忘记了所指。小说有荒诞，但没有荒诞里的残酷，没有荒诞里的厚重。而且这个荒诞，还是那种扯淡的荒诞。扯淡而已。

学者赵汀阳说，美国学者哈里·法兰克福认为"扯淡与说谎虽然都是不真实的言语，但貌合神离，并没有相同的本质。谎言是真理的对立面，因此，谎言虽然拒绝真理的权威，反对真理，但毕竟承认存在真理，它只是试图掩盖真理，谎言在反对真理时是严肃的，而扯淡根本无视真理，根本不在意什么是真实或者到底有没有真实，因此，扯淡对真理的态度是不严肃的，它不在乎真理是什么东西，甚至不承认存在真理"。法兰克福说："就影响效力而言，扯淡远比说谎更严重，是'真实'的更大敌人。"[1] 赵汀阳说："扯淡不仅是反真相的，而且更严重的是它是反价值的，扯淡会消磨掉人类严肃说出的各种价值，进而解构各种具有价值的事情和生活，这才是扯淡的最大危害。"[2]

莫言的《酒国》里太多扯淡的文字。一个严肃的话题，一个沉重的题材，结果却以打油诗或者耍贫嘴的形式呈现，语词的无节制泛滥，夸张、变形、作秀、矫饰，结果毁掉了小说的质地，包括品格。阅读小说，

---

[1] ［美］哈里·G. 法兰克福：《论扯淡》，南方朔译，译林出版社2008年版，第3页。
[2] 同上书，第7页。

我们发现莫言似乎有宣泄症，该说的时候他说不到点子上，不该说的时候叨叨几千字、几万字，废话太多，让人无法卒读。整个小说洋洋洒洒，啰啰嗦嗦，28万字，我们看到的基本都是作家莫言的唠叨，这种强大的主体性，膨胀了小说的面容，但却缺乏素描式的细节，小说人物事件都无法呈现出来。作家太有才了，也太喜欢炫技了，似乎忘记了小说人物的自足性。这种作家过度干预小说写作的现象，某种程度上毁掉了小说。

翻译家周克希说："普鲁斯特的文体，自有一种独特的美。那些看似'臃肿冗长'的长句，在他笔下不仅是必要的，而且是异常精彩的。因为他确实有那么些纷至沓来、极为丰赡的思想表达，确实有那么些错综复杂、相当微妙的关系和因由要交待，而这一切，他又是写得那么从容，那么美妙，往往一个主句会统率几个从句，而这些从句又不时会有插入的成分，犹如一棵树分出好些枝桠，枝桠上长出许多枝条，枝条上又结出繁茂的叶片和花朵。"[①] 莫言的小说语言正好相反，他没有丰赡的思想表达需要，本来简单的意思，却被他硬往错综复杂上去拉，他的句子的复杂不是本事的要求，而是认为的增加枝条。于是，很多段落都无法阅读下去。

小说的油腔滑调，那种耍贫嘴，也非常让人反感，他似乎要用一种政治话语的诙谐方式，解构某种东西，但其实除了贫嘴，却什么都没有。比如，李一斗让"莫言"给《国民文学》推荐小说，但连续寄了八篇，却没有任何回音。于是，他给"莫言"写信道：

> 他们既然开着那么个铺子，就应该善待每一个投稿者，俗话说得好，"三十年河东，三十年河西"，"天转地旋，你上来我下去"，"人无千日好，花无百日红"，"两座山碰面难，两个人碰面易"，保不准哪一天，周宝和李小宝这两个小子会撞到我的枪口上呢！老师，从今而后，我决不再向《国民文学》这个被坏人把持的反动刊物投稿了，咱们人穷志不穷，天地广阔，报刊如林，何必在一棵树上吊死？您说是不是老师？

这封信件的结尾，邀请"莫言"到酒国做客，给酒国写广告，参加《酒法》起草小组。他这样写道：

[①] 周克希：《译边草》，上海三联书店2008年版，第133页。

等您来，等您来，我的敬爱的老师，这里的山等您来，这里的水等您来，这里的小伙子等您来，这里的姑娘等您来，姑娘好像花儿一样，嘴巴里溢出天国音乐般的酒香……

李一斗给"莫言"的信基本上都是这个腔调，这种油嘴滑舌，与他的身份，与他所反映的烹食婴儿这个事件，都不太符合。阅读这样的信件，给人的只有反感。

第10章，写"莫言"到了酒国。这一章，对话很多，基本都是分行的对话形式，可读性倒很强，但读完后，发现无聊至极，没有一点好东西留下来。至于结尾说"我好像在恋爱"，更是让人肉麻，无一丝生气。

荒诞是一种现代意义上的审美形态，是西方现代社会与现代文化的产物。荒诞也是人异化的表现，是对人生的无意义的虚无性的审美感悟。荒诞的表现和写作，对作家本人是有很高的要求的，他必须具备强大的思想力，和对社会、时代的穿透力。它绝对不是扯淡。

（二）《檀香刑》：恐怖而无爱

从技术上看，《檀香刑》应该说还是很有抱负的，结构特殊，语言恣肆，想象丰富。但如果尺度稍微严格一点，可以说，这基本是一部需要否定的作品。在它里面，缺乏爱，缺乏一种伟大的人道主义，缺乏一种对社会、时代的巨大穿透力。莫言总是计较叙事技巧，在他眼睛里，技术似乎比什么都重要。对小说写作来讲，技术当然很重要，但这种技术只有与伟大的思想、情感融为一体，才有意义，才有价值。他说："《檀香刑》是我的创作过程中的一次有意识地大踏步撤退，可惜我撤退得还不够到位。"他说的"撤退"就是他回到了民间传统，或者准确地说，回到民间文化传统。但民间文化传统良莠不齐，泥沙俱下，不是说你回到了民间，就一定伟大，就值得肯定。还要看你回到了怎样的民间，而且真正的作家不仅是回到民间，更重要的是要超越民间，站在批判的、反思的人文主义立场。

他在《檀香刑》后记里说："我有意地大量使用了韵文，有意地使用了戏剧化的叙事手段，制造出了流畅、浅显、夸张、华丽的叙事效果。民间说唱艺术，曾经是小说的基础。"戏剧化没有错，韵文，也不是不可以用，但在描写一种苦难、酷刑时，使用"夸张、华丽"的文字，是否合适？我觉得，当我们面对民族苦难、残酷的酷刑、人性的巨大践踏之时，使用"夸张、华丽"的文字，是一种亵渎，是不严肃的，也是不协调的。我们不可能在别人的丧礼上，使用华词丽句，铺排夸张，因为这不是展示我们文采的时候。这时候，无声胜有声，或者朴素的语言最有力量，这里需要的是你的一颗真实的感动的心，一种真正的良知，一种心灵的相同。

这里，当然最好引用一些原文，可以更加有说服力，就像法院判案，必须要有证据。但我确实没有力量，也没有胆量，去再抄一遍那些沾满鲜血，冒着血腥气的文字。有兴趣的读者可以去读《檀香刑》，比如第九章，专门写的是凌迟，随便翻开一页，那纸页里都渗透着难闻的血腥味。我想，这样的描写，读一页就足够了。

小说主人公，高密知县钱丁的形象，很是苍白简单，虚幻飘忽，他与孙媚娘的偷情，很有明清艳情小说的腔调，但用在这里，给人感觉不伦不类。那个孙媚娘，只是小说家手里的傀儡，她根本就没有活起来，她的艳丽，她的风情，她的狡猾，她的一切都是那么不真实。看看肖洛霍夫《静静的顿河》，那个阿克西尼娅，多么真实，多么鲜活，多么生动。其实，看看陈忠实《白鹿原》里的田小娥，也可以领略一点什么是女性描写。《檀香刑》对那个知县的描写，尤其不可靠，作家完全没有写出一个近代化的山东半岛的剧烈变化。他说《百年孤独》他只读了几十页，后来才勉强读完。真的，他只是从《百年孤独》里找技巧，他无法感受到《百年孤独》的那种"孤独"，否则，《檀香刑》可能就是另一个样子。尤其结尾，知县跑到升天台上杀人，然后自杀，都显得生硬、虚假，结尾更是没有一点力量。这个人物基本是死的。其实，《檀香刑》中没有一个人物是活的，对他们的描写，包括心理描写基本都是不及物的，完全是作家的闭门造车，是自己的吃语而已。我们阅读陀思妥耶夫斯基《罪与罚》，那种对罪犯心理的描写，细如发丝，让人瘆得慌。那种对人性的拷打、拷问，确实深入骨髓。读这样的小说，写的虽然是暴力，但读者得到的是灵魂的升华，是一次涅槃。但在《檀香刑》里，却只有恶心、暴力、色情、无聊。阅读的过程，是一次堕落的过程，一次自我恶心、自我侮辱的过程。

《檀香刑》的人物描写，没有一个成功的。心理描写，也没有深入人物内心，都是在外面虚张声势。对刽子手赵甲的描写，也总是有一种隔的感觉。作家还是不要描写自己不熟悉的领域。小说写了刽子手，其实，更准确地说，莫言写的只是酷刑，而不是刽子手。他完全痴迷、迷醉于暴力的描写，从文字里可以看到作家的那种痴迷。作家的深度介入，让自己呈现，却让人物消失了。

莫言说："我在这部小说里写的其实是声音。"但这个声音，却太低贱，一点不高贵。小说写了好几种酷刑的施行过程，阎王闩、腰斩、檀香刑、凌迟等，其中，对凌迟的描写字数最多，切割的是企图刺杀袁世凯的钱雄飞，整整用了17页。而写檀香刑，只用了8页，没有凌迟那么详细而彻底。我想，能够如此从容地描写一个刽子手的凌迟过程，而且花费如此大篇幅，写得那么细心，那么冷静，那么不苟且，我想，莫言的心，真是冷酷到了极点。

读了《檀香刑》，我对莫言这样的作家有一种恐惧，如果在现实生活中，我是不想与他有多少真实的交际的。我从这部小说里，闻到了"文化大革命"期间"造反派"和红卫兵"打砸抢"的血腥，和恐怖。我身边的好几位老教授，都不是文学专业的，他们都慕名购读了莫言的小说，但最后都很失望。他们说，除了色情和暴力，似乎没有别的东西，而且几部长篇小说都千篇一律，没有多少变化，语言也是啰嗦、缠夹、欧化。总之，他们感觉到一种恶心，认为这样的作品确实不能让青少年阅读，他们也不想再去阅读这样的东西。

我认为，作家描写死亡、暴力，不是不可以，但关键是看你如何去描写。杨显惠《夹边沟纪事》《定西孤儿院纪事》都写的是死亡，其惨烈程度远远超过了《檀香刑》所描写的对象。但我们阅读《夹边沟纪事》《定西孤儿院纪事》却没有恶心，没有恐惧，我们有的只有悲悯，只有眼泪，最关键的是我们还有反思，有思考。我觉得杨显惠才是真正的作家，当代文学优秀的作家。狄更斯《双城记》写法国大革命的血腥暴力，但给读者的却不是暴力冲击，而是一种大悲悯，一种慈爱，一种深深的反思。他的《雾都孤儿》的那种博大的情怀，会让多少鄙劣之人，心灵得到净化。

面对莫言的这两部"著名"小说，我只想说，这样的小说让我们恐惧。当然，还有一点点担心。

五 余秋雨：一切神圣的东西都被亵渎了

我一直认为余秋雨是一位三流的学者、三流的散文家。读完了《冰河》，我发现，他还是一位三流的编剧，一位不入流的小说家，如果能算小说家的话。

余秋雨绝对是一位才子，江南才子，虽然这位才子总是不那么令人舒服，他总是在那里搔首弄姿，忸怩作态，但有一点才华，这大家还是承认的，不然也进不了"石一歌"。但本来是一位略有一点三脚猫功夫的人，却时时刻刻装成武林大师李小龙，让明眼人一看，就有点可笑。

他的学者身份这里就不说了，那几本戏剧学著作，如《世界戏剧学》《中国戏剧史》《艺术创造学》《观众心理学》，除《艺术创造学》在20世纪80年代还有一点反响，余者知者甚少，在戏剧界似乎也没有多少人认可。而《艺术创造学》如今读来，也是索然无味了。

至于让他暴得大名的散文，确实曾经一度洛阳纸贵。文化批评家朱大可说，连上海的妓女坤包里都装着秋雨散文。但是时光残酷，如今也快被人忘记了，还有多少真正有文化的人会去读他的散文呢？不过，放在新时期文学这一个很短的时间段，他"创造"的文化大散文，还是可以提一笔的。但严格说起来，什么是文化大散文，也值得重新思考。难道鲁迅的散文，就没有文化了，就不是文化大散文了？胸口贴一点胸毛，就是大力士了？

至于说他是三流编剧，就是看了剧本《冰河》才发现的。至于说他是不入流的小说家，也是看了小说《冰河》才知道的。今天，我们就主要说说《冰河》，主要说作为小说的《冰河》，捎带说一点剧本的《冰河》。

这几年，中国的很多剧院为了吸引观众，为了与时俱进，为了斩获国家级奖项，为了打造戏剧大省，为了很多冠冕堂皇的理由，开始斥巨资，重编或者新编了很多新剧。这些新剧要么就是极其主旋律，要么就是力求非常时尚化。主旋律的且不说，单说力求时尚化的一类，那大多就是爱情戏。爱情作为人类永恒的文学艺术主题，可以说是久唱不衰的。《冰河》毫无意外就是一部爱情戏。但爱情戏，看你如何编，如何写，这却是极端重要。莎士比亚的《罗密欧与朱丽叶》也是爱情戏，那是世界杰作。但如今的很多新编爱情戏，却是让人吐槽的悲催戏，《冰河》就属于这一类。

这些新编爱情戏，大多都用一个古装戏的模式套着，就中国观众而言，更喜欢来一个宫廷什么的背景，会感觉更过瘾。这是一种观众心理学，余秋雨不愧是搞观众心理学的，他懂这一点。于是《冰河》也有两个场景，一个宫廷，有公主，有大臣，有皇帝，当然主要人物是公主，然后还有一位出身高贵，但却沦落底层的女子，美貌异常，才智过人。此戏本来就是为他的妻子马兰量身写作的，不美貌能行吗？还有一位船工的儿子，也是才华过人，身体健硕。其他人物基本都是跑龙套，不说也罢。

就我看过的众多此类新戏，大多浅薄、煽情，闭门造车，胡编乱造，既无生活，也无逻辑，但舞台出奇的美丽，音乐非常时髦流行，演员也都很俊很美，可以说是视觉的盛宴。这些新戏技术上都很过关，但内容上极其疲乏。这个技术的时代，这个娱乐至死的时代，观众进剧院也不是受教育的，也不是提高自己的文化修养的，就是养眼的，娱乐的。于是，有什么样的观众，就有什么样的戏剧；有什么样的戏剧，就培养出什么样的观众。

著名京剧武生表演艺术家裴艳玲说，别跟我说新编戏，这几十年，包括我自己的新戏在内，没一个是戏！我演《响九霄》那是我示威——你们不是说我裴艳玲只会演老戏不演新戏吗？我就演个给你看看。你给我"梅花奖"我还不要！领导说你不得奖没政绩，行！那咱就给你得个"梅花奖"。可是我自己明白，那不是戏！她还激愤地说，白先勇的青春版《牡丹亭》，是左道旁门，入不得！演两三百场怎么了？能说明什么问题？什么也没有！你说他这个好，如果你家有人学戏，你是愿意用他这个版本开蒙，还是愿意用梅兰芳的开蒙？道理很简单嘛。《红灯记》"狱警传似狼嗥我迈步出监"好不好？好！可是你学戏开蒙，不也得"我本是卧龙岗散淡的人"吗？你能拿《红灯记》开蒙？网络上流传的裴艳玲的这些语录，我是极其的赞同。有人怀疑这是不是裴艳玲的话，其实，还有谁能说出如此精彩老到的话来？几年前，在甘肃省兰州市金城剧院的一次演出中，裴艳玲素装上台，讲了几句话，耍了几个动作，我当时就服了。那个气势，那个功夫，那个眼界，就是大家。她关于新剧的这几段话，说到了点子上，不是谁胆大就可以说出来的。

众所周知，故事好编，台词难写。或者说，故事好编，细节难求。都是一个道理。小说和剧本相比，更注重细节，细节描写的成功与否，是一部小说成功的关键。另外，就长篇小说而言，结构，也极其重要，而且也比较艰难。剧本的结构，一般来说，容易一点，就两个小时的时间，起承转合，不是多难的事情。

就《冰河》来说，故事情节很简单，单线发展，一清二楚。讲述一个并不凄婉，也不悲惨，相反比较娱乐，而且时尚的爱情故事。故事发生在古代，究竟什么朝代，也没有交代，先说两个贵妇人无聊，举办了一次"淑女乡试"，女主人公孟河拔得头筹，引来大批追求者。恰巧此时她母亲去世，而她父亲二十多年前进京赶考没有了下落。于是，她就女扮男装，与一群考生一起乘船去京城寻找父亲。途中，船只突遇冰雪，在这样的生死关头，船工的儿子，如今也进京赶考的金河，深夜凿冰救人。而那些未来的官员，如今的考生却见死不救，而且极尽侮辱诽谤之能事。最后，金河因为冻伤无法赶考，孟河为报不平冒名替考，中了状元，然后，引出一连串的是非，公主要嫁状元郎，最后发现是女子，皇帝又赦免了冒名科举之罪。最后孟河与金河一起南下，过他们的神仙日子去了。小说里对官场、官员的讽刺，比较有趣，也显示了余秋雨的才华，当然，要说见识也谈不到。作为剧本，情节跌宕起伏，情节紧张，不乏幽默诙谐，但作为小说，却非常无聊荒唐。

我们看"小说"版的《冰河》，目录里写的是"故事"二字，如果说是故事，我们就没有多少话可说了，但他却在序里说："所谓'故事'，其实也就是小说。在这里标为'故事'，是想显示一个完整的故事和剧本之间的关系。"那我们就按小说对待，来看看它究竟是一个什么样的东西。

小说一共 35 节，最短的也就几百字而已，长的也就几千字。就单节篇幅而言，远没有他的文化大散文那么洋洋洒洒，不可羁勒。而且明显是根据剧本改编过来的，可能我们的余大师太忙了，竟然连基本的补充、润饰都没有了，就那么仓促地出版了。说是"小说"，其实就是"故事"的片段连接而已。阅读起来非常轻松,没有任何挑战性,也没有一点难度,像我的阅读速度,一个多小时,就看完了。很快,很轻松,就像看《非诚勿扰》一样,一点都不累,很娱乐,当然,也不乏一点小温情。有网友说"故事里甚至没有反面角色,只有两个年轻人坚守的爱情和等待的执着,对于生活过于压抑的人们,很容易被这样的故事所动容"。

在这35个片段之间,当场景转换之时,我们的余大师就没有了一点腾挪功夫,只好自己跑出来用画外音,还是一个剧本。比如,第七节写孟河终于到达码头上岸,她想报复试卷,报复考官,报复皇榜,于是决定先单独进京,以金河的名义参加科考,第八节就直接写发皇榜,中间的事情都省略了。这在戏剧里是可以的,场景一变换,就可以了。但作为一部长篇小说,就不能如此操作,太轻率了。这中间的事情还得细细写来,而这是作为散文家的余秋雨根本拿不下来的,他也觉得如此做不太妥当,于是就在第八节正文前来了一段"插叙",说"孟河最精彩的经历一定与考试有关。她初到京城是怎么找旅舍的?在登记处又遇到了什么怪事?进入试场必须经过严格的搜身,她一个女孩子是如何通过的?她面对的试题是什么?又怎么设计出奇特的答题方略,把众考官惊得魂飞魄散?""这整个过程,险险重重,妙招连连。一旦追述便会滔滔不绝,很难收住,干脆彻底删除,完全跳过。只剩下结果,那就从那里说下去"。于是,就直接写孟河看皇榜,发现状元就是她冒名顶替的金河,云云。既然"干脆彻底删除",那还是小说吗?你直接写剧本得了,何必费这心劲儿?或者余大师根本不知道小说是什么模样?还以为把那一幕幕剧本变成散文体,就是小说了?

第二十五节写孟河闯宫廷,应该认真一点了吗?好好地细细地描写一下,比如场景,比如人物,比如对话。这方面余秋雨先生熟悉的《红楼梦》不是做得很好吗?但我们的余大师依然如故,他又来了一个"插叙"。他说:"这个故事说到这里又遇到了特别精彩的情节,精彩得能让很多作家都会妙笔生花,能让很多读者都会参与构思。于是,本人也就把它让开,将它省略,就像上一次处理孟河进入考场的情节一样。"既然如此,仅出版一个剧本不就得了,何必多此一举呢?毕竟你的剧本还演出过,让余粉读读,也聊胜于无,如今要改写成小说了,可又省略了,那又何必呢?难道仅仅是为了表明自己还写过小说,还会写小说吗?就像你能写几个毛笔字,这不错,可为什么偏要逞能写什么书法史呢?还谈普洱茶，还谈昆曲？后两者我不太懂，你谈的如何我不敢说，但看了你的书法小史，只能说你还是在写散文，还是老本行。余大师这一生最后的标签，可能还只是一个：散文家，而且还是三流散文家，别的恐怕都提不上。鲁迅的书法那是真正的书法，但他老人家藏拙，没有写一本书法史。老一辈治学之严谨，让我们感佩，而如今一些"文化大师"为学之轻率，也让人叹服。

"插叙"最后他也不忘自我吹嘘一下，东西写不出来，那种大师派头不能丢。他又说："更精彩的是，真的金河也将在今夜与老丈一起去闯宫，说明实情。那就是说，这个夜晚宫廷里发生的一切，连平庸作家也会写得高潮迭起。既然有那么现成的惊悚笔墨，本人也就不掺和了。"呵呵，"平庸作家"，言外之意，自己这个"大师"没有必要再出马了。既然如此，又何必费神写呢？你就不要染指小说，然后你更可以大胆夸言："我是不写，一旦一写，一不留心就是一部《红楼梦》。"只是如今这等海口，余大师却不能再说了，因为你的东西放在这里了。就这等水平，放在中国小说界，真的连三流都不如，说不入流，也可以。"我们还是避过这个激烈的夜晚，等待第二天太阳出来吧。"只是还会有"太阳"吗？在中国文坛上，余大师的"太阳"早就下山了。

但"太阳"下山了，我们的分析还得继续。

小说开头，也是一段楷体插叙，完全多余，乃无聊之文字，不说也罢。但作为一部小说，现有的开头，也太不负责了，依然是剧本的写法。"地点在中国南方，那里有一条大河，穿越很多密林、峭壁、险滩，却依然洁净。"一开始，就交代地点，这还是剧本。

一开篇的情节，就无法自圆其说。说是有两个诰命夫人，为女子不能参加科考而不平，就联合举行了一次"淑女乡试"，孟河夺冠。然后，就说很多富家公子都想娶孟河，可是两府三百五十多个媒婆却忽然找不见孟河了，但看小说，孟河也根本就没有换地址，此前，胡老太太还"让手下的女侍去看看孟河长相如何"。这种情节的自相矛盾，漏洞百出，在这部不太长的小说里，比比皆是，俯拾皆是。看来，过了自恋的余秋雨只能写散文了，写小说天赋不够。其实，他即便写散文，什么时候不自相矛盾呢？看看《道士塔》《十万进士》等长篇散文，错误百出，胡言乱语，还少吗？而且，更加让人奇怪的是，小说一开头重点描写的两个诰命夫人，后面却影踪全无了。戏剧行都知道，幕一拉开，墙上挂一把剑，这剑后面一定要用上，否则就不要挂。一部小说的开头如此重要，但在余秋雨看来，却是如此稀松。其实，严格说来，不是他认为稀松，而是他根本就没有创作小说的基本的虚构能力！

小说第二节写郝媒婆跑到山里找孟河，孟河不开门，于是就把六个想做夫君的酸书生领到孟河家门前，让他们在凉亭上一个一个露相，就像如今T型台的模特。这种场景放到戏剧里，还有一点喜剧效果，但放到小说里，被余秋雨写下来，就怎么那么酸倒牙？即便不说这种场景在古代没有可能性，就那种舞台剧式的粗线条描写，也是极其可笑。至于小说里面，金河与老丈的对话，也非常浅薄、浅陋，如第五节写金河想上京赶考，路上遇到一位老者，问：上船有篷，为何还戴斗笠？金河回答：下雨无度，岂可依赖船楫。老者又问：跋山涉水，为何不带书籍？金河答：咬文嚼字，怎如阅读大地！看看这对子，比薛蟠能高明多少？难道古代的读书人就这个水平？

小说里浓墨重彩描写的寒潮部分，戏剧成分还是有一点，放在如今的舞台上，还差强人意，不是很好，也不是多么差。但作为小说，却嫌太脸谱化，太简单了。人物对话很现代，有戏剧冲突，却没有一点小说细节。舞台上，有演员，所以剧本不需要那么详细，大概交代一下就可以了。很多丰富的细节需要演员去完成。但作为小说却不行，作家描写不细，读者就无法了解。而且一部小说成功不成功，最后看的就是这个细节。所以，纳博科夫说，抚摸你那神圣的细节吧！伟大的小说都有丰富的细节，细节的真实是最大的要求。但《冰河》作为一部小说，缺乏的正是这个。看来余秋雨转型小说家，还是准备不足，功力欠缺。

小说后半部分孟河与公主的情节，更是一种戏剧情节，而不是小说情节，描写简单、简陋，粗粗几笔，那种剧本的痕迹极其浓重，完全不是小说的写法。人物对话也是极其荒唐，非常现代，非常时尚，放到今日的舞台上，作为一部新戏，还勉强说得过去。因为有美丽的演员，有优美的身段，加上音乐，和婉转的台词，还有舞台设计，观众对情节的要求不那么高，尤其如今的新戏。可是，作为一部长篇小说，这种写法，就太简陋了，太轻率了。人物对话，还是舞台效果。

"如果由你拜相，一定经天纬地！"孟河说。
"正像由你出试，立即遮天盖地！"公主说。

> 两个骄傲的女孩子,在路边石狮子背后,气吞山河。
> 孟河指着公主说:"大道在婴,大雄在女。"
> 公主指着孟河说:"大哲在乡,大邪在书。"

第二十五节到第三十节,写的是孟河闯宫殿,按余秋雨大师的说法,即便"平庸作家"都能写得"高潮迭起",可大师写下来,竟然没有"高潮"。人物对话随意、无聊,情节安排非常轻率,没有逻辑,即便作为戏剧,恐怕也不是好剧本。我们看过传统戏剧的人,还是知道什么是好剧情;虽然不会写戏剧冲突,但还知道什么是好的戏剧冲突。小说写到公主在大殿等待穿女装的孟河上殿。孟河出场了,公主的表现却让我们大跌眼镜。

> 她忘了自己的服装已与昨天大不相同,只像老朋友一样走到了公主面前。正待行礼,公主反倒后退一步,然后冲前一步把她抓住,说出了几句很见文化功底的话。
> "你呀你,扮男人太像男人,做女人太像女人!怎么说你呢?昨日潇洒如泼墨山水,今日柔丽似柳下古琴。"
> 说到这里,公主又扬起拳头向孟河的肩头捶去,捶得又快又轻,口上却是一连串的念叨:"你太烦人!你太烦人!你太烦人!……"

这是典型的余氏风格!

我们观看《星光大道》也没有如此肉麻,即便就是《非诚勿扰》也还没有如此嗲声嗲气,让人起鸡皮疙瘩到如此地步!这种酸气真让人倒牙,也倒胃口。

至于最后的认父部分,更是让人无法卒读。孟河站在云门台上,借助山神地母,与站在大臣里面的背叛她们母子的父亲对话,这里的人物对话既没有性格,也没有深度,完全就是一种烂抒情。心理承受能力强大的读者可以自己去读,我这里就不赘述了。

总之,作为小说的《冰河》缺乏叙述能力,没有复杂的叙述技法,连最基本的小说技法都没有运用成功,人物形象空洞,故事情节别扭,对话极其时尚而无聊,结构更是谈不上,充其量就是原来剧本的散文化而已。如果说还有一点可读性的话,就是他没有宣扬暴力,也没有色情描写，只是夸饰地描写了一个古代的爱情故事，作为流行文化的一部分，一个文化快餐，有兴趣的读者也可以一读。但不读，也不会有什么遗憾。

但对于余秋雨来说，却是一场灾难，他让更多的人看清了他皮袍下的"小"，更快地剥去了罩在他脸上的一点点快要消失的光影，人们终于发现，原来这才是真实的余秋雨。

最后，顺便说一句。我一直认为，作家最怕出全集，出全集对一位作家来说是很冒险的，它会让人看出你皮袍下的小来。一个人一辈子写一两本好书，已不容易，遑论全集？余秋雨的才华在他的几册散文里，如此而已，如今却野心勃勃出版了"秋雨合集"，共21卷，看下来，让人不由为他的胆量佩服，比如译写六卷里，就有《庄子译写》《屈原译写》《苏轼译写》《心经译写》，这些仅仅是把那些优美的经典，翻译成白话文而已。如果这都可以算自己的作品，可以入全集的话，那以余秋雨之才，恐怕他的合集要增加到数百卷了。

那个所谓大师的余秋雨终于消失了，其实在明眼人那里，他从来就没有作为"大师"存在过。如今他被打回原形，原来就是一位三流的散文作家而已！鲁迅当年说商家为了商业利益，"商定文豪"，如今是到处"寻找大师"，其实不必了，大师不大师，让历史去说。关键是每一位文化人，要对自己的民族、国家有一种使命感，对自己的才华有一种自知之明，不要再装神弄鬼了。而作为读者，还是静下心来，认真读一点经典，我们这个民族才有希望。我们必须清楚，当遍地是大师的时候，也就是没有大师的时代。裴艳玲说："电视里但凡放老前辈们的戏，就算是戏曲频道的片头那一点点，我一看，就激动得不得了，什么梅兰芳、盖叫天、马连良等等这些。半夜我都起来披着棉袄我看，看完了睡觉。每次都能给我很多启发。"这才是真正的艺术家，我们需要这样的具有自知之明的艺术家！

1848年，马克思、恩格斯在《共产党宣言》中，写下了这样一段话："一切固定的古老的关系以及与之相适应的素被尊崇的观念和见解都被消除了，一切新形成的关系等不到固定下来就陈旧了。一切固定的东西都烟消云散了，一切神圣的东西都被亵渎了。"余秋雨从他出道那天起，就一直在从事着亵渎神圣的工作，他太聪明了，这项工作做得很出色。只是，如今，他把自己也亵渎了。

第三章

微观西部文学

一　田小娥论

　　一个优秀的作家必须发出一种人类的声音，他体现的是人类的尊严和良知。作家唯一的存在方式就是用富有文才的语言表达出自己的感情和思想，他们是为思想活着的人，是为理想活着的人。陈忠实的《白鹿原》虽然有许多的瑕疵，可有一点却是我们不能不承认的：它的博杂，它的厚重，或者可以说，它是一部经得起多重阐释、持久阅读的作品。

　　《白鹿原》描写了在一个时代大转型大动荡时期，一个小小的白鹿村的变迁，人物的悲剧无不与这个大巨变的时代紧密相连。田小娥就是这个时代渴望自由，追求爱情的女性的悲剧，她不愿再做男人的工具，她要寻找爱，可是太早了一点，白鹿村不会给她这些，那个社会还没有可能满足她的要求。她的抗争只有一个结局：毁灭。但她那种精神仍然启迪着我们，感动着我们。她是儒家文化衰亡过程中的一道闪电，虽然瞬间即逝，但意义却非常久远。

　　我个人觉得，《白鹿原》里出现了那么多的人物，其实从内心里作家最喜欢，最无法忘却的还是田小娥。而塑造得最成功的也是田小娥，作家无意识中倾注感情最多的也是这个人物。白嘉轩、朱夫子都有很多作家的理想在里面，当然也就有许多主题先行的东西，并不是非常成功的人物。小说第九章关于黑娃与田小娥初涉爱河的描写，真是回肠荡气，才情四溢，作家文字的罗嗦冗杂也忽然不见了，显得那么摇曳生动，让我们发现了作者内心蓬勃的生命冲动原是如此之强。假若将它与第一章进行对比，我们就会发现它的截然不同。第一章的描写比较消费化，虽然刺激却乏真情。第九章则全然不同，它是作者真情的流露，是混合着生命激情、感悟、血泪的描写，是对封建礼教的控诉。虽然也有过度描写之嫌，可基本上瑕不掩瑜，是本书最精彩的篇章之一。田小娥是郭举人的小老婆，但大老婆管得很严，一月只能同房三次，事毕还得马上回去。大老婆还让她泡枣，倍受凌辱。正如她说的："兄弟呀，姐在这屋里连只狗都不如！"她与黑娃偷情，是真的喜欢，不是自贱。她说了："我看咱俩偷空跑了，跑到远远的地方，哪怕讨吃要喝我都不嫌，只要有你兄弟日夜跟我在一搭。"而黑娃也真是喜欢她，他最后跑到她家里，把她带回家里，说明了他们感情的不容怀疑。但是，他们的所作所为太超前了，在那个封建礼教如铁桶一般的社会，注定了田小娥的悲剧命运。即便她不与黑娃偷情，她也不会有多么好的命运。20世纪90年代我第一次阅读《白鹿原》，就喜欢上了田小娥，我也感觉到了作者对她的偏爱。

2007年，偶尔看到陈忠实的访谈《我相信文学依然神圣》(《延安文学》2006年5期)，我很欣喜地发现我的感觉是正确的。陈先生在访谈中，当访问者问到朱白氏与田小娥的区别时，他难得地激动了："我只想告诉你写作这两个人物时的不同感受，写到朱白氏时几乎是水到渠成十分自然，几乎不太费多少思索就把握着这个人的心理气象和言语举止，因为太熟悉了。而投入到小娥身上的思索，不仅在这本书的女性中最多，也不少于笔墨更多的另几位男性人物。我写到小娥被公公鹿三捅死，回过头来叫出一声'大呀'的时候，我自己手抖眼黑难以继续，便坐下来抽烟许久，随手在一张白纸上写下'生的痛苦活的痛苦死的痛苦'，然后才继续写下去。""还有白灵，还有被封建道德封建婚姻长期残害致为'淫疯'的冷先生女儿。我写了那个时代乡村社会不同家庭不同境遇下的几种女性形象，我自觉作者投入情感最重的两个女性是田小娥和白灵。前者是以最基本的人性或者说人的本能去实现反叛，注定了她的悲剧结局的必然性，想想近两千年的封建道德之桎梏下，有多少本能的反叛者，却不见一个成功者。活着的小娥反叛失败，死的小娥以鬼魂附体再行倾诉和反抗，直到被象征封建道德的六棱塔镇压到地下，我仍然让她在冰封的冬天化蛾化蝶，向白鹿原上的宗法道德示威……你竟然不体察我的良苦用心。"读到这里，我的眼睛湿润了，这就是陈忠实，这就是《白鹿原》打动人的地方。有些论者不细读文本，却在那里想当然地胡说什么陈忠实开始了对家族制的肯定，并认为是对"五四"新文化运动的反动，是对鲁迅、巴金小说反家族制的反动，是对家族制的第一次歌颂。看来，这样的评论真是太离谱了。陈忠实说他对白灵、田小娥投注的笔墨里的情感是最热烈的，区别于对所有人物的文字色彩。可由于"白灵是以一个觉醒了的新女性反抗白鹿原沉重的封建意识的人物"，作家对她并不是很熟悉，我个人认为描写并不是非常成功。而田小娥就不一样，这样的女性广布广大的乡村，作家很熟悉她们，难怪作家要如此动情了。

这种动情的缘故不仅是来自于农村现实，更是来自历史。陈忠实说，他去翻阅蓝田县志，看到 20 多卷的县志，竟然有四五卷专门记录贞妇烈女的事迹。目视这些名字，他有了颤动与逆反心理，"田小娥的形象就是在这时候浮上我的心里。在彰显封建道德的无以数计的女性榜样的名册里，我首先感到的是最基本的作为女人本性所受到的摧残，便产生了一个纯粹出于人性本能的抗争者叛逆者的人物。"[①] 一切不都是很清楚了吗？《白鹿原》有田小娥这样的人物，它才有了自己的灵魂，有了长久的生命。白嘉轩身上也有作家的血泪，当然黑娃、鹿三、白灵等都有着作家的灵魂附体。可都没有田小娥如此让他难以割舍。《白鹿原》的写作几乎让陈忠实透支了。2004 年我见过陈先生，那时候我就感觉到他的创作可能枯竭了，2007 年底看他的《白鹿原》创作手记，我更加感觉到了这一点。

田小娥本质上是一个传统女人，她渴望守妇道，但社会、时代、家族、命运都不给她机会。她只能用极端的方式反抗：用自己的肉体去诱惑、破坏那貌似神圣的礼教。但在破坏的过程中她时时又回到传统女性的状态，只是这状态维持不久，又被外在的压力击碎。不同于祥林嫂的，就是她有激烈的反抗，虽然这反抗的代价太大，可我们看到了一个真正的人的出现。在不断地用生命的反抗中，田小娥触及了人类的悖论：道德与人性，自由与专制。在某种意义上，她是接近自由的，接近人本身的。可这种灵魂出窍太可怕了，作为传统文化严格管束下的田小娥，只有两条路：回归，毁灭。而以白嘉轩为代表的封建礼教，以鹿子霖为代表的基层政权都不允许她的回归，不允许她做一个贤妻良母，余下的也就只有一条路：毁灭。其实被毁灭的何止田小娥一人？冷先生的女儿，鹿兆鹏的媳妇，不是也被可怜而悲惨地毁灭了吗？罪魁祸首还不是那个礼教吗？老辈包办下一代的婚姻，根本无视他们的感受，族规、家法远远大于个人的情感。

田小娥的成功塑造，是陈忠实此作的很大贡献，从某种意义上说，她解构了白嘉轩的圣人形象。关于这一点，无疑继承了鲁迅礼教吃人的叙事传统。白鹿村就是封建社会的缩影，田小娥无路可走，《玩偶之家》的娜拉还可以离家出走，而她去哪里呢？在那个铁桶似的社会，反抗只有一条

[①] 陈忠实：《寻找属于自己的句子》，《小说评论》2007 年第 4 期。

出路：死亡。陈忠实是个传统的农村男人，他骨子里还是非常大男子的。可他内心里有着一重温柔的海洋，从《蓝袍先生》里我们就可以非常真切地触摸到这一点。于是无意识中，田小娥的出现具有了女权主义的色彩，使《白鹿原》具有了多重解读的可能，丰富而复杂，温情而博大。

我个人感觉到田小娥是《白鹿原》中的一个核心人物，虽然从表面看，白嘉轩是核心，其实不然，我们看到的白嘉轩只是这个没落时代的裱糊匠而已，礼教的盛世早已经过去了，他的坚守只是一种徒劳而已。在那个天翻地覆，西学东渐的时代，他的影响力最大也就是白鹿原。很多论者给予了白嘉轩太多的褒扬，太多的溢美之辞，其实，与鲁迅笔下的赵太爷、大哥，曹禺笔下的周朴园，巴金笔下的高老太爷一样，他也是十足的封建礼教的刽子手而已，只是表现得似乎非常的正直。早有学者指出，清官做起坏事来，比贪官更可怕，因为他们从心底里以为自己在弘扬正义，而从不以为自己在犯罪。白嘉轩就是这样的一位族长。

当黑娃逃走，在这个狼一样的村子，孤苦无依而又美丽异常的田小娥就注定摆脱不了悲惨的命运。在这里白嘉轩以"道德"的名义将田小娥推上了罪恶的绞刑架，而田小娥以后的反叛、沦落，其实真正的罪魁祸首是他，而他还以为自己在弘扬正义。这就是中国儒家的必然结局。想当年，孟子要休箕踞的妻子时，还有一个开明的母亲，可到汉儒，原始儒家的那一点开明宽容就不见了。而到宋明理学这里，女性不但没有一点的自由、权利，而且更是有了原罪，作为女性的原罪。女性只是作为生殖工具而存在，作为男人的性工具而存在，没有丝毫的人的尊严，有的只是家族的尊严，男人的尊严。白嘉轩就是一个变态的家族尊严的维护者，一个已经死去的儒家文明的守墓人。

与白嘉轩的冷酷相比，早期的白孝文更加人性化。他可能不是一个很好的族长，甚至连族长候选人都不够格。当然这不是白孝文之过，而是时代的变迁。鲁迅笔下的大哥，曹禺笔下的周萍，巴金笔下的大哥，都已经不具备族长的条件，不管自身条件，还是外部的变化，都已经不给他们这个机会了。时代的变化让他们认识到了再不能沿着以前的老路走了，他们要走新的路，而旧的礼教、宗法根本不允许，于是他们反叛，他们出走；他们不是新生，就是毁灭。经历磨难的白孝文最后成功变形，成为了新政权的县长，巧妙处死了真正的起义者黑娃，这是小说最精彩的一笔。一个什么都不信的投机流氓最后成了赢家。而他的沦落，这个以白嘉轩为首的儒家礼教难道能脱掉责任吗？

　　田小娥其实不是一个淫荡的女性，任何女性天生就是好女人，只是这个社会让她们堕落。我们看她对白孝文的态度，开始是一种复仇的快感，是一种邪恶的诱惑，而后来她感动于孝文的痴情，她天性中的善良又一次萌芽了。她做起了一个贤妻良母，做得那么幸福，可是以白嘉轩为首的家族已经不会给她这个机会了，他们要把她彻底地毁灭。田小娥的死是对儒家的一种嘲笑，是对家族制的彻底否定，是对这个男权社会的一种无言而有力的抗议。鹿子霖霸占田小娥，其实从某种意义上做了白嘉轩想做而不敢做的事。中国人对待美女向来只有两种选择：占有，或者毁灭。小说中作者把白嘉轩竭力塑造成一个十全老人的形象，甚至圣人的形象，但是过犹不及，而且白嘉轩的形象在小说中更多的是大仁却奸，是一个专制独夫的形象，许多青年人的毁灭都是因为他的存在。他从礼教出发，成为了与作为政权象征的鹿子霖一样的负面力量。倒是在田小娥这里，作家内心的许多东西无意之中却爆发出来，写出了一个真实的复杂的田小娥。如果说田小娥属于生活的赐予，灵魂的战栗，那白嘉轩其实更多的是理念的写作。

　　田小娥的身体（肉体）无疑是美丽的，这在第九章田小娥一出场，作家就明白地告诉了我们。正是这个美丽的肉体给了腐朽的男权社会一个很大的冲击，他们接受不了这个诱惑，他们必须除之而后快。从古以来美丽的女人总是祸水，因为那些掌权的男性总是过不了那一关。中华民族是一个不懂女性美的民族，中国男性从来没学会欣赏女人的美，他们的占有欲太强烈了。历史总是一再地印证着这个道理。他们在这样无耻地做的时候，还要找一个堂皇的理由，那就是家族利益，那就是礼教，那就是男人的尊严。

　　白嘉轩用一个塔镇住了田小娥，无疑也是一种性的象征，不管作家意识到了没有。白嘉轩那么地仇视田小娥，从骨子里也有一种得不到那么就毁灭的阴暗心理。他第一眼看到田小娥就认为她不是一个过日子的好女人，就认定她是婊子，白家的祠堂决不给她开一丝缝。他是典型的道貌岸然的伪君子，是儒家思想渗透下的忠实奴才。我们看他在实行家法、族法时多么的正义、无私，可他内心里就没有恐惧，没有对自己的压制？我感觉他鞭打的不是白孝文、田小娥，而是他心里的一个魔，一个难以摆脱的魔。我们看小说的开头，劈头就是："白嘉轩后来引以为豪壮的是一生里娶了七房女人。"我以前对这个开头很不以为然，对作家之后的长达几页的生猛描写，曾颇有微词。我现在懂了，其实这是作家的微言大义，白嘉轩有幸福的家庭，有性的疯狂，更有强大的族权，可他绝不允许田小娥有一点自由，一点柴米油盐的幸福。在他第一次对田小娥行刑时那种狠心，"从执刑具的老人手里接过刺刷，一扬手就抽到小娥的脸上，光洁细嫩的脸颊顿时现出无数条血流。小娥撕天裂地地惨叫。"这种残酷的行动下，难道就没有掩藏着他丑恶的灵魂？《圣经》里的耶稣宽容了一个行淫的妓女，他对捆绑妓女的那些人说：你们谁觉得自己没罪，就可以惩罚她。但大家都走了。是什么让白嘉轩这样的人觉得自己就是圣人，就无罪，就可以对别人施加酷刑？难道不是儒家吗？不是所谓的内圣外王吗？

　　中国传统文化尤其宋明理学下的中国男人，都希望女人成为贞妇，可从内心里又瞧不起她们，他们也喜欢所谓的荡妇。而中国的女性其实是非常愿意有一个幸福美满的家庭，可她们偶一失足就会被残忍地剥夺一切爱情和有利于提高思想和智慧的权利。甚至常常还不是她们的过失，而是由于天真无邪、真诚挚爱而被男人欺骗。在她们知道美德和罪恶的区别之前她们就已被凌辱，在她们刚有了幸福生活之后，礼法却用各种神圣的名义践踏侮辱。这究竟是谁之过？第十七章结束，田小娥尿了鹿子霖一脸尿，并大骂："鹿乡约你记着我也记着，我尿到你脸上咧，我给乡约尿下一脸！"雷达说："奇举、奇文！田小娥嘲弄的不止是卑鄙的鹿子霖，还有'乡约'——容不下她的礼教。"[①] 可谓的评。黑娃闹革命，正义之中也充满暴力血腥。国民党反扑过来，却把无辜的田小娥吊上高杆施以酷刑。

　　田小娥骨子里是一个有情有爱的人，一个有尊严的女子。她勾引白孝文成功，可并没有一丝的报复的快活。白孝文被施以族法，赶出家门，她非常愧疚。而当时的白孝文骨子里也不是一个大恶之人。白嘉轩太自以为是，你当年七房老婆的豪壮，你的自负不仅害了田小娥，也害了儿子。白孝文是一个干不了坏事的人，在田小娥床上多少天，也愣是没有成功。可当被赶出家门，被大家唾骂之时，他才成功地享受了鱼水之欢。这里面难道就没有父亲施加的恐惧心理作怪？田小娥也是一个敢爱敢恨的人。小说第二十五章她的鬼魂开始复仇，白鹿原上瘟疫盛行。这一段的描写很可怕，虽然也有北方农村的真实，但作家自己意志介入太多，既要写出田小

---

① 陈忠实著，雷达评点：《白鹿原》，文化艺术出版社2008年版，第193页。

娥的无辜，也要表扬白嘉轩的正气，描写难免就有了混乱，让读者不知所云。这无疑与作家理智层面对儒家的过度热爱有关。好在作家对儒家的热爱也仅仅是处于朴素层面，他也不是什么新儒家，对儒家其实并没有多少深入的了解，于是作为农民那些朴素的人性时不时会爆发。田小娥终于借鹿三的身体喊出她的不平："我到白鹿村惹了谁了？我没偷掏旁人一朵棉花，没偷扯旁人一把麦秸柴禾，我没骂过一个长辈人，也没搡戳过一个娃娃，白鹿村为啥容不得我住下？"

田小娥死的时候，是裸体死去的，她那回头的一瞥，是多么的惊异，那一声"啊……大呀……"是何等凄婉。当礼教的受害者鹿三一把匕首刺向田小娥的美丽强健的后背时，老人感到了一种无力与恐惧，当然也感到了一种快意。可田小娥那回首一瞥中有着多么的无辜，多么的难以理解。"杀田小娥的不应是'好人鹿三'，却又偏偏是鹿三，宗法势力往往要借助他这种长满厚茧的手来实施杀人。"① 这话说得多好。白嘉轩这样的人是不会亲手去杀田小娥的，他要杀就光明正大地杀，因为他认为自己正义。往往是这些忠厚老实的文盲最后扮演着凶手的角色，这就是儒家文化的可怕所在。鲁迅先生的小说早就深刻揭示了这一点。当然，鹿三毕竟是一个好人，杀了田小娥后，他经常有听见她的一声"大呀"，"看见水缸里有一双惊诧凄怆的眼睛，分明是小娥在背上遭到戮杀时回过头来的那双眼睛"。

玛丽·沃斯通克拉夫特说："丧失了名誉的女人想象它自己堕落到了低级得不能再低级的地位，至于重新获得她以前所拥有的地位，那是不可能的；任何努力都无法将这个污点洗刷干净。因而，她失掉了所有的鞭策力量，并且没有任何其他维持生存的手段，于是卖淫就成了她唯一的庇护所。由于环境的影响，她的品质迅速地堕落下去，而这个可怜而又不幸的人对这种环境几乎是没有丝毫力量的。""这在很大程度上是由于女人所受到的懒惰闲散的教育所致的。在这种教育中，女人总是被教导应该依靠男人来维持自身的生存，并且把她们自己的身体看做是男人努力供养她们所应该得到的回报。"② 在白鹿原那个封闭的社会里，田小娥堕落的责任

---

① 陈忠实著，雷达评点：《白鹿原》，文化艺术出版社2008年版，第221页。
② ［英］玛丽·沃斯通克拉夫特：《女权辩护——关于政治和道德问题的批评》，王瑛译，中央编译出版社2006年版，第84页。

应该由以白嘉轩为首的家族负责，由那个男权社会负责。可他们却非常轻易地把责任推到了田小娥身上。他们摧毁了她所有的尊严、自由、幸福，却对她的肉体不愿放弃，不愿摧毁，他们都想占有她，享受她。雷达说："田小娥既有勇于叛逆蔑视礼教的一面，也有见识浅薄，水性杨花，做人没有底线的一面，她由反抗残害到报复偷情，再到纵欲无节操，这是怎样的一种复杂和多面！鹿子霖好色、乱伦，乘人之危，连半个人都不是了。"① 我觉得这里雷达先生对田小娥的苛责，还有着男权的心理在。正如玛丽·沃斯通克拉夫特说的，当社会不给一个女人一点生存的空间，一点人的尊严，她又怎能坚守住"底线"？在郭举人家吃香喝辣的田小娥，跟上黑娃后，连一个像样的住处都没有，只有一个破窑洞。但田小娥并没有嫌弃。她说了："我不嫌瞎也不嫌烂，只要有你……我吃糠咽菜都情愿。"

在那样恶劣的环境下，黑娃与田小娥依然同居到一起，不管村人的非议，不理族规的蔑视。他们这样勇敢的举动，就连见过世面的现任白鹿初级学校的校长鹿兆鹏都非常佩服："你敢自己给自己找媳妇。你比我强啊！"并激动地说："你——黑娃，是白鹿村头一个冲破封建枷锁实行婚姻自主的人。你不管封建礼教那一套，顶住了宗族族法的压迫，实现了婚姻自由，太了不起太伟大了！"不过，我们必须清醒地认识到，田小娥、黑娃对于爱情、自由的追求还停留在原始的朴素阶段，并没有自觉的理性认识。他们的可贵就在这里，局限也在这里。白灵、鹿兆鹏都受过教育，比较有理性了，对爱情、自由有一种自觉的追求，但时代的洪流还是吞噬了他们。社会在大转型，大动荡，大巨变，任何人都无法预测自己的命运。但他们不管自觉，或朴素地追求自由、爱情的行为，无疑都值得肯定。

不管在郭举人家，还是跟上黑娃之后，我们从作家的描写中从来没有感觉到田小娥的轻浮，反而很尊重她对爱情的执着。但第十五章作家的描写明显地出现了混乱，与第一章相似，是一种迎合市场的低俗描写，一种不健康的心态，也不符合人物发展的心理逻辑。田小娥与鹿子霖此前并没有多少来往，这次也仅仅是求情而已，而且事情也没有急迫到必须付出身体的代价。而大段的详细的如鱼得水的性事描写，不仅没有写出田小娥的

---

① 陈忠实著，雷达评点：《白鹿原》，文化艺术出版社2008年版，第164页。

轻薄，倒表现了作家的轻率。读者诸君如果有兴趣可以去阅读这一段，真是很不自然，很不真实，是严重的败笔。在田小娥这个人物上，作家的描写有点凌乱，甚至不知所措。她即便与鹿子霖睡，第一次也不是那样的心态、动作。而且即便如此，也不能说明她是"见识浅薄，水性杨花"。你想，一个他乡弱女子，自己的丈夫被逼跑了，她举目无亲，一无所有，在那样的时代，女人都是依靠男人生活，她不依靠一个男人，怎么活下去？生活所需的最低物质保障哪里来？这都是非常现实的问题。她后来勾引白孝文也是水到渠成。只是她与公公辈的鹿子霖的性活动不会是那样的，作家的描写明显有失真嫌疑。

在一般人的心目中，田小娥绝对是一个无情无义的婊子，可是在黑娃、白孝文的心里，她是他们的最爱。当做了滋水县保安大队文秘的白孝文终于回到了白鹿村，却发现田小娥已死，他的感情是那么的诚挚，他跑到已经被他父亲填了的窑里去看曾经给他幸福与甜蜜的人，发誓一定要割下凶手的头。作家这里的描写虽短却力量巨大。而代表着礼教、政权的郭举人、鹿子霖仅仅只是把她当作工具，当作玩物而已。从这里我们看到了人性的险恶，也看到了白嘉轩所谓正义、尊严、家法、族规的真面目，它们后面的阴险与专制。当田小娥以鬼魂的形式表达自己的不平，他却将她打入镇妖塔下，永世不得翻身。在这里，我们看到了自由的艰难，但也看到了自由的曙光。只是作家的描写明显地有了混乱，他意识层面的礼教束缚与无意识中的人性自由光辉，开始发生了混乱。五四运动多少年了，他竟然还站在儒家文化的立场，来解读中国近代史，民主科学之光怎么还是那么的暗淡？他理智层面的认识：近代中国的动荡是因对儒家文化的继承态度引起的，也根本是站不住脚的结论。他对朱先生、白嘉轩的描写明显的有儒家文化合理性的倾向，这种先入为主的落后思想引起了整部小说的混乱，及其境界的不高。作家浓墨重彩塑造的朱先生，应该说是一个优秀的儒者，或者说大儒，可面对巨变的社会，他还不是束手无策吗？其实，这正好从一个侧面证明了儒家文化的落伍过时。而作家对他的描写也有人为夸大不实之处，破坏了这个人物形象的合理性，尤其红卫兵挖墓挖出的砖头上，还刻着字：折腾到何日为止，真是欲状朱夫子之智而近妖了。好在作家还是一个纯正的农民，不乏农民的正气，所以才有了田小娥，这个反叛儒家文化，这个被儒家文化摧残毁灭的不屈精魂。她像一根钢钎撬塌了所谓儒家文化纸糊的高塔。

当黑娃回到山上，"捉住酒瓶把烧酒倒洒在钢刃上，清亮的酒液漫过钢刃，变成了一股鲜红鲜红的血流滴到地上；梭镖钢刃骤然间变得血花闪耀。黑娃双手捧着梭镖钢刃扑通跪倒，仰起头吼叫着：'你给我明心哩……你受冤枉了……我的你呀！'"当黑娃说出"我媳妇小娥给人害了"的时候，"梭镖钢刃上的血花顿时消失，锃光明亮的钢刃闪着寒光，原先淤滞的黑色血垢已不再见"。这里，作家农民的善良天性一览无余，真是神来之笔！

2007年10月20日晨，我从西安的一家旅馆出来，拦了一辆出租车就往西安市东南郊白鹿原而去，阳光很好，不多时间，就看见像海浪一样的一条线，司机说那就是白鹿原了。白鹿原原名狄寨塬，属秦岭余脉，临近狄寨乡，往南即入蓝田县界。此地原为农村，现在已经成了大学城。我们一直到了白鹿原的顶上，下车在那里一站，清秋的风吹来，我感觉到田小娥的存在，她在这块土地上的气息。那一刻，我似乎听到了激越悲壮的秦腔，看到了秦腔声里的田小娥，一个高亢悲壮而多情美丽的烈女子。

二　庄之蝶论

本来是想写《废都》里的女人，可写了5000字的初稿，发现根本无法完篇。这时才发现《废都》里的女人们原就无话可说，因为她们都不是"活生生"的人，只是作家笔下的符号而已，是庄之蝶的性工具而已，庄之蝶招之即来，挥之即去，完全没有自己的生命。庄之蝶不仅是贾平凹的白日梦，整部《废都》也是贾平凹的白日梦，这里没有历史，没有生命，只有作家的呓语、感悟、自恋，甚至是变态的自恋。庄之蝶在某种意义上其实就是作家的化身，是作家一己的苦闷、痛苦。于是，我放弃写《废都》里的女人，而开始了庄之蝶的写作，一切顿时豁然一新。

我原来的设想，就是通过《废都》里的女人描写，撕开这部小说。小说里的庄之蝶算是描写得比较成功的人物，但当写他的堕落、无聊、迷乱时，作者通过女人来写这一点。这里女人就非常厉害，描写成功了庄之蝶身边的女人，庄之蝶这个人就立起来了，小说也就立起来了。但是，几次阅读《废都》下来，发现非常可惜，作者没有做到这一点，封建士大夫的那种陈腐的女人观念，让他满足于官能刺激，沉迷于性的狂欢。《废都》里的女人都在庄之蝶的掌握之中，而偶尔一二个在掌握之外的更是虚无缥缈，无足轻重。这里没有《白鹿原》里的田小娥那样的人物。田小娥是有自己的蓬勃生命在，甚至都在作家掌握之外。

贾平凹写了那么多的女性，而且也是以善写女性而知名文坛，可真正认真思量一下，竟没有一个人女性能让读者记住的。看来，《红楼梦》的伟大并不是随便就可企及的，曹雪芹对女性的尊敬理解，是中国作家里罕见的，他是女性真正的知音。我们文学史上多风流的作家诗人，可最缺乏真正能懂女人的作家。我的朋友刘春生说，有一些女人天生就有一种气质，是我们男性读多少书都无法接近的。我同意这个观点。所谓天生丽质，就是这个意思。贾宝玉说，男人是泥做的，女人是水做的，并不是小说家言。贾平凹的严重自恋使他很难真正理解女性,尤其那些非常优秀的女性,这里优秀指的内在气质,是那种灵性,不是什么世俗眼睛里的东西。在曹雪芹那里,林黛玉是唯一的,薛宝钗是无法望其项背的,就因为她染了俗尘。有些女人看一眼,就能让你心很疼很疼。①

（一）

《白鹿原》就像一座大殿,虽然粗糙,但"先立乎其大",无论格局、气象都很大,给读者许多的想象空间。有学者说世界上有两个孔子,一个是历史人物的孔子,一个是寄托着中华民族精神期待的孔子。《白鹿原》亦如此,一个是作为文本的《白鹿原》,还有一个是寄予了许多人期待的《白鹿原》。它有许多空间,足够读者去徜徉,去反思,去进入。而《废都》则不然,格局明显小多了,而且自我封闭,读者很难全身心进入。它在结构、语言上足够精致,但却少了大气。而且那种颓废、情色、自恋,无形中更拒绝了很多读者。至于女人描写的符号化,或者模式化,甚至虚假写作,只是作者内心的一种投射,无法显现真正的西部女性。所以小说是一个残缺的小说,一个半成品,虽然是一个很不错的半成品。

有位哲人说,衡量一个社会文明程度的高下,有诸种考核指标,但视其对妇女和儿童的态度如何,则是其中比较灵便的一种。周作人也说:"鄙人读中国男子所为文,欲知其见识高下,有一捷法,即看其对佛教以及女人如何说法,即已了然无遁形矣。"我们读《废都》,确实为作家的敏感于时风之变化而佩服,无论怎么说贾平凹也是一个悟性很高的作家,他的悟性灵性在当下文坛是罕见的。但无法掩饰的是,我们也为他的女性写作而遗憾,而愤怒。因为,贾平凹在《废都》的女性描写中透露出了一种严重的**侍妾心态**,甚至女性人物安排都有《金瓶梅》的痕迹。"五四"新文化运动对这个问题的深入探讨,及其取得的成果,在贾平凹的作品里没有一点烙印,我都怀疑他根本就没有接触过前人的相关论述。**他的文化影响还是主要来自西部民间文化,而且多是民间巫神文化,透出一种邪,一种变态**。有些学者一再提到的对贾平凹产生影响的沈从文,其实还是"五四"一辈人,他的作品里的妇女观已经是很现代了。即便孙犁

---

① 参看杨光祖《田小娥论》相关论点,《小说评论》2008 年第 4 期。

那里，仍然有着"五四"文化的影响，他对自己笔下的妇女是非常尊重的。而贾平凹的小说里，尤其《废都》里根本看不到这两人在此方面对他有什么影响。其实，只要细细阅读一下沈从文的作品，我们就会发现贾平凹只是得其皮毛，而真正的内核并没有得到。沈从文的抒情下面是有残酷在，并不是肤浅的抒情。而贾平凹的抒情大都是非常肤浅，没有厚度的。他在文章中一再提倡汉唐雄风，其实他最缺的就是这个。他总是用一种很不健康的心态看这个世界，看这个世界上的人。这在他的作品里比比皆是。比如，他描写晚年的沈从文，说嘴巴像小孩的屁股门；这样的描写，怎么看都别扭。比如，他描写老西安，编造的唐朝苍蝇的故事，他的《西路上》的无聊、低级趣味，在在都反映了他骨子里的一种不健康情感，一种陈腐的东西。

周作人说："欧洲关于这'人'的真理的发见，第一次是在十五世纪，于是出了宗教改革与文艺复兴两个结果。第二次成了法国大革命，第三次大约便是欧战以后将来的未知事件了。女人与小儿的发见，却迟至十九世纪，才有萌芽。古来女人的位置，不过是男子的器具与奴隶。中古时代，教会里还曾讨论女子有无灵魂，算不算得一个人呢。"[①] 不意，过去了一个世纪，中国作家的妇女写作又回到了古代玩弄女性的层次，到了《肉蒲团》《九尾龟》的层次。我曾经在一篇文章里说，中国的作家要到《简爱》那个层次已经很难，到《呼啸山庄》《红字》那个境界似乎都不可能了。看来没有怎么说错。

性作为人类的基本活动，当然是可以描写的，但关键是作家以什么心态来描写。周作人说："情诗可以艳冶，但不可涉于轻薄；可以亲密，但不可流于狎亵；质言之，可以一切，只要不及于乱。这所谓乱，与从来的意思有所不同，因为这是指过分——过了情的分限，即是性的游戏的态度，不把对手当做对等的人，自己之半的态度，简单地举一个例，私情不能算乱，而蓄妾是乱，私情的俗歌是情诗，而咏'金莲'的词曲是淫诗。"[②] 我觉得就说得非常到位而精辟了。我们用这个标准来看《废都》，就感觉到一种不健康的窥视、玩弄在里面，作家根本没有把那些女人"当做对等的人，自己之半"来看待，在庄之蝶的心目中，女人只是玩物

[①] 周作人：《人的文学》，《艺术与生活》，上海文艺出版社1999年版，第7页。
[②] 周作人：《自己的园地》，北新书局1923年版，第67—68页。

而已，他从来不关心她们的感觉。而整部小说弥漫的那种玩弄心态，也使得小说伦理严重扭曲，给读者的除了恶心，就是厌恶，作家没有写出深层次的人物心理，没有刻画出深层次的性心理。或许作家要说了，不如此描写就无法刻画庄之蝶的堕落、颓废、迷乱。这表面看，倒是一个站得住的理由，很多人就是这样为《金瓶梅》辩护的。其实，这还是没有把作家、叙述人与主人公分清楚。主人公是庄之蝶，可是叙述人是第三人称，在这部小说里也可以说，就是作家了。那么，写出庄之蝶的堕落，可以有多种写法，关键看叙述人的叙述视角、叙述技巧了。如果只是窥视、玩弄，而没有一个健康的心态，小说肯定就走向了反面，往往取得适得其反的效果。而具体到《废都》里，作家（叙述人）本身就有先天的局限，而且为了取得一鸣惊人的效果，不但没有对这种局限有所警觉，而是放大，放肆到一个惊人的地步，方括号的大量运用就是一例。①

（二）

庄之蝶生逢那个变动的时代，那个当代文化大变动的时期，也有他的超人之处。他代表了其时中国知识分子的蜕变过程，那是一个痛苦、无聊、颓废、茫然的过程。按理说，在时代的大巨变时期，正是知识分子大展其才的绝佳机会，可惜，在那个时期，却只有庄之蝶。为什么？文化经过历次的摧残，早已没有了生气，而中国知识分子由于先天的缺失，更是没有强大的主体，没有能够抵御更不用说引领社会思潮的能力了。面对巨变，能有茫然，已经需要巨大的付出。

使命感，这是一个知识分子的主心骨，但要担当使命必须要有担当的能力，有担荷当代使命的心力。孟子讲浩然之气，也就是这个道理。可当代知识分子哪里还有什么浩然之气，像鲁迅、梁漱溟那样的有骨气的文化人，那种凌云狂气，早就灰飞烟灭，即便像胡适那样的政府净士也踪影全无。除了"乡愿"之外，多的是奴在心间，知识分子的真性情已很难觅到一二，而有的是"非之无举也，刺之无刺也，同乎流俗，合乎污世，居之似忠信，行之似廉洁，众皆跃之，自以为是，而不可与入尧舜

---

① 关于性描写与女性写作的失败，可参看李建军《私有形态的反文化写作——评〈废都〉》，《南方文坛》2003 年第 3 期。

之道"。

庄之蝶的痛苦、绝望、无路可走，我们作为读者是能体会到一二的，那种深到骨髓的无望，近乎疯狂的肉体狂欢，是大悲苦，是大苦难。这样的写作是有其出色之处。当然，在具体的描写过程中，关于性事的描写问题多多，已见前述。由于许多描写不堪入目，我不愿意在本文中引用原文，有兴趣的读者自可以去翻查。当一个知识分子由于无法解决自身问题，而企图通过"性"或者准确地说是生理刺激（感官刺激）来获得救赎，那当然是缘木求鱼，舍本逐末了。狂禅"酒肉穿肠过，佛祖心头留"，寻花问柳，亦证禅道，即便真有其事，恐怕除极少数人之外，绝大多数人得到的结果只能是：堕落。就如黄帝御一万多美女而得道长生一样，很不可靠。"曾因酒醉鞭名马，也怕情多累美人。""十年一觉扬州梦，赢得青楼薄幸名。"只能是文人无行，或颓废无聊之举而已，与灵魂救赎大概关系不大。

不过，庄之蝶是为堕落而痛苦，而焦虑，而发疯。可其后的知识分子却开始了渴望堕落的过程，或甘愿堕落的开始。阎真《沧浪之水》里的池大为，就是典型的形象。而到张者的《桃李》、史生荣的《所谓教授》、王家达的《所谓作家》、张哲的《非色》里，文化界、知识界已经成了烂泥塘，那里只有丑恶来开垦，再也不见了出污泥而不染的荷花。在这个以娱乐、消费，以金钱、权力为唯一生活目的的时代，追逐身外之物，而不见自己本心或良知的时代，连庄之蝶都不见了，只剩下肉体的狂欢与文化能指符号的盛宴。

这从贾平凹自身的演化中也看得一清二楚。

（三）

贾平凹"文化大革命"后期走入文坛，一开始的写作其实还不能叫创作，仅仅是迎合当时主流意识形态的虚假写作而已。1978年后，他写商州农村的小说虽然一时产生了很大影响，在当时也确实算优秀的小说。可今日看来，还属于虚假写作，虽有自己的部分真感情，可从大的局面看虚假居多。一直到《浮躁》出版，作家那种迎合写作心态依然非常浓厚。而从《太白山记》等文章开始，作家开始要摆脱这种外在的躯壳，而要写出自己真实的内心，于是遭到了当时文学理论界的严厉批评。当然这种批评是不对的，依然有"文化大革命"思维在起作用。可从这批作品里我们发现作家的内心深处确实是有问题的，那就是太缺乏现代性思维，太缺乏一种真善美的东西。一种不算邪恶，但却神神道道的东西，一种不正的东西被释放出来了。这种东西一旦让作家从内心深处释放出一点，就再也关不住了。于是就有了《废都》的诞生。

当然这种释放也有一个外部环境的问题。20世纪90年代初是一个特殊的时期，经过80年代末的风波之后，知识分子都有一种幻灭感，无力与迷乱，充溢80年代的理想、启蒙一瞬都不见了。贾平凹的过人之处就是抓住了这种快速的社会变化，虽然是风起青萍之末，但生性敏感、脆弱的他还是强烈地感知到，并把它写了出来。如果说80年代的知识分子激情报国之中还有一种浮躁在，那么90年代初的知识分子就真的好像一个废人，被抽去了灵魂的废人。于是，肉体的狂欢代替了灵魂的救赎，《废都》写出了这一点，这是无论如何应该承认的。但由于作家自身主体性的整体迷乱，恶的释放完全遮蔽了他对民族、国家命运的思考，甚至根本就没有涉及这个问题，因此，小说也就流于无聊、低级趣味，缺乏一种悲壮刚烈之气。其实，90年代知识分子自身的贵族化，越来越与中国土地、人民脱离的趋向在《废都》里也已经埋下了伏笔。过于贵族化的结果自然就是陷入自恋、自怜、自娱之中，而对身外广大的世界不仅是忽略，还有一种漠不关心。我们阅读《废都》之后作家的创作，其实这种倾向已经是非常明显，这当然不是贾平凹一人之事，整个知识分子群体也都如此。

《废都》引起巨大反响，与其中大量的女性描写关系甚大，但这些女人在《废都》里，都没有丝毫的独立人格，没有丝毫的人的尊严，甚至连一点自尊都没有，她们本来就只是道具而已。庄之蝶对待这些女人的态度、心态，也是非常无聊、自私而残酷，他只要求她们为他付出一切，而从不为她们着想。唐婉儿被丈夫家的人抓走了，明知道没有什么好结果，他也熟视无睹，照样活在自己的世界里。而作家在描写庄之蝶时，自我投入太多，庄之蝶作为小说里的人物，是残缺的，无法自足而自立的。庄之蝶玩弄女性，而作家玩弄读者。《废都》当然是一部奇书，一部很复杂的书，不管怎么说，在当代文学史上它都是一部优秀的不容史家忽略的作品。可就女性描写来说，失败之处太多。许多评论家神往于贾平凹早期小说里的女性描写，其实冷静下来想想，并不比《废都》优秀多少。作为一位优秀的作家，他其实并没有给读者留下一个活生生的女性，像《静静的顿河》里的阿克西尼娅，《苔丝》里的苔丝，《边城》里的翠翠那样的女子，在贾平凹笔下还没有出现，他的女性人物基本还是扁平的，是纸上的，没有到达我们的日常生活里。

从贾平凹来说，从早期的政策写作，到《废都》里滥情写作，都缺乏一个优秀作家的主体性，一种大气象，基本都是奴性写作。《废都》里的男—女形成的主—奴结构，造成了小说最大的断裂，也使得小说很难神完气满。黄平在《"人"与"鬼"的纠葛——〈废都〉与八十年代"人的文学"》（《当代作家评论》，2008年2期）一个小注中写道："某种程度上，《废都》的性确实存在着另一个层面的'城乡差别'，庄之蝶'性征服'的过程，内在地受阶级地位所制约，包含着颇为微妙的权力关系。"江帆也指出："在小说中，两个女人没有和庄之蝶发生性关系，她们对庄之蝶来说是可望而不可及的一类女人。她们都是大学毕业生，景雪荫又是高干子女。""庄之蝶只能得到小县城来的唐宛儿、农村来的小保姆、下层人阿灿。"[①]

这种男性妄想症的写作不仅是对农村女子的侮辱与妖魔化，也是作家内心心理不健康的一种反映。因为只有在这些女子那里，庄之蝶才有性的能力，而在比自己地位、素养高的女子那里，性的能力就丧失了。这种描写在一定程度上真实地写出了庄之蝶这类人的性心理，一种可怜的男权思想。但由于作家的过于倾向性的写作，给读者的却是吃了苍蝇似的难受而恶心。沈从文在《学鲁迅》里有一段话："于否定现实社会工作，一支笔锋利如刀，用在杂文方面，能直中民族中虚伪，自大，空疏，堕落，依赖，因循，种种弱点的要害。强烈憎恨中一贯有深刻悲悯浸润流注。"其实，沈从文虽然表面唯美，可其骨子里也有着一种决绝，强烈憎恨中一贯有深刻悲悯浸润流注。这是贾平凹所严重缺乏的。许多论者将二者放在一起对比研究，我觉得荒唐之至。

沈从文是一个现代化了的作家，有着世界眼光，人类情怀。而贾平凹缺乏的正是这一点，他最多只是学到了封建末世那些士大夫的一些趣味，一点玩赏心态。贾平凹身上缺少的正是一个作家强大的主体性，他虽然也

[①] 江帆：《性爱与自卑》，刘斌、王玲主编：《失足的贾平凹》，华夏出版社1994年版，第62页。

在挣扎，却像河里的石头总是被洪水裹挟着走。当然，这不是他一个人的问题，而是当代文学所有作家的问题，是当代文学的问题。畸形的体制带来的强大奴性，对权力的认同与追求，对名和利的过度关心，是败坏贾平凹创作的最关键因素。而对民间文化的过度迷恋，缺乏批判眼光，缺乏个体独立与觉醒，使得他迷于民间神秘文化而不能自拔。可以说，贾平凹的成功也是因为这个原因，而他的走向《废都》也是因为这个原因。庄之蝶身上就有着浓厚的名利思想与奴性情结。

（四）

庄之蝶的失败，庄之蝶的无聊，庄之蝶的堕落，等等如此的描写都与作家息息相关。在当代小说里作家与自己的一部作品关系如此之密者尚不多见。我们通读贾平凹作品，非常深切地感觉到他的那种近乎绝望的恐惧感，当然这种恐惧感主要局限在生存的层面，远远没有到达形而上的层次，不是那种存在的恐惧（如果这样，那他就是大师了）。这大概与他早年的经历有关，西北人的生活是很苦的，"文化大革命"时期他的家庭又是那样，而他生来身材矮小，体质又弱，我们看贾平凹的《我是农民》就可以了解这一点。这种苦难记忆、自卑心理、政治劫难，给他从小就种下了一种生存的恐惧感。于是，权力、金钱，甚至女人，都成为了他创作的一种强大的想象，一种动力。我们看他这几年对作协、文联，及更高级别职位的渴求就非常清楚地看到这一点。而他的《西路上》那种老男人的心态，真是让人难受得想呕吐。

但贾平凹以衰弱多病之身，能一直坚持写作，并保持着旺盛的写作冲动，正好与这种社会恐惧症有关，而且正是通过这种变态的写作，他释放了许多体内的毒素，保持了肉体与灵魂的平衡。在这个意义上，我们说贾平凹有着一个作家的天赋。但因这种社会恐惧感，使得他的作品总是有一种阴影，给读者带来很多的不愉快。他这几年在家乡，在西安所做的一切，为自己做的一切，什么艺术馆乱七八糟的，都是"名"在作怪。而他喜欢的孙犁、沈从文绝不是如此。他们对"名"的逃避，对权力的厌恶，对女人的美好而健康的心态，都是渗透到文章字里行间，渗透到他们的骨血里的。而贾平凹在这些方面正好与之相反。所谓的学院派把贾平凹与沈从文、孙犁放到一起研究真是滑天下之大稽。一个人永远也不可能仅仅在自身中就找到自己完全的体现，而应该有对家国的关怀，有对人类的深长思恋，如此，才能创作出具备普遍意义的伟大作品。

　　陕西文学孕育于延安文学，因此，先天的与政治联系非常紧密，那种意识形态的写作思维是非常深地钻到了他们的血液里。而陕西文坛基本被西安周边的农村作家垄断，他们要在文坛立足，就要靠乡党，这种严重宗法性的乡党风气，也是毒害陕西文坛的一个大毒瘤。而农村作家那种先天的生存恐惧感，让他们尚无力做更深的人性思索，与艺术探索。他们更多的是把文学当作改换门庭的工具，当作光宗耀祖的手段。路遥如此，陈忠实如此，贾平凹更如此。这一点看看他们的散文，他们的创作谈，就非常清楚了。不过，陈忠实尚有一种正气，所以才有《白鹿原》的突破。贾平凹更多的是一种邪气，而正是这种邪气成就了《废都》，但也让他们几乎没有成为文学大师的可能。因为他们毕竟是乡土文化，而且还是很落后的乡土文化，在他们身上几乎没有现代意识，现代气息，更缺乏一种世界眼光，一种人类情怀。① 很突出的一点就是他们的创作总是非常企求主流文化的认同，这既成为他们创作的动力，也成为他们的文学难以进入大境界的致命伤。贾平凹说："从事写作后，一直又与主流文化不协调受指责而又不服气，做顽强的挣扎，所以一会儿自卑，一会儿又得意。"谈到他更隐秘的精神上的病苦与烦恼，很重要的一点就是"我的创作与主流文化的冲突"。②

　　这不仅是陕西的症状，甘肃也是如此。我们翻看晚清历史，那个时候，上海、浙江等地，甚至包括四川都已经送自己的子弟去国外留学去了，而陕甘领导却不愿意走出这一步。这一点甘肃更落后。当人家面临的是全球化问题的时候，我们还固守自己的儒家本位思想。这一点读甘肃刘尔炘的文章，就可以看得一清二楚。《白鹿原》里的朱夫子就是这样的人，而这样的人在当地还有着极大的地方文化影响力。我们再看现代陕甘文学史，本就是从陕甘根据地开始的。可以说中国共产党是陕甘近代化的真正推动者，没有共产党也就没有陕甘现代文学（包括艺术）。中国共产党弘扬的是乡土文学、现实主义，因此，陕西文学一直在当代文学史上地

---

　　① 杨光祖：《乡土文学如何突破》，《人民日报》2008 年 4 月 6 日；《作家的胸襟与作品》，《人民日报》2008 年 9 月 18。

　　② 许爱珠：《性灵之旅——贾平凹的平平凹凹》，团结出版社 2007 年版，第 204、207 页。

位显赫。可随着近年来消费文化、大众文化的兴起，西方文化的重新进入，陕西文学思考的问题就显得落伍了，而广东、上海、北京又一次垄断了文化话语权。随着城市化、现代化的迈进，中国的乡土文化也会慢慢地退出文坛，而被新的文学所代替。不过，就目前中国的实际看，乡土文学还会生长很长一段时间，只是不会再是这个样子了。①

通过《废都》里的女人，通过庄之蝶，我们看到了西北作家的不屈，看到了他们的挣扎，他们的不容易。从某种意义上说，或就从他们的文化底蕴说，以路遥、陈忠实、贾平凹为代表的陕西作家创造了奇迹。但这是在特定的阶段，特定的时期，随着社会的不断正常化、现代化，陕西作家再要创造这种奇迹已经很艰难了。

---

① 杨光祖：《底层叙事如何超越》，《人民日报》2008 年 1 月 17 日。

三　杨显惠论

　　认识杨显惠先生已经很久了，他的作品也一直在阅读，可总是感觉无话可说，套用一句古语：因为一说便俗，或者用维特根斯坦的话，属于不可说。放在当下的中国文坛，杨显惠太另类了，另类得让别的作家很尴尬，另类得让文坛无法说话，另类得读者只有流泪，而艰于言说。

　　杨显惠先生20世纪80年代就已经有名了，他的短篇小说《这一片大海滩》获1985年全国短篇小说奖。可此后就没有了音信，似乎淡出了江湖。2002年，《夹边沟记事》出版，他才浮出水面。这一潜伏就是近二十年，在当代文坛，很罕见。大家都忙着挣稿费，赚版税，以版税的多少评估作家高低的时候，他却决然地背对文坛，而向西北荒漠走去。他的三本书，版税都不多，可他前期投入的资金却是版税的几倍。他每年来一次甘肃，每年就要花费4万多人民币。他告诉我，他的工资都赔进去了。我问他，那您爱人不抱怨？您们如何生活？他淡然地说："不抱怨。我们的生活用我爱人的工资就够了。"我知道，他在生活上是非常节俭而朴素的。同时，也想起了苏联作家布尔加科夫的一段话："一个作家不论处境何等困难，都应忠于自己的原则……如果把文学用于满足自己过上更舒适、更富有的生活的需要，那么这种文学是可鄙的。"[①]

　　每次杨显惠先生来兰州，我们都要见几次面，在黄河边，在茶座，在饭馆，反正有的是机会。每次与他的晤面，等于都是一次洗礼；在他那里，你才能真正感到一个作家的尊严，一个文化人的力量。他的严肃方正，他的一丝不苟，他的虚怀若谷，他的爱别人甚过爱自己，都让我很感动。跟很多作家的一见面就谈自己的签名售书，谈自己的版税，而且只会

[①] 嘉男：《布尔加科夫：寂寞的文学之狼》，http://www.gmw.cn/01ds/2004－06/16/content_44907.htm。

谈版税，杨显惠先生就显得很特别。跟那些作家在一起，其实跟与商人在一起没有多少差别，就是计较，斤斤计较。但比商人多那么一点东西，就是虚荣。商人在商言商，他们计算的就是利润的最大化。而那些所谓的作家却不同，他们还要把自己的版税与"伟大""艺术""人类"联系在一起。

每次与杨显惠先生在一起，谈的似乎都是文学，而且只有文学。现在想一想，都感到很奢侈。他有心脏病，很严重，多次手术，安装有 6 个支架，但他近年却固执地一直往甘南跑，甚至跑到了玛曲，那里县城海拔可是 3340 米。我很担心他的身体，他总说没有关系，还能坚持，趁现在能跑动赶紧跑跑，以后跑不动了，就坐在天津家里，专门整理和写作。我想他能坚持，是因为在他那里有自己的宗教，他把文学当成了自己的宗教。他的创作，就如藏族牧民磕着长头去拉萨，那是一种信仰，是一种自我洗礼，一种还愿。

（一）把历史的门缝挤开了

他说："我把历史门缝挤开了"，但挤开后，他却很快离开了。他写完了《夹边沟记事》《定西孤儿院纪事》，把一个个别人不敢碰的题材"现""象"出来，却很快转向别的领域。他只开垦未开垦的土地，荒地开了，他就走了。但可惜的是后继者却没有几个。宁静才能致远，淡泊才能明志，古人的话不是虚言。也可能通向这片肥沃土地的道路，太艰难了，还没有几个人能穿越。绝大多数中国当下作家都活在社会学层面，他们很会计算，很会投机。而杨显惠开垦的这片土地里，却无"机"可"投"。

"我把历史门缝挤开了"，这句话是有千斤重的。因为杨显惠先生挤开的那扇门，并不是通向厨房，也不是开向后花园，而是通向一段崎岖的山路，通向历史的幽暗，通向人性的黑暗……那里是高处不胜寒，也不胜一般读者的阅读接受力。我们可以承担和忍受那段苦难，这是那时代、那一批人的命，但我们无法阅读那段历史，无法接受那段历史。周作人说，历史是残酷的。历史的残酷就是让你无法承受。张纯如以一女子之身心，研究挖掘南京大屠杀历史，一册优秀的《南京暴行：被遗忘的大屠杀》，却是用她的生命换来的。她在研究南京大屠杀的过程中，得了严重的抑郁症，最后以自杀的形式离别了这个世界。

我没有问过杨显惠老师，他在写作的过程中有什么感觉，写作对他的健康是否有影响。我没有问，也不准备问。因为这是一个残酷的问题。伟大的作家是拿自己的生命在"写作"，用鲁迅的话说，盗别人的火，煮自己的肉。我曾经说，自然科学家是拿大自然作为研究对象，而人文学者是拿自身作为研究对象，相对而言，更加残酷。杨老师的《夹边沟记事》在《上海文学》连载时，我就读过，震动很大。成书之后，倒没有怎么读。《定西孤儿院纪事》也是《上海文学》连载的，我读过大多数，后来成书，也没有怎么阅读。因为，我无法再完整地阅读，我无力承担那份重量。如果前者对我来说是历史，陌生的，那么后者就与我血肉相连，那就是发生在我家乡的事情，我就是在那可怕的死亡记忆里长大的，听到的看到的，都太多了。家乡的老人都把那段历史深埋了，他们不愿意再说起那一段历史。老人一说起，就只是叹一口气，然后就一声不吭。或者说那么几个单词，然后就慨叹一声：总算熬过来了。然后就大赞现在的幸福日子。很多外乡人觉得我们那里人很虚伪，歌功颂德，其实不是，只是因为他们经历的太多了，太苦了。

有些朋友问我，与杨显惠先生那么熟，为什么不写一篇评论？我无言，也无力言说。在我这里，杨显惠老师的著作不仅仅是"文学"，那更是生命的呐喊，是命运的反抗，是人性的煎熬。我用自己的"生命"来体悟（经验）杨显惠先生的"著作"。对这样的作品我无力冷静地用"艺术"的眼光去评价，我没有这个力量。在那里，我是无力的，是五体投地的，是无言的，但也是很苦很苦的，是绝望的。鲁迅说反抗绝望，阅读杨显惠先生的著作，就是反抗绝望。这不是一个简单的概念，一个名词，这与我的生命有关，或者说就是我的生命。我曾把他的《定西孤儿院纪事》带回老家，让老家人看。他们翻阅最多一篇，就不愿再看了。因为太苦了，我们都不愿再回到那个苦难而恐惧的时代。那等于在撕裂我们已经结痂的伤口。杨显惠说，你们不需要读我的书，你们经历得太多了，那是给后人看的，给那些没有"历史"的人看的。

他说："我的作品是用诚实的态度讲述一个个真实的故事，但'真实的故事'是除了个别的故事写真人真事之外，十之八九都是虚构；这十之八九又都隐约晃动着真人真事的影子，虚构的故事全都使用了真实的细节。"这是我们进入杨显惠先生小说的密码。听说杨显惠的《定西孤儿院纪事》在《上海文学》连载时，有些读者对小说里的"人相食"提出质疑，认为是编造。甚至编辑都亲自打电话问杨显惠老师。我听了这个"故事"，默然。历史真是非常残酷的，它可以遮盖多少"真实"。这个娱乐的时代，"虚假"的东西都"真实"了，都被大众"喜闻乐见"了，而"真实"的东西，反倒"虚假"了。

  杨显惠说他读了几遍《古拉格群岛》，我也翻过，却很难看下去。我不喜欢这部小说。但我感觉到他从《古拉格群岛》里得到的也就是一个字：真。这个武林秘笈大家都知道，却不是大家都能做到的。他曾告诉我："《古拉格群岛》给我的最大影响就是：历史的记忆。"中国人很容易忘记历史，往往把凶残的历史当作饭后的谈资，或者娱乐的工具。比如电影《金陵十三钗》，电视剧《旗袍》，还有很多关于抗战的片子，经常不愿或不敢直面历史，而是尽最大可能地把历史娱乐化、消费化、低俗化。作品的关注点经常放到了性描写，或性暗示上，或者为了娱乐不惜歪曲历史，胡说历史，那些细节根本经不起一点推敲。朱大可批评电影《金陵十三钗》说："利用南京大屠杀题材，爆炒床戏和豪言票房价值，是对八万被强奸中国妇女的羞辱。张艺谋这种大义凛然的情色爱国主义，只是媚俗的与日俱增。"[①] 也有论者认为，在好莱坞只有最愚钝的制片人才会在南京大屠杀这样的灾难中注入性的成分，但这却是《金陵十三钗》的核心元素，整部影片做作而缺乏说服力。[②]

  鲁迅先生曾说，中国只有瞒和骗的艺术。这真是痛心之言，也是入木三分之言。为什么杨显惠能够"挤开历史的门缝"？我认为就是一个字：真。用古人的话说，也是一个字：诚。《中庸》曰："诚者，天之道也；诚之者，人之道也。""自诚明，谓之性；自明诚，谓之教。诚则明矣，明则诚矣。唯天下至诚，为能尽其性；能尽其性，则能尽人之性；能尽人之性，则能尽物之性；能尽物之性，则可以赞天地之化育；可以赞天地之化育，则可以与天地参矣。"[③] 这段话，可以说道尽艺术之奥秘。我们的很多作家，太聪明，聪明得虚假了，"伪"了。他们的做作，真是到了极限。古人说：欺天乎？你以为天没有眼睛？天是长眼睛的，你作为作家的

[①] 朱大可：《十三钗的情色爱国主义》，见 http：//ent.tamen8.com/201112177592.html。

[②] 关于《金陵十三钗》的详细评论，请参看杨光祖《〈金陵十三钗〉：艺术可以如此无耻吗》，《文学自由谈》2012 年第 2 期。

[③] 陈柱：《中庸注参》，广西师范大学出版社 2010 年版，第 36—39 页。

"心"不纯正，不澄澈，你就休想写出好作品。

说实话，杨显惠的学养并不丰厚，可为什么他却能够成功？其实，就一个字：真。真诚的人，是可以"偶开天眼"的，看到别人看不到的东西。他们的内心没有乱七八糟的东西，他们视一般人求之不及的物欲、名利如粪土。庄子说"心斋""坐忘""见独"，即此理也。正因为杨显惠不"表现""自己"，不卖弄，不虚饰，所以他才能"看"到别人看不到的题材，"写"出别人写不到的层次。"信史""良史"，并不是谁都可以做得到的。真诚，打动人，也能打动天。真诚，本身就是无价之宝。我们的作家把作品写得粗糙不堪，还经常以"历史的真实"来自我辩护。是的，即便是历史的真实，如果你作家自己不"真实"，你写出来，读者也以为是虚假的。而只要作家自己"真实"了，即便是虚构的，读者也从来不会感觉到虚假，比如《西游记》《红楼梦》。

这里，细节，就极其重要。杨显惠为了写小说，写那段历史，他是连一个很小的细节都不放过。他的《定西孤儿院纪事》里，有一个孤儿冬天的晚上翻越华家岭，那种寒冷，那种孤独，那种凄凉，他无法写出。于是，他专门挑了一个冬天的晚上，雇了一辆出租车，专门去了华家岭，然后打开车门，站在风雪华家岭上，体味那种感觉。一个花甲老人，为写作能够如此付出，他的作品怎么能够不打动读者的心？写《甘南纪事》的时候，我陪他去几个藏传寺庙，他问得可细了，寺庙里的每一个物件，他都要问它的名字，他的用处，他的典故。问得我都不耐烦了，于是转头出来，出来了，又很感动。一起去迭部，那里的树，那些松树，他都分得一清二楚，怎么样的叫铁杆松，怎么样的又叫雪松。听到我的耳朵都疼，心也很乱。我真的不知道，他哪里来的这份定力？相比而言，你再读严歌苓的《金陵十三钗》，细节的虚假、做作，导致了"历史"的不真实。

（二）苦难写作里的宗教情怀

杨显惠是兰州长大的，祖籍永靖，现在那个地方又划到了东乡族自治县。所以，他在自己的简介里，写的是祖籍东乡。2011年8月我陪他走过定西、临夏的几个县，也到了永靖，他的哥哥为此很生气。我也认为还是写祖籍永靖的对，尊重历史。康德的故乡现归属俄罗斯，但我们不能说康德是俄罗斯哲学家，那还是德国的。当车过东乡时，天已经黑了下来，太阳早就下山了。我们的车一直在山梁上走,路弯度很大,极其危险,而且一直是下坡。远远地看见永靖刘家峡水库的灯光,就是一直走不到。杨老师默默地看着险峻的山脉,寸草不生的荒山,一路不说话。我也被那一个个山峰吓住了,高峻而险绝,在夜色里静静地沉默着,但那种力量还是很震撼人。偶尔有那么一个很窄小的坡地,就会住着一户或几户人家。旁边会有一条细细的路。据司机说,这几年东乡人在外地挣了钱了,都把家搬到了山顶。我们经过的公路两边,就都是人家,一色的砖瓦房,崭新崭新的。

不知过了多长时间,大概有近两个小时,杨老师忽然在后座大喊道:这个地方应该出大作家。我禁不住哑然失笑,这里的人几乎都不读书,出什么大作家?他又大喊停车,说今夜就住这里,明天去永靖。我还没有说话,同来的一位老领导说,还是到永靖吧,这里晚上不大安全。于是,我们继续前行。我便问他,为什么这里应该出大作家?他回答,如此枯焦的地方,如此险峻的山塬,应该出大作家。我似乎懂了,也明白了苦难是内在于杨显惠老师的心灵里,他是永远离不了苦难的,用老家人的话说,他注定此生享不了福,也不会享福。当然,从另一个角度说,他这样的在甘肃最贫穷的土地上跑动,不是另一种福分吗?我们走遍定西很多偏僻的乡村,不少的人都读过他的书,知道他。

杨显惠在某种意义上靠近了宗教,或者说把文学当作了宗教,他要用文学救赎自己,也救赎苦难的人们。鲁迅晚年也走到了这一步,但没有继续走下去。因为中华文化到这里,是无路可走的。刘小枫说,鲁迅之上缺少一个基督教,可是这个基督教要进入中华文化,谈何容易?中国古人有儒道释,似乎已经自足了,如陶渊明、王维、苏轼等人。可近代以后,我们面临西方强势的工业文化,或者说希腊理性主义和希伯来的基督教,还有现代化的洪流,我们有点手足无措。我们的文学,也显得捉襟见肘,邯郸学步。中国人不那么自足了,中国文学也不那么自足了。

勒基说:"恶经常被证明能起到解放心灵的作用——这是历史上最令人羞耻、同时也是没有疑问的事实之一。"[①] 而中国文化基本是不敢直面恶的,我们经常是绕过它,回避它,不是沉默,就是歪曲,所以,鲁迅说只有瞒和骗的文艺。索尔仁尼琴给杨显惠的最大收获就是直面恶,这是一

---

① [美] 列奥·施特劳斯:《迫害与写作艺术》,刘锋译,华夏出版社2012年版,第16页。

种力量，也是一种写作形式。但杨显惠也有自己的独创性，他没有采取记事，而是用了"小说"的形式，这也是他深思很久的一种表达方式，也是他能够成功突围的一大原因。《定西孤儿院纪事》出版以后，杨显惠开始了另一组小说的写作，这就是 2009 开始在《上海文学》连载的"甘南故事"。这，又是一个我熟悉的题材。我十多年来几十次去那里，考察、讲演，认识了很多藏族朋友，听到了很多藏族故事。我也深深地爱上了这个民族，与那片伟大的土地。如果只讲艺术性，我觉得这一组比以前那两组，要更加"艺术"，在文体上更加成熟。

相对于《夹边沟记事》《定西孤儿院纪事》，《甘南纪事》更加成熟，无论在艺术上，还是在叙述策略上。《夹边沟记事》《定西孤儿院纪事》里的一些篇章，艺术性都是很高的，但因为题材的敏感，读者的注意力只在"揭秘"上。很多所谓的批评家也在这上面做文章，所以才有一帮批评家认为它们不是"文学"。而《甘南纪事》由于题材的更加敏感，作家在写作中，做了非常之大的克制，这种"克制"可以说是超前的，他可能只写出了自己知道的十分之一，或百分之一。因此，这里没有多少"揭秘"，没有多少故事层面的吸引力，对于一般心急的读者，可能产生巨大的阅读障碍。一般读者将无法进入，更无论登堂入室。但真正的艺术就在这里，道心唯微，大道无言，需要读者耐心一点。

美国思想家施特劳斯提出"采取字里行间的写作方式"，这种隐喻式的写作技巧，是一种独特的著述类型，它只向那些值得信赖的聪明读者开放。他说，没有思想的读者都是粗心的读者。这些读者从这样的作品里，将一无所得。《甘南纪事》几乎没有明显的揭秘性，写作方式也极其日常化、琐碎化。这是作家的有意而为，但鲁迅说了，中国人是吃故事的。于是，它的反响就没有前两部那么大，甚至可以说没有多少反响，寂寞得让人吃惊。但就个人而言，这部作品我非常喜欢，我觉得它藏了很多的东西，不是一下子可以消化的。老子说，知我者希，则我者贵。又说，圣人被褐怀玉，《甘南故事》之谓也。伟大的作品都是隐微写作，《红楼梦》、鲁迅，《浮士德》、《魔山》，卡夫卡，等等，都是如此。当然，《甘南故事》是不是伟大，我还不敢说。但它确实有自己的"东西"。藏民族是一个优秀的民族，有着自己悠久的文化传统，并不是我们有些人想象的化外之民。他们热爱和平，追求自由，他们对自由的感触，某种程度上超过了汉人。这是杨显惠多年研究的心得，也是他的《甘南故事》题中应有之义。比如，《白玛》《"狼狗"》等小说，都有着深刻的内涵，并不是一下子能够理解的。《一条牛鼻子绳》写了班马旺杰为了一条牛鼻子绳，而丢了性命，且还是女人逼迫丈夫出去要牛鼻子绳，写出了藏民族的彪悍，和对自由的强烈诉求。《小妹的婚事》，爱情是自由的，但婚姻却并不那么自由，写出自由下的尴尬。

杨显惠说："我试图了解他们独特而灿烂的文化，他们特有的生活形态，他们从传统走向现代化的身影，他们血脉的跳动。"①《甘南纪事》的12个短篇小说其实都在表达着这样一个主题。《恩贝》《连手》都描写了藏民族在现代化的大浪潮中的慌乱，和无所适从，他们一方面坚守着自己的祖训，一方面又得遵守国家法律，前者是自愿，后者是被迫，于是，悲剧一个个发生，故事一个个延续。而且，在现代化的浪潮中，年轻的藏族青年的思想、观念也开始了大变动，他们已经不像他们的祖辈那样了，他们有了新的生活，有了新的思想。《图美》就是一篇很有意味的小说，迭部的一位年轻和尚图美，通过伐木人知道外面的世界很精彩，于是偷偷离开寺院，跑到西藏，然后又到阿里，又从那里偷渡到尼泊尔，最后到印度，开始了自己的学生生涯。5年后，无法忍受印度的炎热气候，还是回到了迭部。小说以对话，和主人公的自述推进，颇有身临其境的感觉，对尼泊尔、印度的风光描写，虽只言片语，却已经深入人心。《沉默的柴垛》也是这样一篇描写"他们从传统走向现代化身影"的优秀小说。小说描写了迭部藏区小伙桑杰次力发生婚外情后的变化，最后却是大家的宽容，和认可。这种宽容的文化，凸显了藏族人民热爱自由的品质。小说也写得从容、舒缓、简单，但意蕴深厚，颇得契诃夫小说之精神。《"狼狗"》更是一篇颇富传奇的深入刻画藏民族性格的优秀短篇小说。小说描写了迭部县益洼村的村民在村长的带领下，翻山越岭，历时半月，千里追踪偷牛贼的故事。作品有了很多景色描写，虽不是很成功，但不乏精彩之笔，人物心理刻画较成功，尤其写出了藏民族的性格，那种彪悍、睿智，和在现代化的巨变中的坚守和变化。包括触及到了一些很隐秘的藏族历史，深入到了文化冲突的最幽暗之处，确实显示了作家不凡的功力。

阅读了杨显惠先生的三部著作，如果说有一点不足，当然是我认为的不足，那就是还缺乏一种足够的深厚度，一种跨越时空的巨大力量，也就

---

① 杨显惠：《甘南纪事·后记》，花城出版社2011年版，第297页。

是那种思想的穿透力。在甘南迭部采风时,我曾问过杨显惠老师,19世纪俄罗斯文学为什么那么伟大?他默然,然后问我为什么?我说:东正教。如果没有东正教,俄罗斯还能产生托尔斯泰、陀思妥耶夫斯基吗?在《夹边沟记事》《定西孤儿院纪事》里,作家写了许多的"故事",写得很细致,很残酷,但作家并没有完全写出那些活下来的人,是如何活下来的。在那样恶劣甚至极端残酷的环境里,人性是如何"现""象"的,人是如何"持存"下来的。如果那里只有"恶",只有"仇恨",人又是如何"活"的,理由在哪里?而心理描写的缺失,加剧了这种平面化,使小说在描写人性之恶时,没有能够深入到一定的人性之黑暗,写出那种残酷,还有恐惧、无情。

我们阅读陀思妥耶夫斯基《死屋手记》,他对那些死刑犯的描写,让我们看到人性之光。杨显惠在写作过程中,主要写出了"在场",可"不在场"的呈现不是很让人满意。他在细节的揭露中,仍然遮蔽了很多的东西,而遮蔽的这些东西,它的力量其实更大!托尔斯泰说:艺术如果不是宗教的,就不可能是真正属于人民的。作为毛泽东时代的一代作家,杨显惠无疑受了唯物论的巨大影响。他对我说:"我始终是唯物主义者。""我对宗教没有研究。""《甘南纪事》对佛教氛围基本没有涉及,这是我最大的缺点。以后要补这一课。"因此,面对藏传佛教下的藏民,他的写作,总是感觉还有一点点隔。这一点,我们阅读苏俄小说,就非常清晰地感觉到信仰的力量。理性与信仰的撕裂,或者人在神之下的呈现,往往是最让人吃惊的。陀思妥耶夫斯基《罪与罚》,那种罪恶下的洁白,洁白下的罪恶,是让中国作家汗颜的。海德格尔说:"从我们人类的经验和历史来看,只有当人有个家,当人扎根在传统中,才有本质性的和伟大的东西产生出来。"[①]

布尔加科夫在给斯大林信中说:"在苏联俄罗斯文学的广阔原野上,我是唯一的一只文学之狼。"这句话也可以用于杨显惠先生身上。

---

① 陈嘉映:《海德格尔哲学概论》,三联书店2005年版,第360页。

四 《带灯》：修辞并不只是一个简单的技巧问题

巴赫金说："创造并非意味着杜撰。任何创作既受本身规律的约束，也受它所利用的素材的制约。任何创作总为自己的对象以及对象的结构所决定，因此不能允许有任意性，实质上不得杜撰什么，而只是揭示事物本身的内容。"[①] 众所周知，小说靠细节说话。我们知道小说是虚构的，但虚构的小说为什么会获得艺术的真实？关键就是细节的真实。你要用你的细节让读者感觉到真实，而不是用一句话就打发过去。卡夫卡、马尔克斯的小说整体很荒诞、很魔幻，但每一个细节都是经得起推敲的，让人感觉到可信。也就是说："创造并非意味着杜撰。"

但贾平凹最近的长篇小说《带灯》里却没有过得去的细节，因此，我们感觉女主人公带灯与那个小镇总是那么虚幻，不真实。作品没有"揭示出事物本身的内容"，只是闭门造车而已，到处充满着"任意性"。

（一）

有论者认为，小说《带灯》从一个女乡镇干部的视角透视当下的中国社会，通过带灯的工作展现当前的基层中国现实，通过她与远方人的通信展示基层干部的精神和情感世界。小说以真实的人与事为创作基础，具有很强的现实性和可读性。这部小说突破了作者以往的创作经验，给文坛带来又一次惊喜。

我认为，《带灯》"通过带灯的工作展现当前的基层中国现实"，这一

[①] ［俄］巴赫金：《陀思妥耶夫斯基诗学问题》，白春仁等译，三联书店1988年版，第104页。

点倒还说得过去，小说对基层的"展现"确实是不错的，即便这种"展现"主要是以叙述、说明为主，而不是描写。但毕竟"展现"了。比如，小说中部结尾的沙厂里的打架，描写得就不错，有气氛，写出了底层民众的血性，和他们骨子里的残暴。至于"通过她与远方人的通信展示基层干部的精神和情感世界"，我倒觉得言过其实。《带灯》最大的败笔就是"与远方人的通信"。

莫言《蛙》里的主人公需要一个精神支柱，这个支柱是日本友人。他经常向对上帝忏悔一样给那个日本人（原型可能是大江健三郎）写着一封封的信。贾平凹《带灯》主人公带灯却是向一个省府副秘书长写信，而且是手机短信。她得到第一个短信，就"嗷嗷地叫，骑了摩托就狂奔起来"。后来就是一个个的短信，小说里出现的短信，叫"给元天亮的信"的，一共26封，可能有几万字呢，文字有长有短，短的也有几百字，长的有几千字，手机里不知能否发这么长的信？

元天亮在小说里一直没有出面，对他的描写也很稀少，就说他是省政府副秘书长，利用权力给家乡办了几件事，家乡人以他为骄傲，其实是羡慕着他。而带灯与元天亮更是没有什么关系，"元天亮那年回樱镇，带灯才到镇政府，元天亮就被人拥簇着，她没有资格能到跟前去，只是远远地看过。"[①] 然后，就写到带灯梦到了元天亮，然后就是老梦见元天亮。后面叙述里，我们还知道元天亮也写散文，出版过散文集，但水平如何我们也不知道，小说没有描写。贾平凹的小说里，经常出现这样的想当然情节，似乎读者真是上帝。带灯怎么就喜欢上了元天亮，元天亮究竟有什么水平？贾平凹都懒得交代。但如此一来，小说的可信度和感染力肯定下降了。

第一次发出短信后，元天亮回信了，"复信很简单，说他收到了带灯的来信，说他一直心系着家乡，能收到家乡镇政府的一名干部的信，而且文笔如此精美，他非常高兴。还说，感谢着她为家乡建设而辛苦工作，并希望能常来信。"（第34页）——看这回信，很客套，完全是礼节性的。说明他们两人的关系完全是公事公办。可最后来一句"并希望能常来信"，让人生疑。一个省政府副秘书长会给一个陌生的乡镇普通女干部回

[①] 贾平凹：《带灯》，人民文学出版社2013年版，第30页。以下所引小说原文均来自《带灯》，不再一一注明，只标明页码。

信吗？会"希望能常来信"吗？以一般的官场游戏规则似乎可能性不大。两个都是已婚之人，素不相识，又是异性，差距如此之大，作为省政府副秘书长公务繁忙，而且我们的官场游戏规则也是极其小心，他真的会连续接受她那么多的短信吗？而且那些短信都是那么暧昧？对这些贾平凹都置之不理，他只是写一句话就打发过去了："从此，带灯不停地通过手机给元天亮发信。元天亮的回复依然简短，有时也没回复。带灯知道人家太忙，也一再在每次信后注明不必回复，而她只是继续发，把什么都说给他，越来越认作他是知己，是家人。"

小说第43页："当知道你要离开镇街走时，我也像更多人一样忧伤。想来想去我想一直在你要经过的路上走就能碰到你。终于见了远远的你，心中惊喜又无措。那天下雨。我怦怦的心跳比脚步声都大。到你身边我把伞严严地罩了自己，想你能看见我的羞涩。然而你走了甚至连正常的招呼都没有。我恼自己罩得太严了。从此我多了点受伤的感觉，走路总好低着头。""我觉得我原本应该经营好樱镇等你回来的。我在山坡上已绿成风，我把空气净成了水，然而你再没回来。在镇街寻找你当年的足迹，使我竟然迷失了巷道，吸了一肚子你的气息。"——素不相识的两个人，就因为对方是省政府副秘书长，就如此"动"情？

第107页："我拨你的电话想让你听，但我想你毕竟是忙人而我又怕你不接了使我饱受打击，所以电话只响了两下赶紧关掉。我不知道我是否能为你做点啥，一手握自信，一手握自卑，两个手拍打着想念你。"——这哪里像素不相识的男女通信？给人感觉似乎是人家的二奶，或情妇。

我们细读这些短信，给元天亮的这些短信，长长短短的，其实，不像是一个女子的口吻，倒像是贾平凹的自怨自艾，和后记里的那个不过60大寿而关门自恋自叹的贾平凹语气完全一致。木心说："《红楼梦》中的诗，如水草。取出水，即不好。放在水中，好看。"[①] 这正是《红楼梦》的伟大之处，那些诗词是小说人物所作，所以必须与人物性情一致，你让薛蟠写出柳永那样好的词来，不仅不是成功，而且是最大的失败。《带灯》里带灯的那些信，就与带灯关系不大，与整部小说也没有什么关系，完全是两张皮。

李建军说："伟大小说家在写小说的时候，从不讳言自己对政治、信

[①] 木心讲述，陈丹青笔录：《文学回忆录》，广西师范大学出版社2013年版，第274页。

仰、苦难、拯救、罪恶、惩罚以及爱和希望等伦理问题的焦虑和关注。如何表现作者自己的道德意识和伦理观念，如何建构作者与人物的伦理关系，如何对读者产生积极的影响，如何获得积极的道德效果和伦理效果，乃是所有那些成熟的小说家最为关心的问题。"① 但贾平凹在《带灯》里却极其随意，对自己笔下的人物没有同情之理解，简直视之如木偶。我们知道，一个优秀的小说家，他的优秀就决定于他是否具有严肃的道德态度和高尚的伦理精神。

贾平凹小说里的人物，都几乎不会说"自己"的话，也不会"自己""说话"，都在说着贾平凹的话。老在那里"贾平凹""贾平凹"着，让人烦。不管什么人，不管他们说什么话，都是贾平凹的话。带灯这个人完全是贾平凹的臆想人物，或者说是自恋人物。准确地说，人似乎是带灯，可嘴巴却是贾平凹的。36万字，连一个女主人公都没有活起来，倒是看多了贾平凹。贾平凹所有的作品，"贾平凹"太多，用佛教语说，人相我相众生相寿者相，而没有达到"无"。小说本应该是呈现，契诃夫说，写作应做到使读者不需要作者的解释。但我们如今的作家由于功夫的欠缺，和浮躁的心灵，他们经常跳出来在文本里自己发言。贾平凹一般不在长篇小说里解释，却经常写一个长后记解释半天。

《带灯》里的红线，那个重头戏"给元天亮的信"，就极其不真实，矫情而无趣。就是带灯平时的说话，也是贾平凹在说，带灯只是贾平凹手里的木偶而已，说话的都是贾平凹，他的自我言说欲望太强烈了，强烈得让笔下人物都无"话"可说。这从《废都》就开始了。从这个意义上，贾平凹真的不适合写长篇小说。陈忠实一部《白鹿原》，那里面作家虽然也时隐时现，比如，在朱夫子那里作家就多了，因此也不太成功，但在白嘉轩、田小娥那里，作家完全不见了，我们看到的是活生生的人，活生生的白嘉轩、田小娥。② 李建军说："小说是写过程的艺术，小说家必须细致、真实、合逻辑地叙写人物的情感变化过程及性格发展过程。一部小说作品的真实性，就来自于作者对人物情感变化和情节发展的合理、合逻辑的过程化叙写中。"③ 贾平凹的《带灯》基本是作家的臆想，是他的白日

---

① 李建军：《论小说伦理与去作者化问题》，《中国社会科学》2012年第8期。
② 杨光祖：《田小娥论》，《小说评论》2008年第4期。
③ 李建军：《小说修辞研究》，中国人民大学出版社2003年版，第227、334页。

梦，他从来不为小说人物设想。他小说里的人物，就像傀儡戏里的木偶，完全由他去掌握。比如，带灯的所作所为，缺乏心理动因和内在依据，无法自圆其说。贾平凹经常把自己的情感、思想、心理活动强加给带灯。

比如，《带灯》第196页，"丈夫回来了就吵架"，写丈夫从省城回来了，"头发留得很长，油乎乎的"，带灯让剪掉去，不剪，说是艺术家，带灯说："屁艺术家！是小公园了才讲究这儿栽棵树在那儿植一片花的设计哩，秦岭上的草木都是随意长的！"读小说，一开篇，作家就让带灯显得与众不同，喜欢看书，老被镇上干部讽刺为小资，但看了多半部小说，没有感觉到小资，倒是有点分裂。你说小资嘛，她老说脏话，你说不小资吧，她给元天亮的信写得让人酸倒牙。这两个带灯是无法统一的。这个人物，还是死的，活的是贾平凹。比如，上面的话，后半部就是贾平凹的话了，一个再小资的镇上年轻女干部，也不会如此言说。带灯的很多关于政治、社会的言说，其实都是贾平凹的话。在这里，贾平凹始终没有解决好作家、叙述人、小说人物之间的关系，他经常混淆三者的关系。而且这里面对丈夫的描写，也"隔"得厉害，根本没有活现出那个似乎不存在的丈夫。贾平凹刻画人物的"工笔素描"功夫本来就不强，如今退化得太厉害了。

带灯不给省城里的丈夫写信，却经常给省政府不认识的副秘书长元天亮写信，而且那么肉麻，那么醋酸，语无伦次，颠三倒四，既很少她乡镇上的具体工作，也没有怎么具体谈自己的情感，就是一些文艺青年的胡乱游丝而已，让人怀疑：带灯的脑子正常吗？这种幼稚的文艺腔，大大削减了小说的艺术魅力。

"你是懂得鸟的，所以鸟儿给你飞舞云下草上，给你唱歌人前树后，对你相思宿月眠星，对你牵挂微风细雨。你太辛苦了，像个耕者不停地开垦播种，小鸟多想让你坐下来歇歇，在你的脚边和你努努嘴脸，眨眼逗一逗，然后站在你肩上和你说悄悄话。"（第183页）

——这是什么话？都不通。似乎是周杰伦的歌词。嫩就是嫩，老就是老，不嫩而强扮嫩，就会让人起鸡皮疙瘩。

而且作为小说主线的"给元天亮的信"，与整部小说似乎没有什么关系，完全游离于小说之外，比之《蛙》的给日本友人的信，也很荒唐。细读这些信，与带灯无关，与信之外的带灯又是两个人，完全没有关系，语言表达、口吻、情感，都很游离，甚至让人莫名其妙。这如果只是一个女人的暗恋，写在自己的日记里，倒可以理解，但经常寄给省政府副秘书长，我都怀疑中国有这样的副秘书长嘛？现实中是有一个乡镇女干部老给贾平凹寄信，这倒可以理解，贾是作家，而且那么伤感而多情。至于给省政府副秘书长寄这样的信，让人感觉有点玄。

"我有些神经，如幻想中山中不安分的幽灵，惊觉着外面的风吹草动，总想着你现在是在干什么呢，调研，视察，开会，或是伏案写作。伏案写作还戴个眼镜吧，时而抬起头摸摸索索取根纸烟想吸吸？我就看看走了近去，抱抱你摸摸你的手便飘然离去。赚你一个会心的笑。……我这样说你高兴吗，你已经是我的神，我要把这种意念当作自己的信仰和真实的假设，不想着是真实的存在，和你没有关系，这样我能轻松一些，也能放开一些，我在生活中也能坏一些野一些。"（第 85 页）

"读了一本杂志，上面说到佛不问三句话：不问自己在哪里，不问什么时间，无关乎生死。我的心突然觉得我是进了你庙里的尼姑。"（第 194 页）——喜欢谈佛，这是贾平凹的特点。而且这段话，也是语无伦次。

"我总爱和你说话说呀说呀把我都掉球了。你不会烦镇干部吧，我也自觉凉气。但现在又是咱们交流的重要部分啊。我午后再收一包材料，包括镇党政办的各种工作文件邮给你。"（第 202 页）——按国家公文处理办法，这样的行为是可以的吗？省政府副秘书长会收或敢收这样的"镇党政办的各种工作文件"吗？

"梦和现实总是天壤之别，像我和你的情感越来越亲近而脚步应该越来越背离。我是万万不能也不会走进你的生活，而冥冥之中也许狐狸在山的深处龙在水的深处，我们都在云的深处就云蒸霞蔚亦苦亦乐地思念。"（第 202 页）——这段话表述混乱。从小说里看不到元天亮对带灯动了情感，都是带灯的短信，而很少元天亮的短信，即便有，也是从别人的话里头模模糊糊地带出一点。从此可以看出不熟悉生活胡编乱造的痕迹，就如刘心武续《红楼梦》，一到吃饭，就一笔带过。

"我一个人在屋里安静，胡乱地翻开你一本书，双脚搭床边吃包山楂片儿，思想从窗子飘出去了，突然见杨树的一枝随风扑搭来惊觉是你来了。这几天心有些乱，乱得像长了草。"（第 208 页）

"昨晚梦中温暖的一夜，梦中和你走来走去，镇政府在熬大锅草药说谁想干什么行当看你挑哪种草药，我让你给我挑选，你给我捞了金银花。我给你吃黄米馍，一夜的酒乐高兴。我很想念你但我一定要稳好自己。如果我此生一定要忍受刻骨的相思，那一定是我前世欠你的。让我的思念澎湃山地的沟沟凹凹，弥补我们欠缺的山地真气。"（第 209 页）——读着这段话，我常常怀疑自己的眼睛是否看错了，也怀疑带灯的脑子是否健全正常。一个只远远地见了一面的人，就能如此让带灯痴迷，而且说出如此缠绵之语？我似乎觉得我在读常艳的《一朝忽觉京梦醒，半世浮沉雨打萍》。常艳的 12 万字长文，有着丰富而详实的细节，都是经得起再三推敲的，你只要读上几页，绝对不会怀疑它的真实性。我们知道，细节最重要，不管法律断案，还是文学写作，没有过硬的细节，一切都是纸上谈兵，空中楼阁。而带灯的这段话，却没有扎实的背景支持，没有一定的铺垫，一切都是空穴来风。第 295 页："我的心喜也罢苦也罢累也罢，我知道你在。我心底的一脉清泉命定流向你。还是想再借别人一句话说：你安好，便是晴天！"

"我喂你一颗。我愿是投进你嘴里的一颗葡萄，你能接纳我的甜我的酸，我的好我的坏。""前天读报纸，看到你又高升为省委常委了，真是可喜可贺，但我觉得你是那么的遥远了，有些不想跟你耍了，我觉得你在我的小村我的身边需要我爱护关心的人。"（第 315 页）——如此露骨的拜权主义，如此肉麻的撒娇，实在匪夷所思，让人无法理解。

（二）

技术时代让作家胆大包天，剪贴、拼装、流水线，成为了当下作家的基本创作手段。贾平凹看了几次刘高兴，那个打工的早年同学，到西安城郊的民工区跑几趟，就可以写出一部长篇小说《高兴》。这回因为一个乡村女干部的短信，就可以"创作"出一部《带灯》。我记得贾平凹说过：现代科技让文章的腿长，却让文章的命短。这简直可以看做他替自己的写作下的判断。

贾平凹《废都》之后，真的是身心俱疲，库存也到了极限，以后的写作虽偶有出色之处，但基本就是技术产品了。《秦腔》里动不动插一段秦腔乐谱，弄得人莫名其妙。如果改换成多媒体，这时候插入一段秦腔音频，或视频，大概更有意义。我们看电影《白鹿原》里那两段老腔的表演，真是淋漓尽致，酣畅神旺，让人大呼过瘾。我曾撰文认为《白鹿原》里没有"秦腔"，但每个字后都是秦腔；《秦腔》里到处是"秦腔"，却没有秦腔。

贾平凹说："几十年以来，我喜欢着明清以至三十年代的文学语言，它清新，灵动，疏淡，幽默，有韵致。我模仿着，借鉴着，后来似乎也有些像模像样了。而到了这般年纪,心性变了,却兴趣了中国西汉时期那种史的文章的风格,它没有那么多的灵动和蕴藉,委婉和华丽,但它沉而不糜,厚而简约,用意直白,下笔肯定,以真准震撼,以尖锐敲击。何况我是陕西南部人,生我养我的地方属秦头楚尾,我的品种里有柔的成分,有秀的基因,而我长期以来爱好着明清的文字,不免有些轻的佻的油的滑的一种玩的迹象出来,这令我真的警觉。我得有意地学学西汉品格了,使自己向海风山骨靠近。"① 这段夫子自道,可谓真实无欺了。

贾平凹一出道一直以婉约清秀而著称,他的文学脉络还是孙犁、沈从文,上至明清小品那一路了。秦腔,我总觉得他是隔膜的,即使他喜欢,也还是无法从骨子里进入秦腔。从中年起他一直喊叫着要学习大汉,从另一种角度看,正是他缺乏的表现。陈忠实从不喊自己要"西汉",要"大汉",要"秦腔",但他骨子里就是大汉,就是西汉,就是秦腔。他的血脉与司马迁、霍去病、卫青等等是相通的。这就是泥沙俱下,酣畅淋漓。秦腔的那种大悲大喜,大喊大叫,那种高亢入云,又婉转千回的东西,是贾平凹没有,而陈忠实具备的。虽然陈忠实从来不说一个字。

《带灯》分为上中下三部,上部"山野",中部"星座",下部"幽灵"。上下两部文字都很不多,全书362页,上部只有38页,下部只有15页,重点在中部。还捎带一个后记。这三部的名字,也没有什么深意,小说后记,也干巴巴的,枯燥而无味。

《带灯》的结构比较特殊,三部之外,文本被分成很多小节,每节都加上了小标题,有的小节比较长,几页篇幅,有的极短,就一行。而且这些小节的安排似乎没有什么深意,比较随意,贾平凹自言受了《旧约》的启发。《旧约》"里面'创世纪'也是偶然分节,也是穿插了很多生活感悟、智慧的东西"。② 这里,就看出了技术二字的作用。形式与内容的高度统一,是杰出小说的标志,一部小说能有新的形式,都是新的内容所决定的。但贾平凹只是使用了《旧约》的一点格式,可内容还是老内容,或者说,内容并没有催逼他使用这种形式。这就是典型的技术复制写作。

林散之说,书法家早年比才气,中年比功力,晚年比学问。这话用到作家身上,也很贴切。贾平凹的才情,没有人不承认,写作功力嘛,毕竟

---

① 贾平凹:《带灯·后记》,第381页。
② 《贾平凹:写"带灯"心情沉重》,http://cul.qq.com/a/20130116/000054.htm。

写了一辈子，很勤奋，不能说没有。但学问真的太匮乏，思想基本谈不上。但喜欢了他几十年，一直追踪阅读，每次出版新书，即便是鸡肋，也还是要买来放着。

贾平凹《废都》《白夜》之后，就几乎没有什么好作品，《高老庄》还差强人意，《病相报告》《土门》《高兴》基本是失败之作，《秦腔》《古炉》有人评价很高，也得了很多奖，惭愧得很，我真的没有看出"伟大"来。《带灯》2012年岁末买的，2013年2月末才强迫自己阅读，读完上部山野，就很失望。语言倒还通达，不像《秦腔》那么艰涩，但文字没有力量，人物对话汤汤水水，读了40页，整整一个上部，仍然没有一个人活起来，没有一句话，让人记住的。

上部里，带灯这个女主人公没有一点活气，像一个塑料花，在那里摇曳着，但一看就不是一个活物。写作过程中，贾平凹也显得疲惫而乏力，只看那一个个多得让人眼花缭乱的小标题，就已经很无趣了："高速路修进秦岭""带灯来到樱镇""跟着马副镇长""建议""三个先进""新形势""镇工作重点转移了""汇报各村寨选举情况""综治办的主要职责""本年度的责任目标""樱镇需要化解稳控的矛盾纠纷问题"，等等。读这样的小说，给人感觉不是读小说，而是读国家公文，而且是那种党八股式的公文，一点才华都没有。贾平凹甚至在后三个标题里，真的把文件内容抄进去了。"综治办的主要职责"抄了四条，共6行；"本年度的责任目标"也是6点，23行；"樱镇需要化解稳控的矛盾纠纷问题"共38点，全文38行。更可怕的是，作家写到"灾情很严重"，却几乎没有描写，而是一组数字，使用的是说明。第268页，几间房塌了，谁损失多少万，泥沙覆盖了多少亩农田，多少棵老树连根拔了，云云，完全是政府灾情报告。接下去的标题果真就是"竹子翻阅过去的水灾材料""带灯到青山坪了解情况""上报灾情"。

用公文形式写小说，是不是也是一种创新呢？

下部"幽灵"第一个标题就是："县上来了调查组"，这里没有描写，只是叙述，而且叙述也极其少，一共1页，半页是县上对樱镇特大恶性打架事件的行政处理决定，一共3条，10行，完全是公文搬上小说。县上来了调查组，怎么来的，来做什么，如何做的，宣布决定，如何宣布的，场面，人物，背景，等等，一概都没有了。第302页："竹子记录了县委书记讲话"，下面就果真是讲话：

全面落实……为建设创新开放富裕文明平安和谐生态的县而努力奋斗。……高举中国特色的社会主义……以邓小平理论和"三个代表"思想和"科学发展观"为指导，牢牢把握省、市制定的四个重点要领（略），三具二基一抓实要求（略），围绕打造秦岭经济区的重要支撑区域合作示范县……

以下就不抄录了，有心的读者自己去看。

我们知道技术时代，尤其这个电脑普及的时代，写作已经成为了技术活，粘贴、组装、剪接，就可以搞定一切。贾平凹虽然声明不用电脑，但他的聪明让他很快地就适应了这种技术时代的技术写作。他在《废都》里就开始粘贴民谣，《白夜》里组装目连戏，《秦腔》里粘贴秦腔乐谱，到《带灯》里开始粘贴、组装公文了。大量公文的进入小说，是贾平凹的一大"创新"，其实，也是"十七年"小说教给他的。那时候是语录，现在的公文，反正都一样。

贾平凹很聪明，他已经很会"经营"小说了，他说过，作家和弹棉花的没有两样。他可以用很多种方法弹棉花了。他在不同的小说里使用不同的技法，但是技法必须是服务于思想、情感的。如果没有新鲜生动的思想情感，也就不可能有新技法。[①]

看看《水浒传》，也没有如此写法。所谓的后现代，也不是如此写法。说到底还是童年教育结的果实，用的却是技术时代的手法。

没有大情，没有大学问，没有大思想，而偏要"著作等身"，于是就只有组装了。贾平凹的小说里就那几味东西，后期最多的就是"梦游"，《白夜》就开始了，《带灯》里也用上了。吹埙，动不动就流泪；一个一个疯子（白痴），都是贾氏的典型标志。没有任何铺垫，随意乱写，也是贾氏特色。还有那些肮脏的东西，尿、屎，他后期的小说里比比皆是，太脏，不说了，李建军专门有文章批评。《带灯》里的虱子，从头到尾，铺天盖地，就是没有任何意义，无论是象征意义，还是别的意义。只感觉到一种恶心。我们读马尔克斯，读鲁尔福，他们的魔幻里有情感，有思想，有不平，有反抗。而贾平凹的魔幻里多的是肮脏、萎靡、恶俗、无聊。

[①] 参见杨光祖《形式与文学的神话》，《西北军事文学》2012年第2期。

《带灯》里《红楼梦》的影子太深了，深得很滑稽。《带灯》下部"带灯大哭"里写到带灯梦见元天亮回樱镇了，然后就有了近一页的滥抒情，酸倒牙的文字："她说，我感言《红楼梦》可我并没认真看过，像路过大花园一样瞟几眼嗅几口而没有走进去受花粉的侵袭和花刺的扎痛。但我记着一句话如果没奇缘今生偏又遇上他，如果有奇缘为何心事终虚化。我曾经悲伤然而今晨我又醒悟虚化是最好的东西，虚化的云雾、花瓣，眼泪都是雨天雨花雨泪。……"（第349页）后面的文字有心的读者可以自己去读，我酸得无法抄录下去了。而贾平凹写带灯梦游，街上遇见一个疯子，也是如此奇笔："疯子是从七拐子巷里过来的，与其说是过来的，不如是飘来的，他像片树叶，无声地贴在巷子的东墙上，再无声地贴到巷子的西墙上，贴来贴去，每次都斜一个三角，就又贴在了巷口的电线杆上，看着带灯。带灯也看见了疯子。他们没有相互看着，没有说话，却嗤嗤地笑，似乎约定好了在这里相见，各自对着对方的准时到来感到满意。……"（第344页）读着这样的句子，让人疑心这是《红楼梦》。《红楼梦》里林黛玉得知贾宝玉要结婚，神经一时有些错乱，就有对着贾宝玉，两人傻笑的情节。但那里的描写让人泪下，贾平凹的描写却让人恶心。《废都》很多地方完全照搬《金瓶梅》已让人无法容忍，《带灯》又来照搬《红楼梦》。果真江郎才尽耶？

　　李建军说："其实，说穿了，修辞并不只是一个简单的技巧问题。根本上讲，修辞问题乃是一个意义问题，它决定于作者的价值观和世界观。"[1] 而且，一个成熟的小说家必须热爱自己笔下的每一个人物，对他们有一种伦理的情怀。他通过小说人物传达自己对生活、社会、时代的观点，并使自己的小说读者更加优秀起来。就此点来看，《带灯》的过分自恋，疏离了时代，也疏离了读者，作家在过分凸显自我的同时，也扼杀了小说人物。人品决定文品，并不是空穴来风，而是实实在在。

　　别林斯基说："世界观是文学的根源和基础。"在他看来，对文学来讲"欠缺内心生活，欠缺生活内容，缺乏世界观——这才是真正的症结所在"。[2] 我们的作家确实应该多咀嚼这些话。

---

[1] 李建军：《小说修辞研究》，中国人民大学出版社2003年版，第227、334页。
[2] ［俄］别林斯基：《别林斯基选集》第2卷，满涛译，上海译文出版社1980年版，第396、421页。

五 张贤亮：罪感的缺失与苦难的倾诉

当代的西部文坛小说家辈出，群星璀璨，其中成就最大，我个人最喜欢的有贾平凹、张贤亮和陈忠实三人。数才力首推贾平凹，而厚实非陈忠实莫属，张贤亮则以自己的血泪经历铸就一座文学之山。张贤亮是一个有着浓厚的自我中心主义和精英意识的当代小说家，他的作品中以富有自传色彩的劳改生活小说和描写下层百姓情感的小说最有影响，艺术成就也最高。

这里我们不妨先看看张贤亮的那些失败之作，我想对我们解读他的代表作是有益处的。比如，中篇小说《龙种》写的是国有农场改革，但由于作者对这部分生活并不熟悉，只是靠自己看的几本马克思著作，尤其《资本论》，开始想当然地闭门造车，张贤亮说他的小说都是"政治小说"，他本是想为改革摇旗呐喊，却流于空洞空疏。写于1983年8月的长篇小说《男人的风格》可能是新时期文学中最早的官场小说之一，它具有以后官场小说的一切缺点，或特点：脱离实际，凭空虚构，对官场的无知，对官员的隔膜，使得小说流于说教和宣教，主人公陈抱帖简直就不是中国的官员，好像在一个理想的真空生活。主题先行、理念先行，小说的运作、发展都是为了表达作家的思想，而不是小说自己的活动，小说和小说里的人都没有活起来，他们只是符号而已，是作家表达自己理念的符号而已。为了显示作者的博学，小说里大量使用中外小说知识，尤其西方小说，甚至复述小说情节，让读者感到别扭、虚伪。总之，就小说艺术而言，这绝对是一部失败的作品。张贤亮本来想用自己的一腔热血为中国的未来描绘一幅蓝图，但由于他对官场的不了解使得这一计划没有得到预期的成功。至于《早安，朋友》写中学生早恋，更是失败之作。

不过，当张贤亮的笔触一旦落到自己熟悉的下层生活、劳改生活，他的笔如有神助，满纸云烟，情思充溢，人物活灵活现，直往读者心里钻。

张贤亮在《张贤亮选集》自序里说："我只能保证我袒露的是真实的自己，包括自己的缺点和优点，短处和长处。"① 我想这可能就是他的这部分小说成功的关键，如代表作《肖尔布拉克》《邢老汉和狗的故事》《河的子孙》《灵与肉》《绿化树》《男人的一半是女人》《青春期》等都是这方面的代表之作。我这篇文章主要是针对张贤亮的这几部作品展开，论述他小说里的一个牢固的情结，即罪感的缺失和苦难的倾诉。当然，只是对其小说的一种解读，并不是对张贤亮小说的整体评价（就整体艺术水平而言，我认为张贤亮确实是新时期为数不多的杰出的小说家之一，他的代表作至今读来，仍有很大的魅力）。

张贤亮的小说大多有他自己的影子，自传性非常强。《青春期》更是把现实中的"我"与小说中的"我"混淆，倾诉的欲望使他无法自制，好像他那二十年劳改（2001 年 3 月 11 日，在北大演讲时，林毅夫介绍说张贤亮曾经下乡劳动过多少年，张贤亮纠正说，不是劳动，是"劳改"，对那段日子记忆犹新。）成了他永远写不完的福克纳的"邮票"，也成了他永远不平永远发泄牢骚的动力。如《青春期》写道："我把古堡废墟建成的影视城是当地文明的窗口，我企业职工享受的待遇在当地也是最好的，为我建影视城而搬迁出去的农民，我对他们已没有任何义务，但我仍答应只要我活着便会资助他们的教育。""可是在另一些事情上，只要'青春期'一发作，我仍然会说不想说的话，干不想干的事。"下面便写了附近的农民在基层干部的挑唆下，把持了他影视城的出售门票权。"我得知消息后一人驱车赶到影视城，果然看见乌鸦似的三五成群衣衫不整的人在我设计的影壁前游逛，见我到了，一只只就像谷场偷吃谷粒的鸟雀那般用警觫的小眼珠盯着我。我又感到那股带血的气往上冲，那气就是'青春期'的余热。我厉声问谁是领头的。一只乌鸦蹦出来嬉皮笑脸地回答他们根本没人领头，意思是你能把我们怎么样？我冷冷地一笑：'好，没人领头就是你领头，我今天就认你一个人！要法办就法办你！你看我拿着手机是干什么用的？我打个电话下去就能叫一个武装连来！'乌鸦听到'武装连'，赶紧申明他也是身不由己，人都是'上面'叫来的。我说，行！既然'上面'有人你就替我给'上面'那人带一句话：我能让这一带地方繁荣起来，我也有本事让一家人家破人亡！……谁都知道我劳改了

---

① 张贤亮：《张贤亮选集》，百花文艺出版社 1984 年版。

二十年，没有啥坏点子想不出来！"

这段话由于作家把自己和叙述人有意混淆，而且作为影视城董事长的张贤亮在中国是人所周知的，而且这样的话张贤亮本人在私下也讲过几次，也见诸文本记录，因此，完全可以把它和作家混同。那么，让我们仔细分析这段文字，我们会惊讶地发现这根本不是一个作家的口吻，不是一个受过高等教育的作家所能写出来的。我们在现实生活中，这样的人看得多了，那是典型的地痞、暴发户的口吻。当我们的尊敬的作家面对搬迁出去的农民，不是同情，而是愤怒，是恐吓，他笔下的农民是"乌鸦似的"，"像谷场偷吃谷粒的鸟雀那般用警觫的小眼珠盯着我"，"衣衫不整的"，面对这样可怜的农民，我们的作家竟然用"手机""武装连""家破人亡"等来恐吓，我真不知道读者读了这样的文本会有什么想法和感情。《青春期》写到"我"到南京参加高级别的文学奖，"我"是南京人，三十年后，重回故地，"我"要去"寻根"，找"我"的故园，那么的多情，那么的感慨。因为张贤亮是南京人，经历和"我"完全重合，因此，这里的"我"也完全可以和作家同一（读者可参看张贤亮的散文《老照片》《我的故乡》）。张贤亮对自己的"根"如此看重，可为什么对宁夏农民的土地看得如此轻？"为我建影视城而搬迁出去的农民，我对他们已没有任何义务"，这是什么话？不但如此，还用"乌鸦"等如此不堪的词语形容农民，这是一个有良知的作家应该做的吗？

贾平凹出身农村，他对农村、对农民是那么的热爱，虽然憎恨他们的落后，但往往一往情深，读一下《我是农民》就可以看出来。在《我是农民》里贾平凹说，知青到农村生活几年，就有说不完的苦难，那些一辈子生活在农村的农民，说了些什么呢？现代文学的奠基人鲁迅先生，写了很多乡土题材小说，那对农民的"哀其不幸，怒其不争"，对闰土、阿Q、豆腐西施等的描写，都渗透着鲁迅的一腔赤诚。更不用说俄罗斯的贵族作家托尔斯泰，终生为农民（准确地说是农奴）流干了眼泪，他多次有意识地让农奴到他的庄园偷东西，他还想把财产分给农民。有如此胸怀，才能写出《战争与和平》《安娜卡列尼娜》《复活》等世界名著。张贤亮对农民、对下层人的无情，对自我的张扬，确实让每一个读者寒心。铁凝长篇小说《大浴女》写到尹小跳爱上了一位曾经被打成右派的名作家方兢，他势力、卑鄙、自私、玩弄女人，仇恨一切，但尹小跳认为他从前受过很多苦难，愿意原谅他的这一切。她的朋友唐菲说，别拿他受的那点儿苦来吓唬人了。做学问我不如你，你们，我他妈连大学也没上过，可我一万个看不上方兢他们那种人举着高倍放大镜放大他们那些苦难，他们他们他们无限放大，一直放大到这社会盛不下别的苦难了，到处都是他们那点事儿，上上下下左左右右谁都欠他们的。别人的苦难是说不出来的，电影里的小说里的……凡能说出来的都不是最深的苦难你知道不知道。[①] 我觉得铁凝小说的这段话说得太好了，农民的苦难是无言的，因为无言才感人，才深刻。张贤亮的苦难是痛苦的，可是把它作为其一生的文学母题，作为张扬的资本，永远不去关心别人，关心农民，这样的文学还有什么价值？

众所周知，张贤亮的所有小说都离不开两个主题：性，苦难。性是他招揽读者的法宝，苦难成了他换取同情和崇敬的资本。到他后来办了西部影视城后，他甚至可以对员工这样说，西部影视城的主人就是我，是我养活了你们，而不是你们养活了我。（北大演讲）在《出卖"荒凉"》一文里他公然写道："我明确告诉每个工作人员，你们是国家的主人，但不是企业的主人，企业的法人代表是我，我就是主人，进了我的大门，在工作时间请放弃个人自由，绝对听从我指示，做不到这点，立即炒'鱿鱼'！"听听这段张贤亮的自白，你会知道中国的文学，为什么这么糟糕的原因！当一位中国的知名作家对职工说："在工作时间请放弃个人自由，绝对听从我指示"，"绝对"二字何等熟悉，何等触目惊心！这和一个暴发户的自白和狂妄叫嚣，有什么区别？经历苦难的张贤亮并没有得到什么有价值的东西，得到的只有报复，对社会曾经对他不公正对待的报复。那么，张扬自己的苦难，倾诉自己的苦难顺理成章的成了他写作的一大动机。张贤亮即便写性，重心仍然在自己。他的小说文本里充满着性歧视、性压制。《男人的一半是女人》里非常清楚地展现了这一点。章永璘对黄香久的爱是假的，对她性的渴求才是真实的，他最后离开她，不是因为她不忠，而是他压根就从来没有瞧上过她。小说最后黄香久说："你呀你，劳改了二十年还是个少爷胚子，要人侍候你吃，侍候你喝。""你肯定不得好死！因为你亏了心了。"可谓是诛心之论，一针见血。而作家的性描写，完全是一种男权主义立场，是站在男性立场的享受性描写，有一种性虐待的倾向。这种少爷式的小说想象写作，往往使得读者感到恶心。尤其小说结

[①] 铁凝：《大浴女》，春风文艺出版社2000年版，第169页。

尾,"我"已经和黄香久离婚了,她还要和我做爱,并说:"上炕吧!今天晚上我要让你玩个够!玩得你一辈子也忘不掉我!"既让人反感、恶心,更是不可思议的,叙述人还写道:"啊!世界上最可爱的是女人!但是还有比女人更重要的!"我不知道这样的写作是什么写作,这样的理念是什么理念?封建社会的白居易还能写出:"同是天涯沦落人,相逢何必曾相识?"而新时期的大作家却喊出了这样的"名言",难道这就是我们渴望的所谓知识分子?长篇小说《青春期》里的性描写也是一种性想象,性呓语。而且,苦难带来的性缺失造成的性异常,性饥渴,导致"我"心理的不正常,这在小说的写作中非常明显。此处不再展开。洪子诚在《问题与方法》第七章中这样写道:

> 猥琐也可以,但叙述者同情这种猥琐,这是很奇怪的。当时我读了《绿化树》,读了《男人的一半是女人》,对章永璘的感觉非常复杂,我觉得很厌恶。最不能忍受的是那种"自虐"和"自恋"。[1]

张贤亮是城市人,是中国的知识分子,按封建社会阶层分析,属于上层人,但为什么对农民那么憎恨、蔑视,对自己那么珍重?我们封建社会那些伟大的诗人、小说家、戏剧家等,他们的作品里对下层人或者说对农民的感情,即便现在读来都是让我们非常感动的!如李白、杜甫、白居易、苏轼、关汉卿、曹雪芹,等等,因为读者或张贤亮本人对他们应该比较熟悉,因此,我就不多费笔墨了。我们不妨看看俄罗斯的作家,他们是怎样对待苦难和不公平待遇的?作家王彪说,陀思妥耶夫斯基,"这个病贫交迫的人忧伤的目光,既是人间又非人间的,爱与恨,罪与悲痛,他的所有声音都是人的挣扎,一边是茫茫黑暗,一边则通向光明"。鲁迅在1908年说过:"托尔斯泰也……伟哉其自忏之书也,心声之洋溢者也。"[2]鲁迅对陀思妥耶夫斯基的理解是中国作家里最到位的。因为鲁迅也是挖掘自己灵魂最彻底的,他说,我经常毫不留情地解剖别人,但我更毫不留情地解剖自己。

《绿化树》的主人公,劳改犯章永璘对监督劳动毫无怨言,最大的苦

---

[1] 洪子诚:《问题与方法》,三联书店2002年版。
[2] 童道明:《俄罗斯回声》,中国电影出版社2001年版,第86页。

难就是"饥饿"。为饥饿所驱使,他使用读书人的智慧,欺骗卖萝卜土豆的老农。当然,最终将章永璘从苦难中解救出来的是女主角马缨花(用一个白面馍馍)。黄子平认为:"将'才子落难,风尘女子相救'这个中国文学的传统模式,延伸到文革前后的政治背景下作一番新的变奏,这无疑是张贤亮对于'文革集体记忆'的一个特别贡献。"① 章永璘一边咀嚼白面馍馍,"心底却升起了威尔第的《安魂曲》的宏大旋律,尤其是《拯救我吧》那部分更回旋不已。啊,拯救我吧!拯救我吧!……"《男人的一半是女人》描写章永璘在艰难忍受多年性饥渴之后,与另一个"风尘女子"黄香久在"文化大革命"期间同居结婚。不料有了女人之后,主人公发现自己陷入了灾难:由于长期性饥渴压抑导致的性功能障碍。然而,拯救男人"身体苦难"的还是女人。为了表达这种"才子佳人"的陈腐观念,小说在细节上有很多破绽。许子东说:"章永璘十几年来一直在劳改之中幻想女人,却没有交代有没有梦遗或任何勃起、兴奋的经验。如果曾经有过,那他在与黄香久同居后便不必如此绝望,他应该知道自己并非生理上的无能;如果完全没有,那他也不应如此惊愕,他早应预感到自己有病。将这一细节破绽放在小说精心设置的象征层面上读解就更有意思了:张贤亮后来在《我的菩提树》中一再比较中国与苏联东欧的劳改犯心理,说中国知识分子的特点是真心真意接受改造,即使被冤屈受迫害也不抗议。"② 许子东重点指出:

>如果五六十年代的知识分子那么容易就被政治环境"去"掉了他的"'精'神能力",这是否也使人怀疑他们本来是否曾有知识分子的"能力"(独立思想)?或者他们本来的"能力"也不是根植于自己的"身体"(而且自30年代以来一直由左倾思潮、苏联文化及各种团体组织培养、制造出来)?③

所以,《绿化树》的男主人公"我"被平反二十年以后,在省文化厅等官员陪同下坐"丰田"小轿车重回受难之地,他想起了自己"一九八

---

① 参见黄子平《同是天涯沦落人——一个"叙事模式"的抽样分析》,《中国现代文学研究丛刊》1985年第3期(7月),第42—62页。
② 许子东:《为了忘却的集体记忆——解读50篇文革小说》,三联书店2000年版,第94页。
③ 同上。

三年六月"，"出席在首都北京召开的一次共和国重要会议"时，当"军乐队奏起庄严的国歌，我同国家和党的领导人，同来自全国各地各界的人士一齐肃然而立"时，记起了这些普普通通的，给他以物质和精神力量的劳动者。（张贤亮身上那种中国传统士人的政治情结，或帝王师情结，是比较浓厚的，他多年后曾说自己的所有小说都是政治小说，并写作出版了自称是"大"散文的长达20万字的《小说中国》，果真开始"参政议政"了。但可惜的是张贤亮是个作家，并不是政治家、经济家，他的那些言论也确实没有多少学术和现实价值，如："当全国政协委员真好啊！""入党是当今有志之士的明智选择""树立邓小平的精神领袖地位""值得'忧思'的是干部素质""私有制万岁"，等等。）虽然主人公曾经为自己的体力劳动而自豪，但最终他仍觉得自己是不"普通"的。这方面，张贤亮是坦白的：他在语言陈述上已经清楚地表明"我"和他们的不同，"我"的心态的优越："我"已经是"来自全国各地各界有影响的人士"之一了！受难之后再感谢苦难，这是"文革小说"男主人公们显示他们不同于普通人的关键程序。很多作家如王蒙、戴厚英等人都是如此。①

张贤亮作为"苦难作家"，用自传体美化和粉饰自己，人为地给这种受难加上了某种崇高的"意义"。《习惯死亡》中的"章永璘很大程度上也就是张贤亮"②。小说中"我"作为著名作家在80年代末获准到美国，和台湾女导游的同居，去红灯区玩妓女，不是得不到爱情，就是失去了能力。最后，回到了国内，回到了马缨花那里，自嘲地说这是爱国。"我"回忆往昔，显然觉得自己是无辜的，本性是善良的、好的，现在变成了野兽、狼，也不是自己的过错，反而更有充分的理由自我炫耀，炫耀他本性的清纯和生命力的苍劲。邓晓芒认为："《习惯死亡》这本书的可贵之处，也就在于提出了问题。但这个人和这本书的糟糕之处也正在于，他在搞清这个致命的、生死存亡的大问题之前，就已经在预先乞求别人的原谅和宽恕，并以主动地自我和自轻自贱来换取人们的同情和怜悯，来模糊问题的实质了。这充分表现了主人公思想深处的懦弱无力、生命力可耻的颓丧和沉沦。"③ 其实，这一点正中张贤亮要害，也是他几乎所有小说的致命伤。

---

① 参看许子东《为了忘却的集体记忆——解读50篇文革小说》，三联书店2000年版，第95页。
② 邓晓芒：《灵魂之旅——九十年代文学的生存境界》，湖北人民出版社1998年版，第4页。
③ 同上。

长篇小说《我的菩提树》是以"我"的 20 世纪 60 年下半年的劳改日记和日记的注释组成,小说分上下两部分。上部曾以《烦恼就是智慧》发表过。与张贤亮的大多数小说一样,这部小说的自传性非常强烈,而且在有的地方张贤亮自己都跳了出来,可能是感情距离太近,张贤亮对那段日子刻骨铭心,小说写得仓促粗糙,语言也没有了舒缓优美。在下部中张贤亮自己忍不住站出来,为自己上部没有得到国内读者和批评家的重视而愤愤不平。这部小说如果从艺术的角度分析,有两个致命的缺点,一是过于沉溺于一己之悲苦,而没有陀思妥耶夫斯基《死牢手记》那样的人类情怀、大悲悯;二是作者自己的议论太多,甚至对政治、法律、制度、劳改、领袖等等发表了大量的见解,使得作品不像小说,更像他后期的《小说中国》了。如果我们把它和杨显惠的小说集《告别夹边沟》相比,这一点就更明显。《告别夹边沟》也是写劳改,但它那种冷静客观的写作,那种追求细节真实的写法,让人读之难忘,让人读之泪下。张贤亮在《我的菩提树》中犯的错误就是对自己苦难的沉溺般的倾诉,而缺乏一种大作家的人类视野,缺乏一种知识分子的反省精神,把一个很好的题材写成了"类调查报告",正像李锐说的外国人介绍中国当代文学,更多的是看在它的"调查性",作为了解中国那段历史或当下现实的活资料。我想《我的菩提树》在国外的重视和国内的冷遇,很好地说明了这个问题。

中国文化一直是知识分子对农民的同情,而俄罗斯文化却是知识分子对农民的"有罪感",这是俄罗斯的传统。在中国文化人的心理中,很难看到这种浓重的罪感。俄罗斯知识分子献身于改造社会的事业,常常是被这种罪感所驱使。徐葆耕说:"罪感,只是一种情感。对于改造社会现实而言,它的作用很有限。但对置身于不公正的现实中的知识分子来说,它意味着尚未泯灭的良知。在十九世纪俄罗斯的条件下,艺术家们对于罪感的自我忏悔促使他们的笔触突破表层而到达社会与人的心灵深处。对人的灵魂的深层表现,使俄罗斯文学超越英、法、德,成为十九世纪欧洲现实主义文学的勃朗峰。没有这种'罪感'意识,就不会有《叶甫盖尼·奥涅金》、《当代英雄》、《战争与和平》、《安娜·卡列尼娜》、《罪与罚》、《卡拉马佐夫兄弟》这样的力作。"[①] 中国文人没有这种罪感,因此也没有这样足够深刻的社会批判性作品。中国文人往往把一切过错都归咎于深刻

---

① 徐葆耕:《罪感的消亡》,《读书》2002 年第 8 期。

的社会历史根源，每一个错误甚至罪恶后面，往往没有责任人。

许子东在《为了忘却的集体记忆——解读50篇文革小说》里认为，在众多的"文化大革命"题材小说里，"文化大革命"或者被描述成一场"少数坏人迫害好人"的灾难故事；或者被总结成一个"坏事最终变成好事"的历史教训；或者被解析为一个"很多好人合作而成的荒谬坏事"；或者被记录为一种"充满错误却又不肯忏悔"的青春回忆。并认为"文革小说"的主人公至少有四种不同的方式来谈论自己过错：第一种主要是干部身份的受害者的自省："运动前曾有过失，灾难中再无错误"；第二种是"右派"知识分子的自省："我在受难时也有错，但都是以恶抗恶"；第三种是前造反派的自省："我犯了错，但别人的错比我的大"；第四种则是红卫兵——知青的自省："我曾经有错，但我不忏悔！"① 张贤亮他们面对"文化大革命"这样的民族灾难，就是这样仅仅停留在个人角度追怀苦难，倾诉苦难，歌颂平反后的苦尽甘来，个人心理的被"拯救"，在歌颂人民的伟大的同时，也觉得自己的更"伟大"。这种沉溺于一己苦乐的心理，这种从不解剖自己，不进行自我反省的知识分子，他们能成为一个民族的脊梁？他们能写出真正流传后代的巨著吗？中国当代的知识分子精神的缺钙确实是太严重了。王彬彬曾经有一篇文章《过于聪明的中国作家》，专门批评这种现象，还引起了当时文化界的轩然大波。我至今仍觉得他写得太好了。

中篇小说《河的子孙》是张贤亮作品中自传色彩不太明显的难得的上乘之作，可惜的是作品还是缺乏一种对人的深入刻画，对人生、时代的追问，尤其小说结尾以"流水的自净作用"来类比"文化大革命"的灾难，来说明中华民族的前途似锦，总让人感到别扭和浅薄。按张贤亮的才力，他应该能取得更大的成绩，不过，对灵魂的拷问，对时代的探索，对作家个人也是一种考验，张贤亮先天的不足，使他没法把自己个人的不幸和时代、民族的命运联系起来。说到底，张贤亮不是一个具有宗教情怀及终极关怀的作家，因此，他最后只成为了一个名家，而没有成为文学上的大家。（甘肃作家马步升说，名家就是在一定的时空颇有影响的作家，而大家则是指那些牢笼宇宙，境界高迈，超越时代的作家。）对世俗的张贤

---

① 参看许子东《为了忘却的集体记忆——解读50篇文革小说》，三联书店2000年版。第93—95页。

亮来说，这未尝不是好事，但对文学的张贤亮来说，却不能不说是一件憾事，即便《河的子孙》《肖尔布拉克》这样的作品在张贤亮小说系列中最终成为了绝响。现实情结无可奈何地束缚了他文学的翅膀，知识分子的文化身份带给他的先天的优越感，对女人的功利性情感，使他的小说总是徘徊在艺术的临界点上，而无法出污泥而不染，无法达到俄罗斯那些大师的高度。

张贤亮发表于1980年的中篇小说《土牢情话》，是一篇克服了作家那种苦难的倾诉和罪感的缺失的小说，是一篇今天阅读仍然让人感动和回味的佳作，小说写了1968年我和一帮难友被关在土牢里"学习"、劳动，被所谓的武装连百般刁难、拷打和摧残的情况，在这人人自危，缺乏温情和信任的特殊时期，有一位在武装连工作的农村姑娘乔安萍对我产生了爱情，并冒着生命危险为我们传信，但我一直对她保持着怀疑，最后，在军代表的诱导下，我竟卑鄙地出卖了她，她被武装连的王富海强奸后，又被迫嫁给了他。小说里描写了农村姑娘乔安萍的纯真感情，揭示了知识分子"石在"的自私、卑鄙，有着一种反省的力量，带给人们许多思考。"反右""文化大革命"，知识分子是受难者，但知识分子也应该反思，他们在那时的表现也不是很好，许多知识分子揭发别人、整人、陷害人，甚至也到了可怕的地步。可惜的是这样的小说在张贤亮的小说里并不是很多，而且他也没有在此基础上进一步挖掘下去。如果我们把同是写苦难生活的作家，如英国的狄更斯相比，境界高下立见。狄更斯的《雾都孤儿》等作品中那种人类共有的悲悯情怀，那种把个人苦难上升到一个民族的苦难的大视野，是张贤亮作品中少见的。或同2001年获得诺贝尔文学奖的英国作家奈保尔相比，这种对苦难的描写差距还是非常大。

公平地说，我对张贤亮的下面三篇小说赞叹有加，或者说叹为观止。小说《肖尔布拉克》以一个汽车司机的自叙写活了一位常年在乌鲁木齐周围跑车的司机形象，他从河南逃饥荒到新疆，坎坎坷坷的前半生，写得非常真实而感人，把一个下层老百姓的酸甜苦辣都写出来了，真没有想到张贤亮如此了得，这是真正的知识分子的写作，真正的小说。而小说的语言也一反张贤亮一贯的抒情风格，用的全是老百姓的话语，朴素、真挚、简单，让人三读犹不能罢休。短篇小说《邢老汉和狗的故事》《灵与肉》也是两篇让人至今激动不已的短篇杰作，在1978年和1980年，在劳改了20年之后，就能写出如此上乘的小说，我们不能不佩服张贤亮过人的才华、才力、才情。这两篇小说都写了下层人民的善良、博大、苦难，及其那种默默地承受苦难的能力、耐力，笔调舒缓抒情，舒缓中有种沧海桑田，融入了很多张贤亮个人的体验、情感和经历。《邢老汉和狗的故事》写了一位孤独的邢老汉的悲苦人生，他和狗的相依为命写得尤其动人。《灵与肉》写的是"右派"许灵均的心灵净化过程，写出了下层百姓的美好情感。小说写道："而他这二十多年来，在人生的体验中获得的最宝贵的东西，正就是劳动者的情感。"《肖尔布拉克》《邢老汉和狗的故事》《灵与肉》这三篇小说在艺术技法上也有突破，率先学习和融合了西方的现代小说技巧，也是非常成功的。当然，对这三篇小说的解读应该是另一篇文章的事。

  只是让我们可惜的是张贤亮没有从这条线上走下去，而落入了自我的苦难倾诉，没有从劳动者的伟大，进而追究知识分子的灵魂，"文化大革命"中大批知识分子的受难，难道知识分子自己就没有责任？现在作为红卫兵的"知青"，作为整人的知识分子，或者被整的受难的知识分子都认为自己是无悔的，老干部写回忆录也认为自己是受难者，是没有责任的。那么，"文化大革命"是农民的责任，是工人的责任？没有言说权力的他们永远在沉默，作为占据话语权的知识分子都在为自己贴金补粉。干部获得了应有的补贴和地位，知识分子得到了平反，而为国家现代化做出重大牺牲的农民呢？那些饥饿而死的农民呢？有谁为他们说话了？以张贤亮为代表的新时期杰出作家，我想最大的问题之一，就是缺乏俄罗斯那些文学大师的博大胸怀，那种忏悔意识，那种不是为自己，而是为人类、为人民写作的情感。其实我们古代的伟大的作家不是也有"邑有流亡愧俸钱"的情怀吗？

六 《平凡的世界》中的创作误区与文化心态

路遥是一个有极强社会责任感的作家，他的小说有一种现实的诗性意味和积极的道德力量。他的写作精神气质与俄苏文学接近，俄苏文学精神里的人道情怀、苦难意识、底层关怀、人民立场及诗性气质，极大地影响了他的文学观念和写作实践。与此相关，他的小说也就有两大主题：苦难体验、道德善良。而他在写作中表现出的那种拼命精神，也是让许多人感佩，大家读他的长篇随笔《早晨从中午开始》，可能对此会有深刻的体悟。

我们阅读他的早期作品，如写于1979年的《青松与小红花》等短篇小说，其艺术水平是比较有限的，写作思路仍然有着浓重的意识形态痕迹。写于1978年，修改于1980的中篇小说《惊心动魄的一幕》，曾经获得第一届全国优秀中篇小说奖，但那种简单的二元对立构思导致的肤浅苍白依然可见。而到1982年他的《人生》完成发表，我们不能不惊叹于他的进步之快，短短几年时间，他竟然跃过好多个台阶，已经跻身到全国优秀作家行列（陕西作家这种对自我的超越，在全国都是罕见的，比如陈忠实、贾平凹都是如此，他们的起步都不是很高，但最后到达的高度在当代国内文坛是很少有人企及的）。至于创作于1982—1988的《平凡的世界》这部长达上百万字的小说，更是路遥用生命换来的结果，也是他全部才情和理念的集中呈现。

路遥在短短的不到20年的创作时间里完成了对自己的飞跃，也结束了自己的创作生涯，他用自己一生的代价给我们留下了五卷文集。但也由于他的对创作的过分执着，或者说还有一些功利心理，过早地耗损了自己43岁的血肉之躯，也给文坛留下很多值得深思和研究的东西。

这里，我们主要讨论他的《平凡的世界》。这部长篇小说基本上是一部成功之作,他对孙少平、孙少安这些青年农民的描写,是非常打动人心的。在阅读过程中,我好像忘了我在干什么,忽大笑,笑着笑着,就又哭了,眼泪涌上眼眶。要知道,我读小说还很少被如此打动过。当然,一个原因是路遥写的是我熟悉的生活,而更主要的原因是他写得太好了。他虽然写的是庸常的生活,但这是伟大的庸常。我为路遥鞠躬,你写活了我们的父老乡亲。《平凡的世界》也可以说是最早写农民工的成功小说,最早写乡镇企业家的小说。

不过,严格要求起来,这部小说问题也很不少,而且集中暴露了路遥小说的整体缺陷与隐秘心理。我这里主要想说一下这些"缺陷",即创作误区,并探讨误区后面作者的创作文化心态。因为这些存在的问题,不仅是路遥的,也是我们很多当代作家都普遍存在的。

(一)

描写官场,尤其上层官场的失真,是这部小说最明显的败笔,严重地败坏了读者的胃口,也降低了这部小说的品位和整体艺术水平。当然,官场不是不可以写,关键是如何写。《官场现形记》是一种写法,《红楼梦》是一种写法,当然,还有很多写法,但使用完全的赞扬口吻去写,好像人一进官场,就多么干净,出污泥而不染,就很有问题。这里有两个原因,一是作者并不熟悉官场生活,而偏要去描写,只好胡编。中国当代文学中这样的小说还少吗?包括张贤亮的《龙种》,就是更为弱智的写法,小说里的领导干部似乎生活在真空中。二是我个人认为与作家的精神阳痿关系甚大,笔触一到领导干部,尤其省级干部,就手足无措了。这可能也与作家的社会出身大有关系,农家子弟先天的对高层领导有敬畏之心,写作起来羁绊太多。这点我们只要和王朔这样的军区大院子弟相比,可以说非常清楚。王朔他们的父母辈肯定也大都不是繁华中人,可他们参加革命,革命成功之后,他们就成了上层社会中人。王朔之流从小生活在这样的环境中,耳濡目染,当然,容易看透这个社会,一般人眼中的神圣,在他们那里太稀松平常了。所以,王朔也才能在20世纪80年代初,写出那么一批消解崇高的引起争议的长篇小说,在中国当代文坛,尤其是社会生活中无疑是扔了一颗炸弹。

我们看《平凡的世界》第二部,一开卷省委书记乔伯年就隆重出场了，路遥先生不惜使用那么多如诗如画的语言，饱含感情地去描写这个人。但正因为作家是**仰望**人物，而不是平视，更不敢俯视，人物就出了问题。比如，省委书记要在自家院子里种庄稼，就很矫情，彭德怀种庄稼，是要知道一亩能否产一百万斤，那省委书记想干什么？另外，一个在职省级领导，真有闲情逸致去种庄稼吗？更为荒唐的是省委书记兴师动众去体验生活，挤坐公共汽车，还带上市委和市上有关部门的领导，并由两个年轻便衣保安人员暗中保护，且有一溜小车"悄无声息"地跟着。经过一番闹剧后，省委书记现场办公，说："我希望这个问题能得到尽快解决！但不要头疼医头，脚疼医脚，而应该通过交通入手，全面改变市内各种公共服务事业的落后面貌……""简短的指示以后，领导们就分别坐车回了省市机关。"我们姑且不论这件事的可能性，单就这件事情来说，值得我们的作家歌颂吗？这样的省委书记是合格的省委书记吗？我们古代的政治家都没有犯如此低级的错误。还有田福军就任行署专员之后，到原西县视察，专门到公社供销门市部了解农民最需要的煤油销售情况，发现脱销后，马上解决。后来成了省会城市的市委书记，兼省委副书记的他，"又走进了另一家个体户店铺。"想买盒火柴，发现已经脱销，马上跑到火柴厂、仓库去解决火柴问题，紧接着又解决化肥问题。这样的描写真让人不知说什么好。是我们的作家太天真了，还是他骨子里就在说谎。后面写副总理来视察等场面都非常不自然。我感到纳闷的是路遥为什么一定要在小说中出现这些中央、省地级干部呢？为什么给他们那么多的篇幅？就这部小说来说，这些情节完全可以删除，不但不影响小说的艺术价值，反而会加强其艺术水平。有些必须出现的可以出现，但可以换一种写法，比如侧面写法等，不一定非要正面描写。现在这种局面导致的结果是小说成了两张皮，彼此不相连，影响了阅读的审美效果。我想，这里是不是有一种**政治无意识**在起作用呢？

中国的农裔作家都有强烈的政治情结，这可能也是长期处于下位自然形成的，他们面对农民有一种天然的热爱；面对领导，有一种先天的仰视，无法做到自然的书写。路遥写于1980—1981年的中篇小说《在困难的日子里》，应该说有路遥个人的强烈痕迹。虽然我对路遥生平不是非常熟悉，但应该说他的家庭出身不是富有的，我们在其小说中经常看到那类生活在底层的贫无立锥之地的男主人公，那种变态的自尊，与自尊后面的大男子主义。这种变态的自尊后面难免出现一种强烈的补偿心理，就是靠自己的拼命努力来改变命运。而要改变命运，对于上层领导的尊敬就是最起码的条件，至于高层领导，老百姓从来是仰视而不敢平视的。河南作家李佩甫的长篇小说《城的灯》也是这方面的典型之作。那么，作为一名作家，这种心态下写出的作品，就难免出现对高层领导的圣化写作，这种圣化写作也会在作家倾心描写的贫寒的主人公身上得到集中体现，此点后面将要论及。就作家个人来说，那种急于让社会认可自己，急于表现自己的功利主义欲望之强烈，也是他们在创作上拼命的重要原因之一，也可以说是一种变态自尊心态的反映。这就在根本上限制了他们才情的全面展现，狭隘了他们的创作视野，对他们的创作带来重大的负面影响。这点我们只要读一下路遥的《早晨从中午开始》，应该说会有强烈的感觉。

李建军说："像乔伯年、田福军这样的'正面人物'，则几乎完全出乎作者的想象，显得苍白而无力。"其实，岂止是"无力"，而是全面的失败，开创了以后反腐败小说的先河，是概念先行的无效写作。更为可怕的是这种写作里深藏着一种政治无意识，这是从柳青就开始的，也是柳青小说不能被新时代读者所认可的一个重要原因。路遥的写作从柳青的终点开始，深受柳青影响，当然，他在大的写作思路上比柳青觉悟高一些，没有被政治或政策完全控制，但骨子里企求为政治所认可的焦虑，从灵魂深处牢牢地牵制了他写作飞翔的翅膀。这是许多中国 70 年代末开始登上中国文坛的一批作家的通病，也是很多农裔作家的共性。因为，他们没有更多的现代理念，支持他们从中撕扯出来，成为鲁迅、沈从文那样的大师。恐怕这也是新中国成立后出生的几代作家普遍的命运和写作的趋向。能够从中跳出来的，真是太少了。

（二）

爱情描写的失败，人物塑造的随意拔高。路遥在小说中给我们描绘了一幅美好的图景，省委副书记、市委书记的女儿、省报记者田晓霞竟然那么执着地爱上了农民工（后来是煤矿工人）孙少平，而且至死不渝；农家女儿孙兰香（孙少平的妹妹）竟然和省委副书记的儿子相恋。路遥真是太善良了，他竟然异想天开地这样描写："五点多钟，仲平终于和他的女朋友回到了家里。吴斌和老伴一见儿子带回来的是这么个潇洒漂亮姑娘，**而且言谈举止没一点农村人的味道**，高兴得不知如何是好。"并很快地认可了这个儿媳妇。我们这里且不论作家对农村人的内心无意识的歧视："没一点农村人的味道"，单说这有没有可能，一个在黄土地上生活了二十年的姑娘，到城市上了两年大学，就"没一点农村人的味道"，有没有可能？作家为了笔下的人物，真是无所不能。克林顿甚至做了美国总统，仍然没有脱掉牛仔习气，他所喜欢的还是莱温斯基，不像大家族出身的肯尼迪那样的喜欢的总是上流女人。儿时养成的习性、气质、禀赋真就那么容易改变吗？我们现在虽然不讲阶级，但阶级是存在的，当然，这里我用的"阶级"是它的本义，不是中国语境中的你死我活的那种"阶级"，这里的"阶级"更像"阶层"的意思。爱情虽然是普遍的人性，但相互发生爱情还是有其阶级性的。鲁迅在《"硬译"与"文学的阶级性"》中说，贾府上的焦大也不爱林妹妹的，就是这个道理。

我们更不能容忍的是路遥过高地拔高孙少平的文化习性、审美趣味，说他煤矿挖煤之余，非常喜欢贝多芬的《命运交响曲》和《田园交响曲》，尤其是《田园交响曲》的第二乐章，"他感觉自己常常能直接走进这音乐造成的境界之中。那旋律有一种美丽的忧伤情绪，仿佛就是他自己伫立和漫步在田园中久久沉思的心境"。一个从小在农村听着秦腔和信天游长大，没有接受过西方音乐教育的挖煤工，真能如此准确地欣赏贝多芬吗？很明显，在这里我们的作家把自己的感觉强加给了他笔下的人物。到后面，就更离奇了，当孙少安听信胡永合的说劝，准备去省城投资拍摄《三国演义》，路过煤矿去看弟弟。弟弟孙少平有一段精彩的发言："不知你听说没有，在外国，有些百万富翁或亿万富翁的子女拒绝接受父母的遗产，而靠自己的劳动来度过一生。我理解这些人。"并表示，我绝对不会接受父母的馈赠。我们总是怀疑，一个 20 世纪 80 年代初的农村青年，真有如此觉悟吗？而且，他的父母有什么遗产让他继承呢？另外，外国也不是干脆不接受父母的遗产，他们还是接受的。我们又怀疑，这是不是路遥又把自己的思想强加给了可怜的孙少平？

路遥太热爱自己笔下的孙少平了，他不但让省委副书记的女儿热恋他，当田晓霞在洪水中牺牲了，他又让大学生、在心理年龄上和孙少平"犹如隔辈"的漂亮的金秀，去爱上已经在矿下因为救人被毁容的孙少平。当我们读到金秀的那封信："哥，我爱你……"真不知说什么好了。不过，当小说结尾，作家把孙少平送到惠英身旁，一个他死去的师傅的妻子身旁，我们总算长出一口气，路遥还是知道孙少平应该到哪儿去。这种感情外化、外溢，叙事人强加的叙事是路遥此部小说的又一大败笔。原因吗？或许一他太热爱孙少平了；二他的笔荡出了自己熟悉的生活，因此，胡编就是唯一出路。你看他写孙少安和贺秀莲、田润生和郝红梅、孙兰花和王满银、田润叶和李向前、武惠良和杜丽丽等的爱情都非常成功，很感人，原因还是因为这是路遥熟悉的生活，他根本不需要去编，生活就在他心里，生活在往外流。啊，生活，它虽然美好，但也残酷，并不是如路遥想象的那般容易，阶层之间还是有距离的，甚至是咫尺天涯。这样美丽的错误，我们看在托尔斯泰、陀思妥耶夫斯基小说中就不会出现，他们那里有贵族对下层女性的玩弄、忏悔，但没有那种清纯的疯狂的爱情，当然，更多的是对这种现象的深层反思。

康德在《判断力批判》中认为，天才固然表现得很"怪诞"，但是它的"作品"仍很"自然"的。人们之所以感到它"怪诞"，因为有时它不符合"日常的经验"，它原本不是"经验知识"中的事，它是"自由""创造"的产物。它那"怪诞"的"作品"，却体现了"巧夺天工"的大手笔，比起我们当前眼下的"自然"更加"自然"。叶秀山说："即使是'荒诞派戏剧'，比起我们日常生活，也更加'真实'，而毕加索的绘画，即使眼睛长到了胳膊上，那种摄人心魄的力量，岂是面前的漂亮姑娘所能比拟？"[1]

康德认为艺术家就是创造，就是无中生有，他们创造了一个世界，和我们的日常经验的世界相比，他们就是"另一个""世界"。那些世界名著，比如《红楼梦》《静静的顿河》等都是这样的，路遥的《平凡的世界》与其相比，就很逊色了。它没有成功地创造出自己的"世界"，它和现实纠缠得太密切了，而且，这种虚假写作，也解构了"另一个""世界"的建造。比如，上面所说的官员写作的失败，主人公描写的"圣化"叙事，都是非常明显的缺乏写作力量和想象力的原因所致。我们看中国当代文学史上很多所谓的"经典"，都是打着"现实主义"的旗号，行任意胡编、随意拔高之实。受柳青影响的路遥也未能免俗，这既是时代的悲哀，也是作家个人的悲哀。

---

[1] 叶秀山、王树人：《西方哲学史》第 1 卷，凤凰出版社、江苏人民出版社 2004 年版。

（三）

　　二元对立的回归乡土抒情写作，既是优点也是很大的不足。我们如果把《平凡的世界》与路遥的早期中篇小说《人生》作以比较阅读，会发现前者是对后者的扩写或放大，在这个稀释的过程中，优点并没有变化，那种对乡土的深厚感情，那种对乡人金子般的心，仍然保存着，但其缺点也得到了放大，加倍地放大，这在上面已经做了全面论述。我们可以说路遥的《平凡的世界》在字数上远远超越了《人生》，可在艺术上并没有超越，反而有所降低，负面的东西超越了正面的价值，这里面路遥个人匮乏的文化素质、心理结构是一个很重要的原因。《人生》在结构上虽然遵循乡村——城市——乡村（失败）的模式，其创作构思明显受到了《红与黑》等名著的影响，语言及叙述修辞也显啰嗦、迟缓，但作为一部写于1981年的小说，如今读来仍然让人感动，我们不能不佩服路遥早期的创作能力。他的小说基本都是这样的模式，在城市与乡村之间，他永远选择乡村，并把乡村作为美好的乐园，他小说中的主人公在城市闯荡之后，最后都重归乡村，如《黄叶在秋风中飘落》中的刘丽英，《你怎么也想不到》中的郑小芳、薛峰，尤其在后者里，作者把城市写成了一个物欲横流的所在。这种二元对立的写作模式几乎贯穿了他全部的小说。路遥的小说中都有一个理想人物，《惊心动魄的一幕》中的马延雄更是这样，然后有一个复杂人物进行陪衬，最后在理想人物的感动下，也复归乡村／人性。这种写作模式的一大优点是非常抒情化，很感人，而且对底层读者带来的阅读冲击当是非常之大，但可惜的是付出的却是艺术的代价，这种把复杂的世界简单化，理想化的做法，这种浪漫主义的写作手法（大多数学者把路遥定性为现实主义作家，其实他的性格和作品中浪漫主义的东西也是非常浓厚的），无法给读者带来更多的思考、启迪，就艺术来说，在小说艺术方面的探索也远远没有展开。《人生》之后的路遥没有在提高叙事艺术上下工夫，没有在怎样超越自己上去努力，而忙于去创作传世杰作，最后的结局就是《平凡的世界》的重复自己，及其文化心理的大缺失的全面暴露，不论在思想内容、主题构思，还是在小说修辞、文体、叙事等方面都没有多少独创性的进展。这是作为一位优秀的小说家路遥的不幸，也是我们当代许多作家的共性，所谓先天不足，而又小富即安、成功心切的集中体现，缺乏那种一个大作家应该具备的人类情怀、宇宙视野、终极关怀、理论素质。

（四）

　　李建军说，"从不足的方面看，他的写作，是道德叙事大于历史叙事的写作，是激情多于思想的写作，是宽容的同情多于无情的批判的写作，是有稳定的道德基础但缺乏成熟的信仰支撑的写作，还有，他笔下的人物大都在性格的坚定上和道德的善良上，呈现出一种绝对而单一的特点，这是不是也单调一些呢？"① 我觉得都说得非常有道理。批判意识的缺乏，恐怕是中国当代作家的通病。② 这一方面是时代的问题，但更主要的是作家本身的素养问题。他们的先天缺钙使他们无力承担历史的重任，无法创造伟大的文学作品。他们不要说和世界上的文学大师相比，就是和20世纪30年代的鲁迅他们相比，个人素养也是严重不足。希腊有句成语，闲暇出智慧，亚里士多德在《形而上学》中也表达了相同观点，他说："关于数学的技艺，首先在埃及出现，因为那里的僧侣享有闲暇。"闲暇保障了人的"自由"，人们才能思考，不被功利的东西所制约。叶秀山说，真正的"意志"不是"匮缺"，而是"充溢"，这才是叔本华（以及尼采）所谓的"意志"。"充溢"的意志，其行动纯粹出自"意志"之"主动性"，是希腊哲人说的"流射"，黑格尔说的"外化"，是"精神—意志""向外"之"开显"。这样的作家才有可能创造出伟大的作品，那种精神先天不足的作家，当然无法做到。我们看世界著名作家大多出身贵族，或大家族，小门小户的作家，往往很难有大精神，比如蒲松龄的《聊斋志异》就透着一股穷酸气，一种落魄文人的幻想，而《红楼梦》就是截然不同了。正是这种精神意志的"匮缺"，导致了路遥《平凡的世界》的另一个致命伤：没有思想。小说流于现象描写，缺乏深度书写，一种人性的人生的大境界。其实，这一点陕西作家普遍存在，何启治就说："陈忠实

---

　　① 李建军：《文学写作的诸问题——为纪念路遥逝世七周年而作》，《时代及其文学的敌人》，中国工人出版社2004年版。
　　② 参见杨光祖《罪感的缺失和苦难的倾诉——对张贤亮小说的一种解读》，《西部文学论稿》，山西人民出版社2004年版。

的文化底子还是比较差的，(《白鹿原》) 原稿中错别字很多。"① 严格地说，这也是当代中国文学普遍的症结，没有几个作家可以例外。康德在《判断力批判》中表述了一个重要的思想："（艺术）天才为艺术立则"，我们现在缺的就是这样的作家，大师级的创造性作家！

王国维先生在《红楼梦评论》中认为，悲剧有三种，一是"蛇蝎之人物"挑拨离间造成；二是"盲目之命运"所造成。他说《红楼梦》是第三种悲剧，"由于剧中之人物之位置及关系，而不得不然者，非必有蛇蝎之性质与意外之变故也，但由普通之人物，普通之境遇，逼之不得不如是。彼等明知其害，交施之而交受之，各加以力，而各不任其咎。此种悲剧，其感人，贤于前二者远甚。"此论最为老到，《奥德赛》那样的悲剧并不是很多，而《红楼梦》这样的悲剧太多了，我们生活中有很多悲剧就是这样形成的，每天都在发生，只是很多作家功力不够，表现不出来而已。路遥的《平凡的世界》，如果从这个角度分析，也做得还远远不够，他写出了一部分悲剧，如孙少平当民工所受的苦难，确有一定程度的悲剧性，但很不够。路遥的写作正像前面所说的，带有理想的色彩，对人生人世抱有巨大的希望，所以，他笔下的人物大都结局很好，虽有苦难都能得到补偿。就如李向前婚姻很不幸福，但当他成为残疾人之后，田润叶却来到了他身旁，幸福美满，感情突然融洽得不得了。这种作家的不忍或浪漫写法，我个人认为把生活虚构化了，没有撕破写，其感染力、艺术表现力都遭到一定程度的破坏，我们是不能不为路遥而感到遗憾。

茅盾在《关于乡土文学》中指出："我以为单有了特殊的风土人情的描写，只不过像一副异域的图画，虽能引起我们的惊异，然而给我们的，只是好奇心的餍足。因此在特殊的风土人情而外，应当还有普遍性的与我们共同的对于运命的挣扎。一个只具有游历家的眼光的作者，往往只能给我们以前者；必须是一个具有一定世界观与人生观的作者方能把后者作为主要的一点而给与了我们。"② 路遥的《平凡的世界》可以说已经属于后者的写作了，但乌托邦的理想写作，使得"对于运命的挣扎"的描写，出现了肤浅的迹象，没有做到深入的哲学思考，这也是不得不指出的。周

---

① 黄发有：《人文肖像——人民文学出版社与当代文学》，《当代作家评论》2004 年第 4 期。

② 茅盾：《关于乡土文学》，《茅盾文艺杂论集》上集，上海文艺出版社 1981 年版。

海波说:"20世纪中国作家却只能构造乌托邦式的民间乐园,以充满诗性的叙事和现代意识的批判方式,演绎出一部乡土文学史。"[1] 并认为:"鲁迅之后的中国作家,能够立足乡土民间,以民间认知理性把握乡土文学创作的作家已是凤毛麟角。"路遥出身农村,家庭比较贫穷,高中毕业后,又在农村当小学老师4年,非常熟悉农村,熟悉农民,了解他们的痛苦和精神世界。但正因为如此,他在创作上很难超越农民的意识,超越农村生活的局限。[2] 我们看鲁迅先生也写乡土,但他能超越,超越对象本身,在叙事中发掘出国民生命生存的哲学命题。

另外,《平凡的世界》第三部后半部分略显仓促,在很短的篇幅内三言两语交代人物的结局,显得笔力苍白,没有力量,可能与作家当时的体力不支有关,也与作家的内在素养有关。还有,路遥的创作深受《创业史》影响,他曾经多次通读柳青的《创业史》,关于这些问题,我准备专文论述,限于篇幅,此处不在展开。

---

[1] 朱德发等:《20世纪中国文学理性精神》,上海人民出版社2003年版。
[2] 参看杨光祖《贾平凹小说创作的四个阶段及其文化心态论》《疲惫的贾平凹》,《西部文学论稿》第一章,山西人民出版社2004年版。

七 《绝秦书》论

（一）饥饿叙述、文化寓言与中国命运

《绝秦书》是一部命运之书，是对中华民族命运的深入描写和反思。很多评论家认为它只是对那场灾难的描写和反思，这是小看了这部小说。如果仅仅是重现那场灾难，当然依然有意义，但意义不大。而且小说前半部分就显得多余而啰嗦，结尾的叙述也不知所云。

我个人认为《绝秦书》富有文化象征，是一部文化寓言小说，或者文化哲学小说。作家借这场民国大灾难切入了中国文化，从一个角度深入反思了中国历史上人祸不断的深层原因。可以说，中国人所承受的人祸是人类罕见的，历代政权都有此类现象。如果把《绝秦书》当作一部控诉小说，是对国民党腐败、军阀无良的控诉，也是一种浅阅读。小说前半部分描写了三秦大地的和谐、平静，后半部分集中写了三秦大地的惨绝人寰，饿殍满地，家破人亡。这其实就是一部中国历史的缩影，一治一乱，从来如此。作家对此进行了思考，儒家作为中国古代的指导思想，有能力解决这个问题吗？答案当然是：绝无可能。儒家在和平盛世，可以作为政权的花瓶，或涂料，粉饰或维持这个太平盛世，一旦真的到了政权腐朽之时，它不仅无法遏制统治者的无穷的欲望，而且某种程度上助长了这种欲望的生长。圣贤文化，某种意义上是导致政权产生人祸的一个极其重要的因素。周克文作为儒家文化的代表，乡村族长，他的个人修行不仅无法拯救苍生，连他自己都拯救不了，而且他本人也是道貌岸然，私心杂念疯狂生长的一个复杂之人。他为了自己家族，甚至为了自己小家，连亲弟弟一家面临死亡，都见死不救，如何让他去救别人？最后当他为了与基督教文化抗衡，想以儒家圣贤文化拯救这场灾难时，结果却是连自己也灰飞烟

灭，荡然无存。儒家的无能、无力，在小说里得到了集中体现。这在陈忠实的《白鹿原》里，通过白嘉轩的形象也有所体现。陈忠实从来没有肯定儒家价值，相反，他对家族制的谴责还是很严厉的。①

至于共产主义、基督教，在《绝秦书》里，只是点到为止，没有展开。但作家对基督教的直觉，还有那种恐惧，还是透露出来了。这个文化之于中国文化的关系，值得深入思考。《白鹿原》里对共产主义的描写着墨较多，也是争议较多之处。《绝秦书》只是侧面描写，而且文字极其有限。这是对的。由于时间的在场，我们很难对此多说什么。但其实作家的倾向还是可以看出来的。

我的观点是，《绝秦书》绝不是控诉哪个政权，或哪个政党之书，也不是批判哪个阶层之书，它是命运之书，它的主题就是两个字：命运。或者也可以说，它是一部文化寓言小说。而且由于作家思想的深刻，情感的浩茫，这种寓言不是外在于作家的，而是内化于文字之中，《绝秦书》的文字，是浸血的，有着深刻的疼痛。这一点，是当代大多数作家都无法企及的，他们还基本停留在功利写作的层面，极难进入这种生命写作的境界。就我所知，高尔泰、杨显惠、陈忠实、莫言等少数作家是进入了这个内核。

单正平说："现在文明进步，食物丰盛，饥饿感已经成了精英人群生活幸福、身体健康的基本指标。当此之际，张浩文大写饿死惨状及人相食的酷烈景象，真是别有意味。总起来看，比起古希腊哲人和基督教神学对死亡问题的深度思考，我们老祖先谈论、书写死亡都嫌简单。事实上，令人惊心动魄的对饥饿的感觉体验和叙述描述，更多出现于当代文学中，高尔泰、莫言、杨显惠，都是写饥饿的名家高手。张浩文现在也加入这种书写中来了。高尔泰的饥饿书写是诗意的控诉，莫言的饥饿书写是喜剧性的荒诞，杨显惠则力图客观冷静。张浩文呢？他是把饥饿死亡当作宏大史诗来写的。饿死的各种类型，人相食的各种形式，各种动因及其后果，都被他囊括殆尽。"② 我们翻阅史料，张浩文的小说情节基本都是史实。1933年，陕西"左联"作家冯润璋（周苡石）致信鲁迅，信中提到"陕西自

---

① 杨光祖：《田小娥论》，《小说评论》2008 年第 4 期。
② 单正平：《春风浩荡旧时画　心事浑茫今日书——〈绝秦书〉散论》，《文艺争鸣》2013年第 12 期。

民国18年起遭受到的罕见旱灾"。5月25日，鲁迅复信说："灾区的真实情形，南边的坐在家里的人，知道得很少。报上的记载，也无非是'惨不忍睹'一类的含浑文字，所以倘有切实的纪录或描写出版，是极好的。""用这些材料做小说自然也可以的，但不要夸张以腹测，而只将所见所闻的老老实实的写出来就好。"如今，张浩文以长篇小说《绝秦书》回答了鲁迅80年前的期待。他真的做到了"老老实实"，没有"夸张"，也没有"腹测"，虽不是"所见所闻"，但"切实的纪录或描写"是当得起的。

史料显示：民国十八年西北大旱，哀鸿遍野，饿殍满地。据电通社西安电："在西安所能调查之限度内，饿死者之数，十七年十二月中为六万零八百十四名、十八年一月中为六千九百六十四名、二月中为二万三百十七名、三月中为五万八千八百九十三名、四月中为十一万八千一百三十六名。从十七年十二月至十八年四月止计五个月间，饿死者合计二十三万余名之多，其未及调查者，当不在内。杂草、树皮、谷壳、昆虫等类，凡无毒质者莫不捕取充饥，而饿殍累累遍地皆是，甚至为维持自己生命杀人而食之强盗，白昼横行恬不为怪。比诸地狱，过无不及，可谓极人间之惨事了。"①

据陕西省扶风县志记载："民国十八年（1929），大旱，川塬地颗粒无收。全县灾民95005人，其中饿死52170人，外逃12337人。县东南南寨子、南邓村人烟绝。"1928年，中国北方发生了严重的旱灾，斯诺当即写了《中国五大害》加以报道："今年，在遥远荒漠的陕西省发生了严重的旱灾，紧接着传来了骇人听闻的大饥荒的消息。许多人活活饿死，数以千计的人正陷于绝境，——河南和甘肃的情况也相差无几，深受其害的难民估计达五千万左右，但愿世界各地的人们在听到这些灾情后，能立即进行捐助，以缓解可怕的苦难。"②

小说《绝秦书》一开始，并没有立即描写饥饿，而是用了一半多的篇幅描写周家寨的繁华、温暖。虽然有土匪的不时骚扰，周家寨的百姓基本还是活得简单、快乐。而且土匪相对于军阀，还是仁慈得多了。随着中

---

① 戴秀荣选编：《民国以来历次重要灾害纪要（1917—1939）》，《民国档案》1995年第1期。
② 佚名：《民国时期的中国大饥荒》，见乌有之乡网刊，http://www.wyzxwk.com/Article/lishi/2009/09/4370.html。

国近代化的开始，军阀混战也殃及了关中大地。冯玉祥部将宋哲元主政陕西，为了自己的利益，鼓励怂恿百姓大规模种植罂粟。这是军阀制下的罪恶交易，从一个侧面也控诉了军阀的残暴，及军阀混战带给关中人的灾难。周立功在《申报》发表文章抨击陕西烟祸，被当局逮捕，如果不是周立德向宋哲元献上古董阳燧求情，差点处死。

大财东周克文坚持种庄稼，囤积了很多粮食，虽经土匪勒索，政府强征，还余留很多，一家子生活绰绰有余。可是，别的人家就不行了，种鸦片不仅没有存下粮食，而且人也废了，很多人染了鸦片瘾，绛帐镇也有了烟馆——赛仙堂。后来，天大旱，各家的粮食很快吃完了，政府的义仓里也颗粒无有，他们早就被军阀强征做了军粮。在这种情况下，军阀政府还不断地强逼村民交出粮食，因为东线军队缺粮。中原大战，提前预征5年的田赋。灾民哪里有粮食呀？宋哲元在军政会议上公开叫嚣，宁叫陕人死绝，不叫军队受饿。于是，孙县长派了保安团强搜，打人，抢大户，并把义仓的粮食全部拉走。最后，还把剩余的粮食转卖，落了一笔巨款，装进自己的腰包。真是良心丧尽，天理不容。但天理在哪里呢？历朝历代不都是如此吗？

最后周立德的军队也开始了抢粮，甚至把周立德的弟弟周立言也打死了。刘风林最后企图将周克文的粮食全部抢走，运送到宝鸡前线，他知道肯定会得到宋哲元的奖赏。结果几番相斗，周立德最终赢了，保住了自己家的粮食，也保住了自己的家。

但村里人都没有了粮食，他们开始挖野菜、掏老鼠窝、拾雁粪、剥树皮。狗剩爹甚至把家里的牛笼头拆了，放到锅里煮吃。饥荒之下，到处都是死人。"死亡起初是偶然的，阎王爷零敲碎打，谁碰上了谁倒霉。到后来他老人家不耐烦了，一棒子抡出去，砸死多少算多少。这时死人就海了，一家一户地死，一村一寨地死。"毛娃和黑丑为了吃饭，去镇上抬死尸，门板上饿昏的"死尸"闻到香味又活过来了。他们为了挣工分，硬把他扔进了万人坑。周有成老汉为了子女的生存，乞求单眼把自己活埋了，单眼还逼迫、索要粮食，最后答应告诉他埋藏粮食地址。埋到一大半，单眼不放心，再次逼问地址，周有成只好说了。单眼跑回周有成家找见了粮食，回来才活埋了周有成。为了一口袋粮食，毛娃将自己的媳妇租给了一个老光棍，在回家的路上另有一位女人看见他有粮食，硬要给他去做老婆。他动心了，但想到粮食的稀缺，最后拒绝了。

家底殷实的周拴成相信算命先生的胡言乱语，卖掉粮食，买进土地，结果粮食吃光了，大旱并没有过去，儿子去汉中背粮不回，老婆饿死了，他只好躺到棺材里面陪老婆一道死去。饥荒之下，死亡像下山风一样从北山畔刮过来。饥荒，让人性变得如此凶残。周家寨及附近村落开始出现"人相食"的现象，甚至一家人互相吃起来。

军阀的强取豪夺，政府的冷酷残忍，百年不遇的大旱，人性在残酷的生存压力下，完全丧失了，人成了吃人的狼，开始吃树皮、野菜，最后开始吃人，甚至开始吃活人。小说里单眼父子合作抓活人，吃活人的描写惊心动魄，尤其当单眼连父亲都吃了的时候，作家依然客观冷静地描述过程，他没有跳出来谴责，也没有大段的暴力描写，他只是白描，虽然字数不多，但写尽了人间苍凉，人世残酷。其实，这样的事情在中国历史上历朝历代都有，并不是民国十八年的个案。而且，这绝不是第一个，也不是最后一个。放在这样一个大的文化背景里，谴责单眼，或谴责单眼的父亲都是无力，也是无耻的。唯一可以谴责的只有政府，只有那些军阀。这就是中国的历史，为什么中国有这么冷酷的军阀，我想与我们的民众有没有关系，与周克文这样的乡绅有没有关系？这些作家没有说，但小说最后的结局，却说明了一切。周克文最后无法抵抗良心的谴责，也无法抵抗儒家文化的逼问，他终于开始放饭赈灾了。他不愿意让基督教文化俘虏陕西老百姓，他作为一位儒者，想维护儒家的尊严和地位，他想用自己的努力改变这一切。但最后的结局，是连自己都毁灭了。他可以救救附近的乡民，但一旦赈灾，远远近近的灾民就都蜂拥而至，像蝗虫一样开始吃大户，他也就消失得一干二净。这时候，圣人没有一点作用，一到乱世，儒家的圣人就没有一点作用了。"粥棚淹没了，圣人牌位踢翻了，绛帐镇挤破了，周家寨踏平了，这里的男女老少瞬息间被卷入漩涡中，他们呼喊着，哭泣着，挣扎着，被浩浩荡荡的洪流裹挟而去……"

小说结尾的时候，已经是解放军师长的周立德打仗经过老家去寻找亲人，到了村口，那棵大槐树还在，"他骑马绕着槐树转了一圈，像辨认一个多年未见的老朋友。槐树的浓荫罩着地，树枝上垂下一条条丝线，丝线的尽头吊着尺蠖虫。尺蠖一见他就急急忙忙地吞食丝线，把自己的身体往树冠上拉，树冠是它们的家。"但周立德的家呢？完全找不见了，这里的人已经是别处的人了，"那些人都说着他听不懂的外乡话"。

这个结局非常杰出，富有寓意，代表了作家对中国文化、中国命运的深长思考。

张浩文在后记里说:"自然灾害不一定导致大规模的饥馑,饥荒与其说是自然因素引发的,倒不如说是弊政催生的,它反映的是更为严重的社会政治经济痼疾……在专制制度下,信息的封锁让外界难以了解灾情,不受制约的政府和官员会利用手中掌握的资源大发灾难财,因而迅速把自然灾害扩大为社会灾难。"小说从此角度切入,对此进行了深度挖掘,鲁迅当年说,选材要严,开掘要深。张浩文可谓深知此言。他用一部小说《绝秦书》反抗了这个大众文化的喧嚣,他没有为金钱迷惑自己的眼睛,他用秦人的倔强,写了一个并不时髦的题材,他是用自己的心去写的。张堂会说:"张浩文先生用《绝秦书》为我们建构了民国十八年灾荒的文化创伤,显现了一个知识分子的道义担当和历史关怀,让人心存敬意。"[①]

真正的艺术,和对人的解放,和人类的救赎紧密相关。

(二)方言土语的使用

维特根斯坦说:"想象一种语言,就是想象一种生活方式。"海德格尔在《存在与时间》里区分了"语言"与"言谈",他说:"言谈是生存论上的语言","语言的生存论基础是言谈"。语言,其实就是我们的生存。谈论语言就是谈论我们的生存。从这个意义上来看张浩文《绝秦书》里对方言土语的大量使用,它的意义就比较清楚了。我一直认为普通话是一种人造语言,现代汉语还不是一种非常成熟和丰富的语言,它必须吸收和融合众多的方言土语,当然包括文言文、外来语言,才可以成为一种优秀的文学语言。《绝秦书》作为一部描写陕西关中百姓生活的小说,如果不吸取关中方言,而要小说中的人物完全使用普通话,就像中央台播音员那样,这部小说就无法塑造出栩栩如生的人物形象。用海德格尔的话来说,就无法道出关中人的那个"自身"。

我一直认为,汉语写作必须要进入汉语。如果连这都做不到,只是一些观念,那非常可怕。观念人人有,可思想只有从文字产生。一个作家之所以成为作家,"是"一个作家,而不是思想家、哲学家,或别的什么

[①] 张堂会:《〈绝秦书〉:民国十八年灾荒的"究天人之际"之作》,《海南师范大学学报》2013年第12期。

家，首先的不就是他的文字，他的语言吗？如果他的文字与他的生命没有任何关系，他的文字没有生理与心理的疼痛感，那他这个作家就值得怀疑！

作家"是"作家，这个"是"，首先就是他与语言、与文字的这种感觉。诗人保罗·策兰说："它（语言）必须穿过它自己的无回应，必须穿过可怕的沉默，穿过千百重死亡言辞的黑暗。它径直穿过并对发生的一切不置一词，它只是穿过它。它穿过这一切并重新展露自己。"这就要求作家进入母语，进入母语深处。

作为秦人的张浩文，他能进入民国十八年那段残酷的历史，某种意义上就是凭借着"言谈"，他通过关中方言进入了那片土地，进入了那段土地的历史。《绝秦书》的人物形象能够鲜活起来，也靠的是那种关中方言。当然，如果完全使用关中方言，小说也无法被更多的人接受，但完全使用普通话也无法写出那片土地。他在使用现代汉语的普通话版本的同时，巧妙而灵活地使用了大量的方言土语，那些说着关中话的汉子婆姨于是就从小说里走出来了，他们有了自己的生命，张浩文不是在写《绝秦书》，到了后来，是《绝秦书》在写张浩文。

冯至1932年在一封信里说："所谓文学也者，思想感情不过是最初的动因，'文字'才是最重要的。我觉得我是非常的贫穷，就因为没有丰富的文字。"[①] 张浩文《绝秦书》的成功一个很大的原因就是文字的丰富。丰富而多变的文字，完全可以承载起小说情感的变化。我们应该知道，语言不仅是一种工具，一种形式，它更应该是内容。

张浩文在《绝秦书》里，小说的叙述语言基本是通顺的书面语，但也化用了很多方言土语，让叙述变得泼辣、有劲。不过，总体看，叙述语言还是朴素，简单，不夸张，不滥情，就像关中的人，黄土一样诚实。而且朴素、简单里，也有着厚重在，厚重亦如黄土地。

小说开篇直接、简单，却也暗藏杀机：

> 土匪早就来了。
> 土匪是敲锣打鼓来的，周家寨人不知道。可狗知道，狗知道也不顶事，任凭它们对着社火大喊大叫，就是没有人理会。周家寨人乐疯

[①] 《作家报》1995年5月20日《沉钟社书信选粹》（之二）。

了,耳朵里灌满了鞭炮声锣鼓声,根本听不见狗呐喊。狗急了,去拽黑丑的裤腿,黑丑正端着老碗喝烧酒呢,一个趔趄把酒全灌进领口了,他骂道,我日你妈,转身踢了狗一脚,狗也一个趔趄,差点跌倒。它委屈地呜呜着,想给黑丑解释,黑丑不耐烦,见狗还磨叽,就在地上摸石头。狗害怕了,这才转身离开,它也骂了声,我日你妈,不管这屄事了!这条公狗给旁边的一条母狗摇摇尾巴,它们一起跑到麦草垛背后快活去了。

狗的话人听不懂了,这就把一件大事耽搁了。

在这里,语言的转换、跳跃,极其自然,又非常老道。书面化的叙述语言,和本土化的人物语言,结合得很是自然,调皮之中,也写出了一种隐隐的担忧。就是那条老狗也写得活泼泼的,让人发笑,发笑之后,又不乏余味。开头三个自然段读下来,读者就已经感觉到了这个就是关中故事,绝对不是南方某地。鲁迅的小说,一看开头几段,就知道是绍兴了。那个味,弥漫在小说文字里,真的是文字在说话,在"说"故事。一个"磨叽",一个"屄事",其实已经透露了机关,不须说,还有文字里的那种关中气味。

但方言土语的使用也有一个度的问题,不然关中以外的人读不懂,也会影响它的普及。鲁迅在小说、杂文里化用绍兴、北京方言,就是一个成功的案例。如果他完全按照绍兴土语写作,也就没有今日鲁迅。鲁迅说:"我是反对用太限于一处的方言的。"这一点,张浩文拿捏得极好。

小说在写到毛娃一家面临绝境,他只好将妻子租给一个老光棍,换回来一口袋粮食。在回来的路上,毛娃的心情是这样的:

> 毛娃说不让自己想媳妇,那是不可能的。他睁眼闭眼都是媳妇的影子。山里的老男人说让毛娃媳妇留下陪他,你以为就是陪他谝闲传吗?他们三人其实都心知肚明,接下来的事情是顺理成章的。毛娃似乎看见他媳妇被那老光棍抱上床,解了衣服,压在身下!那老东西可是憋了几十年了,他才逮着机会出邪火了!这样的情景让毛娃刀戳一样心疼,他是男人,这样被别人睡过的媳妇还能……要吗?他心里难受,胸口像塞满猪鬃一样扎得慌。

这样活泼的土语，尤其那种土气的语气，才能写出真实的一个毛娃。这样的心理描写，只有这样的语言才能"道出"。郜元宝认为，海德格尔讲"此在"与"世界"，竭力避免主客二分。"世界"不是外在于人的陌生而冷漠的环境，而是人的存在的展开。人不断将自己展开为世界，"抛投"为各种"烦"，海德格尔称这种情形为此在"道出自身"："言谈"。"言谈"不是一般意义上的人说话，而是此在"道出自身"的可能性。①

"必须指出，张浩文在语言使用上极为用心，他在使用关中方言方面，超越了此前的陕西作家。大量生动鲜活，充满地域色彩与文化韵味的甚至是粗鄙的土语，出现在小说中，尤其是大量使用与性相关的詈骂词语，前无古人。"②《绝秦书》里的方言土语的使用，尤其对于塑造人物，揭示人物性格，呈现心理，渲染小说氛围，都起到了很大的作用。我一直说普通话是人造语言，没有生命力，或者说缺乏艺术感觉，它是没有根的语言，好的作家必须要化用方言俚语。中国幅员辽阔，方言众多，如果完全使用方言，势必影响作品的传播范围，但完全使用普通话，却没有艺术的感染性。陈忠实说："我原以为关中话很土，后来却渐次发现许多方言的无可替代的韵味。文学写作的表述语言中掺进方言，有如混凝土里添加石子，会强化语言的硬度和韧性。"③

德国 20 世纪最伟大的文学评论家本雅明认为，真正的艺术创作是包含内容的新形式的创造，这种形式"使表象奇迹般地突然出现构成世界"，也就是说，这是生命唱出的歌。朱宁嘉说："这里的形式不是内容和形式二分的形式，而是源于生命的表现"。④

（三）《白鹿原》的影响焦虑

伊格尔顿说："一部文学作品只有存在于传统之中才合法，正如一位基督徒只有生活于上帝之中才能得救；一切诗都可以是文学，但是只有某

---

① 郜元宝：《汉语别史——现代中国的语言体验》，山东教育出版社 2010 年版，第 4 页。
② 单正平：《春风浩荡旧时画 心事浑茫今日书——〈绝秦书〉散论》，《文艺争鸣》2013 年第 12 期。
③ 陈忠实：《白墙无字》，西安出版社 2013 年版，第 298 页。
④ 朱宁嘉：《艺术与救赎——本雅明艺术理论研究》，上海人民出版社 2009 年版，第 40 页。

些诗是真正的文学,取决于传统是否恰好流过它。"①《白鹿原》之所以成功,得益于俄苏文学的滋养,尤其《静静的顿河》,还有柳青《创业史》等陕西文学传统。张浩文《绝秦书》得益于《白鹿原》之处亦甚多,或者说,没有《白鹿原》,就不可能有《绝秦书》。

但是,《绝秦书》能够获大奖,赢得读者的青睐,不仅是它来自《白鹿原》,更是它不同于《白鹿原》之处,这是作家的苦心经营之处,也是小说最大的成功之处。那就是饥饿叙事。《白鹿原》倾向于一种宏大叙述,写了50年风雨沧桑,人间巨变,家族制、国民政府、土匪、共产党、日本等几种力量的较量,写得波澜起伏,内容博杂,情节丰富,容量极大,虽然有点夹生,但那种气势还是很慑人。《绝秦书》主要写了乡间家族的衰落,写了军阀混战中,乡民的艰难求生,后半部分主要写了民国十八年的大饥荒,人相食,这是小说的最杰出之处,也是《白鹿原》没有腾出手来描写的,让张浩文这个曾经的秦人,如今的海南人一下抓住了。抓住了这一点,作家就成功了,小说也成功了。也就是,《绝秦书》再不是《白鹿原》的续书,或拙劣的仿作了,他是受《白鹿原》之沾溉,但又走出了他的范围,有了自己的生命,自己的领地。他是另一株树,虽然这棵树,还没有《白鹿原》那棵树那么枝叶繁茂、树冠庞大,但当是另一棵树,这是了不起的成就了。

当代写陕西关中的作家,能够从《白鹿原》走出来,而能独具生命,自铸伟词者,并不多见,仅我所知,也就张浩文一人而已。

众所周知,王全安的电影《白鹿原》被人斥为田小娥传,张浩文的《绝秦书》从某种意义上真有点像田小娥传了。当年《白鹿原》一出,模仿者众,大家都开始写家族小说,而且都是一写几十年,甚至上百年,可几十年过去了,却没有一部能够留下来,都是过眼云烟。看来,续书、仿造,都没有好下场。那种家族小说,史诗式的长河小说,不仅是没有了市场,更是没有几个作家能拿下来了。技术复制时代的艺术,都是娱乐、搞笑,生产流程都是短平快,作家都快速沦落为商人,作品自然也是商品,大家考虑的是投入产出。

张浩文不为所动,他依然是一位古典作家,用自己的心去创造那些关

---

① [英]特雷·伊格尔顿:《二十世纪西方文学理论》,伍晓明译,陕西师范大学出版社1987年版,第50页。

中老家的人物群像。他所写故事，与《白鹿原》有重合之处，他主要写民国那段时间，其中的主要人物周克文，很像白嘉轩，当然还融合了朱夫子。他的冷酷像白嘉轩，你看白嘉轩在祠堂用刺刷羞辱田小娥，及最后建高塔镇压田小娥的亡魂，何其残酷。周克文说是圣人，每天讲的是仁义忠孝，你看他祈雨之时，将买来的两个孩子挂起来，最后掉到油锅里，亦是何其残酷；看着满庄人饿死，包括自己的亲兄弟，他坚持不管不顾，不愿意放粮救人，又是多么狡猾而冷血。周克文的人物塑造比较成功，也可以说，是小说里描写最成功的人物之一。写出了他的挣扎，他的反抗，他的阴谋，他的仁义，他的冷酷。

石猴这个人物近黑娃。周立德作为国民军将领，近鹿兆海，潇洒、精干、热情，真正的军人。周立功热血青年，倾向左翼，性格有点像鹿兆鹏，周立言商人，是新加的人物，但模糊一片。周克文弟弟周拴成扮演着《白鹿原》里鹿子霖的那个角色，但比那个窝囊。但没有这个对立面，周克文的戏就不好演了。他的儿子周宝成，也类似于白孝文，叛逆之子，最后跑到汉中自谋生路，冷酷地抛却了家乡的父母。不过，《白鹿原》里田小娥与白孝文的私通，在《绝秦书》里，却成为周立功与引娃了。

《绝秦书》里的引娃，就是《白鹿原》里的田小娥，人物性格、命运都很相似，只是结局勉强了一点。引娃，作为一位不知自己父亲母的抱养女，从小被周拴成从别的地方抱来，作为自己能够生儿子的药引子，就注定了她的命运不会太好。她的到来，果然给周家引来了儿子周宝成，她长大后，被卖到北山畔康家堡，也是作为药引子而买走的，但却有一个名头：媳妇。她是被嫁过去的，虽然那家就根本没有孩子，更不要说儿子了。她到那家后，那家就生了儿子，她就成了保姆。她想着等着孩子长大了，自己就有了丈夫，日子会好起来的，结果，五岁那年小丈夫出天花，就死在了她的怀抱里。那家的女人再不怀孕了，公公就想强奸她，她只好又跑到周家寨。这时候的引娃已经20岁了。

但农村习俗，出嫁的女儿是不能在娘家过年的，于是每年过年时，她就被送到山上的窑洞里，每次都差点冻死。她喜欢周克文的儿子周立功，那个北京来的大学生，甚至不惜主动送上自己的贞洁。但这个男人，她的堂哥，不爱她。他有他的追求。这个时候，跑到西安的她无路可走，只好去卖水，认识了石猴，石猴对她极好，把她从死亡边缘抢救过来。但她不爱石猴，后来发现周立功从上海回来了，要办纺织厂，开始没有经费，为了给他筹钱，她要把自己卖给妓院，但太便宜，机缘老鸨让她去顶人死，给 30 个大洋，她同意了，让石猴把钱交给周立功，她就这样被人枪毙了。

总体来说，引娃这个小说人物的描写，前半部分很精彩，写出来一个乡下的被抛弃的女子的可怜遭际，描写细腻，情节曲折，人物性格的塑造也比较到位。但对她后来命运的描写，似乎有点不太认真，随随便便就把她打发了。她的死，我个人感觉没有什么说服力。她的拒绝石猴，和不明不白为周立言去死，有点说不通。

我们可以从《绝秦书》里读到一种严重的焦虑，尤其前半部分，那是来自《白鹿原》的力量。但到小说后半部分，这种焦虑就越来越少，作家写得越来越自信，越来越恣肆，就像一个孩子终于经过了青春叛逆期，而走向了成年。

本雅明说："真正意义上的文学作品……不是从上帝降临人世，而是由灵魂的不可穷究之处升腾而出；它们是人的最深的自我的一部分。"[①] 也就是说，"真正的艺术是指充满救赎力量的隐身在种种富有历史形态的现实艺术之后的生命之歌"。[②] 或者简单地说，真正的艺术，是生命凝结的形式。张浩文的长篇小说《绝秦书》就是如此一部优秀的作品。

[①] ［德］瓦尔特·本雅明：《经验与贫乏》，王炳钧、杨劲译，百花文艺出版社 1999 年版，第 183 页。

[②] 朱宁嘉：《艺术与救赎——本雅明艺术理论研究》，上海人民出版社 2009 年版，第 40 页。

第四章
文学评论与真理呈现

一 雷达：富于穿透力的声音

　　雷达从气质上看，毋宁是一位诗人，虽然他不写诗，也几乎不写诗歌评论。他在评论里显露的艺术直觉和那种诗性体验，应该说是他性格上的必然反映。或者说，他天生就是一个优秀的文学批评家。我曾问他，您的艺术直觉有没有遗传的因素？他说有的。我问：那您认为是您父亲的多，还是母亲的多？他坦然而肯定地说当然是母亲。不过，他补充说，我的父亲在我3岁时就去世了，但他留下了很多书籍，大都是文学名著，包括一些性文化方面的。这些对他童年的文学熏陶是巨大的。

　　我一直认为艺术直觉是一个文学批评家最基本的素质，但这种素质也不是完全可以靠后天培养的，它需要那么一点天赋。这几年，随着学院派批评的崛起，似乎文学批评，是可以通过学院培养的。鲁迅说，从文学概论里走不出作家，其实，从文学理论里，也是走不出批评家的。技术时代，很多人认为，文学批评就是一个技术活，学上几套文学理论，就可以对付所有的文学文本。于是，没有一点文字感觉的人，也开始从事文学批评了，而且著作等身，论文满天下了。但是，文学批评，却不见了。

（一）

　　著名评论家李长之认为"我们知道文艺作品是一个有机体，是一个生物。……我们不能用反乎生命现象的方法去接近它。我们人也是一个生物呀，我们就拿出我们的生命深处的触知能力去接近好了，但这能力是直觉，而不是分析。直觉是混一的，其着眼是整个，其所见是林而不是树，是全而不是分。……以意逆志，就是用批评者的心灵，去探索那创作的灵魂深处。"① 直觉，也是中外文艺理论家非常关注的一个话题，但也是人言言殊，很难道清的。我个人认为，直觉就是一种非逻辑、非概念的当下顿悟的思维方式，它不需要推理，可以通过部分而看到全貌，通过个别而看到整体的一种能力。古人说的，窥一斑而见全豹，风起青萍之末，见微知著，即类此。

马尔克斯说："直觉，也是写小说的基础，是一种特殊的品质，不需要确切的知识或其他任何特殊的学问就能帮助你辨别真伪。靠直觉而非别的东西可以更加轻易地弄懂重力法则。这是一种获得经验的方式，无需勉力穿凿附会。对于小说家而言，直觉是根本。它与理智主义基本上相反，而理智主义可能是这个世界上我最讨厌的东西了——是就把真实世界转变为一种不可动摇的理论而言。"②

雷达也很清楚自己的这个优势："比较敏锐，能及时发现一些刚刚冒头的东西，不管是新作品还是新作家；也许我比较富于艺术气质，在有些文章中，注意了激情之热，也兼顾了思维之光；……也许，我还有最后一个特点，就是不管出于直觉还是出于猜测，抑或出于职业敏感，似乎比较善于对新起的现象加以概括和命名。"③ 对于新世纪以来的文学现象，那种急剧全球化过程中的大众化、消费化、商品化，雷达的感觉是敏锐的、直接的，也是迅速的。他可能不是目前国内此类理论问题的专家，也可能阅读这样的反思现代性或后现代的著作，不是最多的。但他的感觉是锐利的，一下子就进入了事物的核心。这往往是那些所谓的理论家所不及的。他们可能从理论上说得头头是道，但自己的生理、心理上依然非常之麻木。雷达是在现场的，他具有一种风起青萍之末的预感。我们阅读他的文章，发现他对当下文学走向的熟悉，或者说对文学、文坛新生事物的敏感，和强烈的兴趣，都是很让我们吃惊的。他对当代文学的命名，如"新写实小说""现实主义冲击波""民族灵魂的发现与重铸""现当代文学是一个整体"等，都是被文坛、学术界承认的。④

雷达的文学评论不以理论见长，当然这样说不是他没有理论，而是说

---

① 李长之：《李长之批评文集》，郜元宝、李书编，珠海出版社1998年版，第289—290、391页。
② 《巴黎评论·作家访谈I》，人民文学出版社2012年版，第158页。
③ 雷达：《思潮与文体——20世纪末小说观察》，人民文学出版社2002年版，第564页。
④ 任美衡：《论雷达的中国化批评诗学》，《文艺争鸣》2011年第1期。

他的理论是藏在文字里的。他不像某些评论家，以概念说话。评论家李劼在一篇文章中说，有些评论家写文章很少面对作品，而是喜欢从概念到概念，做概念游戏。那情形就像玩碰碰车一样，驾驶着一个概念，在场子里跟其他许多概念碰来碰去的，碰完一个小时，文章正好结束。这也是目前学院派批评家比较常见的情形。因为他们的感觉对作品缺乏穿透力，所以导致一旦做起文章来，只好退到概念上，力图从概念本身的发掘中，找到一条阐释道路。但雷达不是这样的，而且我认为优秀的批评家也不应该如此。虽然这也是一条道路，一种批评的方式。我们没有必要用自然科学或社会科学那一套所谓的"科学方法"来框死鲜活的文学批评。狄尔泰说："概念所表现的是某种有效的、独立于表达它的人而存在的东西，是某种具有普遍性的、永远保持不变的东西。但是……生命之流却无论在哪里都具有唯一性——无论其中的哪一朵浪花出现和消失，情况都是如此。"[1]他认为，对那些以人为对象的研究来说，"构成这些研究的基础的并不是概念性的研究程序，而是通过某种心理状态的总体性对这种状态的觉察，是通过移情对这种状态的重新发现。在这里，生命把握生命。"[2] 他又说："一部艺术作品中的价值的分布即我们对待它的感情。"[3]

随着高科技的发展，人类进入了技术时代，"技术"开始统领一切领域，甚至文学艺术都开始技术化了。高校就是技术化的前沿阵地，计件考核让技术化更加肆无忌惮，横冲直撞。其实，文学艺术关乎人类的情感，对它的解读，我想体验，比什么理论都重要。当然，体验与一般经历也不一样，"经历的内容或经历的时间都不能把体验和任何一种其他一类的经历区别开来，而能够加以区别的只是经历与心灵的关系。它必须是强烈感受到的；不能单单是为人被动接受，而应为人主动转变；它必须使人的身心全部投入"。[4] 也正是在这个意义上，著名批评家李长之明确标举"感情的批评主义"。他认为："批评的态度，喜欢说得冠冕堂皇，总以为要客观。……我倒以为该提出似乎和客观相反然而实则相成的态度来，就是感情的好恶。……在我爱一个人时，我知道他的长处，在我恨一个人时，

---

[1] 任美衡:《论雷达的中国化批评诗学》,《文艺争鸣》2011年第1期。
[2] ［德］狄尔泰:《历史的意义》,艾彦译,中国城市出版社2002年版,第21页。
[3] 雷纳·韦勒克:《近代文学批评史》第4卷,杨自伍译,上海译文出版社1997年版,第385页。
[4] 同上书,第374页。

我知道他的短处,我所漠不相关的人,必也是我所盲无所知的人。……感情就是智慧,在批评一种文艺时,没有感情,是决不能够充实,详尽,捉住要害。我明目张胆地主张感情的批评主义。"① 我觉得这种意见是杰出的,我们当下的文学批评出现的问题,就是游离于文学之外。批评者对作品没有一点感觉,没有任何爱憎,只是从作品里抽出一些自己需要的东西,敷衍成一篇论文。没有看过作品的人,阅读这样的批评,根本无法看出那所评作品的优劣来。

李长之说:"虽同为科学的对象,而自然科学的对象与文学科学的对象亦有其相异者在。作品究竟不是石头,不是细胞,甚而也不是简单的刺激反射的心理现象。"② 他强调文学批评"要求爱或憎都应该强烈;要求生命的呼声!"③ "文艺批评家的工作,有一半是和自然科学家相同的。自然科学家要求事情的真相,文艺批评家意如之。……然而文艺批评家,还有和自然科学家不同的一半,便是不但要真相,还要真价。在这一方面文艺批评是一种艺术,而也像一半的艺术所最需要的乃是天才。"④

梁刚在《理想人格的追寻——论批评家李长之》中说:"敏锐的审美能力不仅是作家、艺术家的专利,而且也是文学批评家的基本素质。"⑤ 雷达就是如此一位优秀的文学批评家,他对文学、文字的敏感真是很少见,在当代文学批评界,概念批评家很多,但如雷达这样的具有敏锐审美直觉的批评家,却不多见。当然,他的敏感也是有自己的局限的,面对一些现代主义的或先锋作品,他的感觉就显得稍微迟钝,甚至没有感应。他答记者问时坦言:"对我来说,确实有许多拿不准、看不透的作品。由于批评资源和知识结构的原因,我与某些新现象猝然遭遇时,甚至出现过失语。比如,面对1980年代中期的某些实验性作品,语言革命和叙事圈套,我的准备不是很足,虽然我也在努力学习,'恶补'。我认为,任何批评家都不是万能的,都有自己的审美个性和口味偏嗜,都有自己拿手的领域或隔膜的圈子,都有一个寻找自己的本质力量对象化的问题。当然,在面

---

① 李长之:《李长之批评文集》,郜元宝、李书编,珠海出版社1998年版,第289—290、391页。
② 李长之:《苦雾集》,商务印书馆1942年版,第1页。
③ 李长之:《苦雾集·序》,商务印书馆1942年版,第2页。
④ 李长之:《批评精神》,南方印书馆1942年版,第50—51页。
⑤ 梁刚:《理想人格的追寻——论批评家李长之》,北京大学出版社2009年版,第66页。

对批评对象时，要尽可能准备得充分，调动已有的批评经验，保持对新鲜事物的敏感性，保持批评的良知和公心。"①

作为一位名满天下的批评家，能够如此自省的，真的很罕见。这也是雷达能够永远"在文学现场"的原因之一吧？在《影响批评文风的几个原因》（《文艺报》2011年5月11日）里，他继续说："在我看来，文学批评的最大问题与文学创作一样，即缺乏创新。这一方面表现为批评理论的陈旧，如相当大一部分批评家，包括我在内，仍然坚持传统的现实主义批评范式，而少有批评家在现代派后现代派文艺批评方面有较大建树，致使很多批评停留在观念的冲突层面；另一方面，文学批评已经面对世界文学，而批评家们，包括我在内，在世界文学的批评方面缺乏足够的储备。"因为，今天活跃的一些重要作家的传统可能不是中国的，而是世界的。对于这种批评家自身的"视野和修养"的限制，很多成名的批评家采取"瞒和骗"的手段。而雷达，却直面了，而且勇敢地说出来了。这种"诚"正是他能一直保持"明"的保证。

一个具有艺术直觉与诗性体验的批评家，自然也是一位优秀的艺术家。雷达也未例外。他的批评文字之魅，是批评家里不多见的。而这也是他的批评能够走入广大读者心灵的重要原因。我很难设想，一个连文字都写不通顺的批评家，他能写出优秀的批评文章，他能对文字有自己的深刻感受！雷达的批评不仅是优秀的散文，而且他本人也创作散文，已出版过散文选。我曾就他的散文写过一篇评论，在那里我说："雷达的许多评论文章也可以归入散文的行列，他的评论本来就以文笔优美、感觉敏锐见长。在印象式评论家里，雷达无疑是非常优秀的。我曾经说过，雷达的评论不以思想取胜，而且也缺乏严密的理论思维，这也是他们那一代人的共同特点。可他的评论，那种汪洋恣肆，文笔生华，绝不是一般的评论家所能企及的。《心灵的挣扎》《废墟上的精灵》就是两篇很有金石声的评论，也是相当不错的散文。发表15年来，就《废都》《白鹿原》数以千计的专著论文，超越此二文者，亦不多见。把评论当文章写，当美文写，本是中国传统，可在当下文坛学界，却几乎成了绝唱。许多人的评论，越来越高深，道貌岸然，不堪卒读，更让人不可思议的是如此评论却大为学界认

---

① 舒晋瑜：《探测当代文学潮汐的"雷达"——访文学评论家雷达》，《中华读书报》2010年9月22日第7版。

可，捧为学术。而一旦将评论写成美文，似乎就有创作之嫌疑，而远离学术了，真是莫名其妙。"① 遗憾的是，不知为什么，《心灵的挣扎》《废墟上的精灵》这样的作品论，在雷达的笔下越来越少了。是没有好作品了，还是他的兴趣转移了？

周作人在《文艺批评杂话》里说："中国现代之缺乏文艺批评，是一件无可讳言的事实。……我以为真的文艺批评，本身便应该是一篇文艺，写出著者对于某一作品的印象与鉴赏，决不偏于理智的论断。现在的批评的缺点大抵就在这一点上。"② 我们现在的很多批评家在批评文学作品的时候，只有"理论"，而根本没有自己的"生命"，在他们那里，文学批评仅为一项工程而已。其实，文学批评也是创作，也是一种写作，需要生命的投入的。卡夫卡说："什么叫写作，写作就是把自己心中的一切都敞开，直到不能再敞开为止。写作也就是绝对的坦白，没有丝毫的隐瞒，也就是把整个心身都贯注在里面。"③ 文学批评，就是批评家与作家的灵魂交流，是一种辩论，或者心有灵犀，不管如何，必须是用"心"的。但是，20世纪90年代以来，尤其新世纪以来，学院批评的崛起，严重污染了文学批评这个领域，或者说使之堕落。黄灿然说："这种批评（学院式批评）已经走火入魔——却并非穷途末路，而是大行其道。学院式批评的一个恐怖之处，是用一两个理念并且往往是别人的理念来写一本书，而一本书似乎就是由数百种其他书构筑而成的——而不是消化这些书的结果。可这样一两个理念在一位杰出的作家批评家或诗人批评家那里只是一句话而已。另一个恐怖之处是作者用各种新式的笨理论来武装自己，穿戴沉重的盔甲，看上去似模似样，但穿戴者并不是什么身强力壮的将军或勇士，而只是一个没站立几秒钟就会被盔甲压垮的五脏亏损的虚弱者。但可怕的，或可怜的，并不是这样一个虚弱的武装者，而是他让我们细看他如何设计、搜集材料、制造他的沉重装备然后把自己硬撑起来的过程。"④

法国印象主义批评大师法朗士说："优秀的批评家讲述的是他的灵魂在杰作中的冒险。"雷达的文学批评基本上都遵守着这个信条。我非常佩服他读书之细，和阅读当代文学数量之巨。很多当代文学批评家一般撰文

---

① 杨光祖：《雷达散文里的"青春气象"》，《北京文学》2008年第3期。
② 周作人：《周作人批评文集》，杨扬编，珠海出版社1998年版，第114页。
③ 刘小枫选编：《德语诗学文选》下册，华东师范大学出版社2006年版，第267页。
④ J. M. 库切：《内心活动》，黄灿然译，浙江文艺出版社2010年版，第298页。

都是王顾左右而言他，因为他们都没有耐心读完作品。雷达怎么三十多年来能够一直保持鲜活的阅读冲动，和批评感觉？这是我无法理解的。唯一的解释，就是他的天赋好，有超人的直觉。他的文章里我最喜欢的还是作品论，篇篇都不一样，但都切中文本。比如《阴霾里的一道闪电》，为杨显惠《夹边沟纪事》而写的序言，《挤迫下的韧与美》，评论董立勃《白豆》的，《意象的狂雨》，评论曹文轩《天瓢》，都是完全不同的小说，不同的题材，不同的语言，不同的风格，不同的文体，但在雷达的笔下，都能真实地呈现，言说他们的优点，提出他们的不足，非常到位而精辟。而他对网络文学、80后文学的批评，虽然文字不多，也显示着他的敏感，和对当下时代把握的精准。《麦家的意义与相关问题》，是可以看出他的超人之处。《当今文学审美趋向辨析》《消费时代短篇小说的价值》《当前文学创作症候分析》等长文，更显示了他从宏观意义上对当代文学的高屋建瓴，也是他文学直觉之优秀的又一次强大证明。或者可以说，他的那些关于文学创作思潮，及关于文学创作的概论类文章，不是以理论见长，仍然是以艺术的直觉把握，和现场感，抓人心，见水平。《关怀人的问题先于关怀哪些人的问题》《中国官场小说的困境与出路》《原创力的匮乏、焦虑以及拯救》，应该很具有理论潜质的文章，在他那里，仍然以直觉呈现，极具现场感。当然，这样说，不是批评雷达没有理论，只是说他的理论更多的是以感性的形式呈现出来，或者他的直觉能力强大得压制了理论的生长。

（二）

法朗士认为好的批评家要独具只眼，一直剔爬到作者和作品的灵魂的深处。如果用这个标准衡量的话，雷达的部分评论文字还是稍有欠缺。他往往不敢深入太多，当然很多中国当代作品本身就无法深入，因为他们都是浅文学。比如，对史铁生、残雪，及20世纪80年代涌现的先锋派，他很少倾注自己的才情，进行深入而全面的研究。他的范围基本还停留在现实主义小说，尤其北方作家居多。这从审美趣味上看，还是狭窄了一点。他对浩然的评论，我个人觉得有点偏高，缺乏严谨，肯定太多，反思太少。当然，每个人都有自己的盲区，都有自己的情感极限，有时候还不仅仅是水平、素质问题。歌德说，一个人能够比自己的时代快那么半步，就已经了不得了。

雷达的艺术趣味，可能更多地接近现实主义，或者社会主义现实主义。他们这一代人，毕竟是吃着苏联文学长大的。又在新中国接受教育，对红色文化天然地有一种亲和力。因此，对现代主义文学似乎有一种隐隐地抵触，文学兴趣更多地投注到了那些反映现实的作品。而且，情感中还牵带着历史的羁绊。他说："我经常自问我的批评的思想资源到底是些什么？我不否认马列文论对我的影响很深，同时，19世纪的别、车、杜以及后来的泰纳对我影响也很大。"① 我们阅读他的文字，感觉到他对柳青、梁斌，甚至浩然的作品，都有比较高的评价。② 就我个人来看，这只能是一代人的局限性了。"十七年"文学，就其文学性来说，可谈的太少了，它们的价值可能更多的是社会学意义上的。青年一代反感柳青，不是不了解那段历史，而是它们本身就不值得我们再关注。柳青的文字功夫，还是不错的，但思想穿透力是一点都谈不到的。赵树理的文字，其实也很一般，《李有才板话》看了几遍，除了政治的正确，没有感觉到一点艺术的魅力。

伟大的文学都是超越地域、民族、时间、国界的。我们阅读李白、杜甫，我们阅读《红楼梦》，我们阅读莎士比亚、但丁、歌德，等等，都有一种感动，这种感动来自灵魂深处。但我们阅读"十七年"文学，只有厌恶、反感，和不满足。当然，这里可能也有我的偏见。但却是我的真实感受。堪称一代宗师的圣伯夫，作为19世纪法国文学批评家，也是有自己趣味上的局限，他在司汤达、巴尔扎克、福楼拜、波德莱尔、普鲁斯特等一代大师之前，其敏锐识力就大为减退。相比较而言，别林斯基，确实是真正的无人可及了。不仅普希金、果戈理、莱蒙托夫的显赫声名得之于他，陀思妥耶夫斯基、屠格涅夫、冈察洛夫、涅克拉索夫等的崭露头角，都与他的关系甚大。他"拒斥当时二流小说家的那种勇气和洞见，他无情地清除蹩脚诗人的胆识"，决定了一个世纪的文学舆论。"在俄国，人们几乎把他奉为圣贤"。③

---

① 舒晋瑜：《探测当代文学潮汐的"雷达"——访文学评论家雷达》，《中华读书报》2010年9月22日第7版。
② 杨光祖：《浩然：一个时代的结束》，《时代文学》2008年第5期。署名：阳光。
③ [美]雷纳·韦勒克：《近代文学批评史》第3卷，杨自伍译，上海译文出版社2009年版，第325页。

雷达在一次访谈中说:"我的母亲对我影响最大。我三岁父亲去世,母亲守寡一生把我抚养成人。上小学前,她逼我每天认三个字,记不住不准吃饭。她是音乐教员,性格忧郁敏感甚至暴躁,但她对古典文学和书法都有很好的感悟力。她对我的影响主要是性格、气质、爱好上的。"① 雷达儿童时期的创伤性记忆,既给予他过人的敏感、感受,使得他全身每一个细胞都经常处于紧张状态,而且保持儿童般的好奇,但也让他有了强烈的自我保护意识,这种意识有时候甚至是下意识的、无意识的。表现在为文上就是非常温良敦厚,与人为善,很接近一个中庸状态。李建军的那种决绝他是不会有的,当然李建军的犀利无情,他那里也没有。这当然与他所处的位置也有关系,那是一个一言九鼎的位置,比较敏感的位置。这几年他退休以后,文章不仅没有退步,而且显得恣肆,甚至出现了锋芒。他批评有些作品也不留余地,虽然总体上依然保留他的一贯风格。2011年5月11日发表于《文艺报》的《影响批评文风的几个原因》,就是一篇出色的文章。在一次酒席上,我对他说,您的这一篇文章,还有别的几篇,可以用中国古代的文论说是有"骨力"。并表达了我的观点:我们应该从中国古代文论里寻找资源,比如"风骨""气象",等等,完全可以用之于当下的散文、书法评论。一个批评家的文字,也是应该讲究"风骨""气象"的。雷达说,很好,我们要认真研究《文心雕龙》等中国优秀典籍。中国文化是非常讲究直觉的,那种悟,是极其关键的。看中国古代诗话、文论,都是只言片语,即便文章也不是那种逻辑严密的理论文体。可是,你读多了,那种文学艺术的直觉,那种鉴赏的眼力,却被悄悄地培养起来了。而西方文学理论,读多了,可能会拼凑论文、专著了,但鉴赏水平能否提高,还真难说。我觉得与其读西方文学理论家的著作,还不如阅读作家的评论,或日记书信。

我一直认为,要成为一位优秀的批评家,是需要艺术直觉的。这种直觉是天赋,但也需要后天的培养。福楼拜说:"只有天生热爱自己的事业,经过长期业务训练,并顽强精进的人,才能达到高峰。"② 当然,如果没有一点天赋,后面的培养也是没有用处的。凡是富有直觉的人,都是

---

① 舒晋瑜:《探测当代文学潮汐的"雷达"——访文学评论家雷达》,《中华读书报》2010年9月22日第7版。

② [法]福楼拜:《福楼拜文学书简》,丁世中译,北京燕山出版社2012年版,第14、20页。

童年不幸福的人。乔布斯是领养的，这让他满是伤痕，他从小接受佛教、禅宗，佛教对直觉的强调深刻影响了他，"我开始意识到，基于直觉的理解和意识，比抽象思维和逻辑分析更为重要"。[①] 由此可知，他后来的成功，也就不是无来由的。他还说，最重要的是，勇敢地去追随自己的心灵和直觉，只有自己的心灵和直觉才知道你自己的真实想法，其他一切都是次要的。阅读雷达的《我们为什么读书？》，很感动于他的一段文字，也让我更深切地理解了他。他说："三岁的时候，父亲因病故去。从北大求学回来的他，留给我们的似乎只有沉重的书了。几个大书架立在屋子里，像矗立着几尊巨大的雕像，占去大半空间。我从梦中醒来，常见光柱裹着微尘照到书架和屋梁上，将整个屋子衬托得既明且暗，小时候的我很孤独，常在书架间独来独往。虽然这些书我根本读不懂，但它们似乎给了我一种神秘的力量。及至能读一点书时，记得首先翻开的是梁启超、鲁迅、河上肇、苏曼殊们的老版书。那时当然不知好在哪里。直到渐老时才意识到，其实他们已经来到了我的灵魂，在悄悄地开启我的心灵之门。"[②] 这样的日子，是我没有的，我小时候，家里没有一本书，我的生活就是给农业社放羊。现在记得的只有那时的天气了。由此，你就知道，直觉是如何来的，又是如何培养起来的。

我们古人讲文章经常用两个字"气""理"。如果用这两个字来谈论雷达的评论，我觉得可以说"气盛于理"。他的批评文字气脉贯通，一气呵成，这是当下文学批评学院化后尚存的不多的硕果。只是在"理"上略有欠缺。《真正透彻的批评声音为何总难出现》是一篇反思性的长文，文章从几个方面论述这个问题，文笔恣肆，很有感染力，但由于理论探索不够深入，给人感觉有现象罗列之弊。文章中罗列的现象有：文学批评的性质、功能、价值在历史文化语境的巨大变迁中发生了位移和变异，工具化、"政绩化"、实用化、商业化现象日益严重，信仰的失落、价值的多元与当今批评标准的紊乱，批评家向学院体制的靠拢、妥协与批评的示范，批评传统的断裂和批评主体的丧失，文学批评缺乏创新致使批评停滞。这六个现象都非常准确，而且描述的语言也非常生动新鲜，可是冷静

[①] ［美］沃尔特·艾萨克森：《史蒂夫·乔布斯传》，管延圻等译，中信出版社2011年版，第32页。

[②] 雷达：《当前文学症候分析》"代前言"，作家出版社2009年版，第1页。

地想一下，关于"真正透彻的批评声音为何总难出现"仍然没有真正触及。当然，这是一个非常有难度的问题。正因此最需要的就是理论的深度介入。而这种哲学素养的缺乏，正是透彻的批评声音总难出现的一个很重要的原因。中国传统文化更偏重于感性，讲究悟，而轻视理性的推演，或者说缺乏理性的思维。众所周知，西方20世纪是一个文学理论的时代，当下中国从事文学批评的批评家基本都是"西化派"，他们的批评武器还都是西方的文学理论。那么，为什么中国没有自己的文学理论呢？我们一直喊着要建立自己的文学理论，可时光无情，一个世纪过去了，依然没有多少有原创性的理论。而且我们的批评家，也缺乏那种高瞻远瞩和深厚的理论功底。甚至经常在一些常用的概念上囫囵吞枣地乱用，对人家的原有理论一知半解，根本没有深入的了解。

《强化短篇小说的文体意识》是一篇优秀的评论文章，但亦存在这个问题。文章只是提出了问题，但缺乏深入的理论分析。既然要强化"文体意识"，那么，何为"文体"，何为"文体意识"，又如何"强化"？都需要理论地仔细分梳、辨析。雷达只是做了现象层面的呈现，然后简单分析了两个短篇小说，仍然是作品论。在当下的长篇小说热衷，能提出这样一个杰出的问题，凸显了雷达先生优秀的艺术直觉。这不是泛泛之辈可以做到的。但仅限于"提出"总让人感觉不过瘾。当然，缺乏理论思辨能力，非仅雷达一人，当代中国文学批评界，大抵如此。有些批评家满纸"理论"，但并不证明他有"理论思维"能力。这是应当注意的。用毛泽东的话说："什么理论家，背回一口袋教条"。①

当然，真正在文学批评领域形成自己的理论，谈何容易？这种理论的创新，必须建立在大量阅读文学文本，并深入广泛地研究基础上。我们目前的批评界，更多的是搬来一个西方的理论，就盲目地套在中国的文学文本上，貌似很有道理，其实，将文章里的作家作品，置换一下，也是可以的。这种不及物的文学批评，已经充斥着中国批评界，这是非常危险而可怕的趋势。理论，必须内化为作家的一种素养，一种艺术直觉。否则，即便是理论家，也是可怕的。很多文学理论家，拿自己的那套理论，批评很多富有创新性的文学作品，最后事实证明都是落伍的、短视的。即便法国

---

① 梁衡：《一个尘封垢埋却逾见光辉的灵魂——建党九十周年想起张闻天》，《名作欣赏》2011年第7期。

著名的文学批评家圣伯夫,也未能跳出这个怪圈。圣伯夫以古典主义的"理论"阅读福楼拜、波德莱尔、巴尔扎克、司汤达等,"根本不懂要义,从来批评不得要领"。[①]雷达说他接受的还是马列文论,当然,他对西方现当代文学理论、哲学理论,也很关注,而且大都理解得很到位,取其一点,满篇生华,不过,他内在的核心应该说还是马列文论。但是,我看他的文学批评之有成绩,却并不是因为马列文论,或别的什么文论,而是因为他的直觉。他一直被称为印象式评论,也不是没有道理的。阅读他对《废都》《白鹿原》《芙蓉镇》等很多作品的解读,到现在还是站得住脚的。这主要就是依靠他过人的艺术直觉。没有文学理论,或准确地说,没有自己的文学理论,是他的不足,但超人的直觉,却是他的优越之处。其实,中国当代文学界,除胡风外,就基本没有几个理论家。康德说,天才为艺术立则。有了天才,才有艺术的突破,然后才有新的理论。可是批评家仍然用旧的理论来批评创新的文学创作,基本上都是失败的。文学史上似乎还没有按某种理论创作出伟大作品的前例。批评家不顾文本阅读直觉,生搬硬套某种文学理论来分析作品,就如西医的尸体解剖,人体似乎都分析清楚了,但"人"没有了。所以,从某种意义上说,一个批评家的第一素质,不是掌握多少文学理论,而是那种艺术直觉。当然这样说话,不是说他完全没有受意识形态的影响,从内心来看,他还是深受影响。应该说,艺术的直觉,和政治意识形态之间,会有一种断裂,一种撕裂。可是,在雷达身上似乎不是很明显。相反地,内心深处地认同主流意识形态,某种程度上扭曲了他的艺术直觉,影响了他的艺术感觉,阻抑了他更大的发展。从早期的《小说艺术探胜》,到最近的《重建文学的审美精神》,都有这个问题。所以说,一个人的早期之作,其实胚胎着他此后的所有创作。

雷达撰写评论,给人的感觉有点像走钢丝,他走得很好,很漂亮,而且还安全。在当代中国,做到这一点其实是很不容易的。不要说政治的风浪,就作家的白眼和小动作,都让你无法承受。那么,现在的雷达应该胆大一点了,不需要再看作家或别的什么人的眼色了,他应该说有了一个相对自由的环境。我曾建议他写一部自传,或新时期文学回忆之类的文字,

---

[①] [法]福楼拜:《福楼拜文学书简》,丁世中译,北京燕山出版社2012年版,第14、20页。

放开写，写出真实。当然这也很难。总体来看，雷达是非常爱惜自己的羽毛的，文坛驰骋半生，他很小心，可以说如履薄冰，对待自己的文字，他很有点吝啬。我说过，他是有青白眼的，表面的随意里藏着很深的决绝。他知道自己的底线，有时候也写一些应酬文字，但绝不会夸大其词。这一是因为他的小心、见识，二也是因为他曾经沧海，毕竟他那个位置就有高瞻远瞩的优势。像我们有些外省批评家，本来很优秀，忽然会马失前蹄，对某部很一般的作品给予了高得离奇的评价，对一个很一般的作家慷慨自己的赞词。不管出于什么原因，这都带给自己一种职业耻辱，成为文坛笑柄。雷达对作品经常会做非常仔细的辨析，但一般不做"断语"，或轻易不做"断语"。因为，对于一部作品最好的批评家是"时间"。孔子说，中庸其难乎哉，雷达可以说近乎中庸了。孔子说，狂者进取，狷者有所不为。李建军就很有狷介之气，也有狂者的不妥协。

　　法国文学批评家贝尔纳·比沃认为，优秀的批评家应该具备五个特质：文笔、学识、好奇心、个性、勇气。他说，首先是文笔。一个批评家应该有很好的文笔，写得很好的文章。这很重要，具有很强的说服力。如果文笔不好，读者就会发生怀疑，心想如此糟糕的文笔如何对别人的著作说三道四？书评与电影评论不同，假使电影评论的文笔很糟，因为没有对比，后果就不那么严重。而书评面对的是一本书，两相对比，高下判然。其次是学识。一个批评家应该具有广博的文化知识。他要了解本国的古典文学和现代文学，也要了解外国的文学，因为当代的文学并不是一种孤立存在的东西，它具有纵向和横向的多种联系，有些作品的文化背景是相当深广复杂的。第三是好奇心。一个批评家要有强烈的好奇心，读书的面要广，不能局限在某一个领域内，就是在一个领域内，也不能只读某一类作品，有些类型的作品可能你不喜欢，但不能不读。喜欢传统小说可以，但不能因此而不读"新小说"，反之亦然。第四是个性。一个批评家要有顽强的个性，不趋时，不模仿，不媚俗，维护自我，保持本色。第五是勇气。一个批评家要敢于坚持自己的意见，不受潮流的裹挟，不怕与权威人士的看法相左，尤其是不向各种关系让步。[①] 以此论之，文笔，雷达当然不成问题，他本身还是优秀的散文家。好奇心，这也没有任何问题，雷达的评论能够一直保持旺盛的生命力三十多年，就来自于他儿童般的好奇。

---

① 郭宏安：《塞纳河·莱蒙湖》，上海三联书店 2007 年版，第 152 页。

个性、勇气，应该说在当代中国文坛，也是比较突出的了。只是他的个性、勇气表现得比较隐秘，不那么张扬。这可能与他的性格，也与他的不安全感有关。但我说了，他是有底线的。学识，如果放到中国当代文坛，也是一流的了。不过，这一点他也有清醒地认识。《真正透彻的批评声音为何总难出现》一文里，他就有透彻的自我反思。他说："我们有时甚至会得出这样一种有趣的印象：在一场场作品讨论会之间，在一版版文学评论之上，不能说完全没有真知灼见，但似乎那个真正的批评者一直没有到场，没有发出应有的富于穿透力的声音。"

我想，如今的批评界能有如此反思精神的批评家，并不是很多。

我们期待着"富于穿透力的声音"出现在中国的文学批评界。

二 李建军：时代需要这样的批评家

别林斯基在《给果戈理的一封信》的开头部分，说过这样一段话："自尊心受到侮辱，只要一切问题都局限在这里，我在理智上还是能对这个问题沉默不语的，然而到得真理与人的尊严受到侮辱，这却是不能忍受的：在宗教的庇护下和鞭子的防卫下把谎言和不道德当作真理和美德来宣传，这是难以使人沉默的。"[1]

所以，求真是文学批评家的天职，但求真这种文化却是我们的文化传统所反感的。"为尊者讳，为贤者讳，为长者讳"，这是我们的文化，而你偏要做那个孩童，说出皇帝原来没有穿衣服。这就非常危险。即便政治民主如古希腊，苏格拉底不是也被公民大会判决了死刑？柏拉图也被送到了奴隶市场，亚里士多德如果不是跑得快，可能也被送上了断头台。所以，柏拉图一生都在研究如何既说真话，又不被判处死刑。20世纪，施特劳斯撰写的名文《迫害与写作艺术》提出的"隐微写作"，一时广为流传。中国的一些智者，其实早就知道了隐微写作，"道可道，非常道"，即此之谓也。司马迁不知变通，最终下了蚕室。所以，求真，是一种优秀品德，但也是一种危险的选择。

（一）

我与李建军曾数次相遇于研讨会，散步于兰州黄河之滨、京城小巷，震慑于他记忆力之惊人，读书量之巨大。他吞吐图书的能力，有如鲸鱼。有时刚刚上市的书籍，我刚看到，却见他的文章里已经信手拈来了。我曾

---

[1] ［俄］别林斯基：《别林斯基文学论文选》，满涛、辛未艾译，上海译文出版社2000年版，第581页。

说，李建军言则不离文学，行则读书不辍。他真是天生的一个批评家，一个读书人。他似乎就是为文学而生。文学于他，有宗教般的意义。他疾恶如仇，容不得文学领域的任何肮脏，对一些垃圾文学，或历史观、价值观错位、扭曲的小说，痛下杀手，不遗余力。

他的那些高头讲章，非常厉害，理论功夫不同凡响，洋洋万字，读之让人神旺。不过，引文过多，仍然让人感觉不爽，总觉得文气不畅，略有呕哑嘲哳之嫌疑。复旦大学出版的《文学还能好些吗》，所选文字，却很流畅，几乎都是美文。其中的很多文字，发表在《文学自由谈》《南方文坛》《上海文学》诸名刊，没有那些繁文缛节的所谓学术之规范，肆笔行文，浩浩荡荡，一波三折，风骨凌然，是我非常激赏的文字。从中你可以看出李建军高超的文笔，不输于他批评的那些名作家，甚至还有过之。《武夷山交锋记》，记叙与莫言武夷山的"交锋"，文采出众，行文摇荡，柔软中有刚硬在，可谓百炼钢化为绕指柔，不愧一篇绝佳散文。《文学批评：若无盛气会怎样》，韩潮苏海，望洋兴叹，当今文坛能写出如许文字者，多乎哉？不多也。

《文学批评：求真，还是"为善"？》《关于酷评》《文学批评与媒体批评》《批评与创作：失去对称的两翼》《猎舌检察者与批评豁免权》《驳庸俗的血亲主义批评》，深入反思文学批评，面对当代文坛，乃至社会对真正的文学批评的误解、嘲笑、侮辱，做了清醒而深刻的反思（驳）。这些文字告诉读者，什么是真正的文学批评，而什么不是文学批评。在这个众饮狂泉的时代，黄钟毁弃，瓦釜雷鸣的时代，这些文章的面世，非常及时。虽然也有一些人思考了这些问题，但就深刻度、穿透力而言，几乎无人能企及。《批评家的精神气质与责任伦理》曾演讲于第五期鲁迅文学院高研班，那也是首届文学批评理论家班，我有幸作为学员聆听了李建军的这次演讲。此文后来刊发于《文艺研究》。这篇文章的理论思辨力非常严密，所谈必中，值得诸君研读。

李建军一直被人误读为酷评家，似乎他是专门捣乱的，用有些人的话说，只知道骂人。其实，你只要认真阅读他的文字，他肯定的作家也还很有一些，并不只是否定批评。此著中的《穿越黑暗的文学远征》《在大地和苦难中孕育的哀愁之美》《如此感伤，如此温良，如此圣洁》，不读正文，只这标题，就很让人心弦为之一动。而他论述的对象《刘氏女》《巨流河》，迟子建，就那种人性之光，那种文学精神而言，值得为她们写出如此文章。《再读〈百年孤独〉,重温现实主义》,确是一篇值得三读的文字,对于当下中国文学不啻一声棒喝。对现实主义,我们误解得太深太久了,在这里,李建军给我们呈现了真正的现实主义。他认为现实主义就是真实地反映社会,"一切伟大的文学都必须建立在具体的现实之上"(马尔克斯)。他指出,作为优秀的作家,必须具备清醒的批判精神,而且,是否有勇气面对权力,意味着一个作家能在多大程度上诚实地写作,决定着他的写作有多大的力量和深度。并一再指出优秀的文学可以改变人类的精神和生活,自由、善良、理想、权力、爱等,都应该是文学的核心主题。他对《百年孤独》的细读,非常成功,解蔽了一个被很多人误读的马尔克斯,是我目前看到的关于这篇小说最好的评论之一。

李建军的批评文章,最大的特色是那种无法反驳的强大的论证力量。你可以不同意他的观点,但你很难驳倒他,不愧是文艺学的博士生,他的理论思维能力,极其了得。文笔之清俊通脱,风骨棱棱,已让我辈屈服,而那种严密的逻辑推演,概念辨析,深度思考,更是望尘莫及。中国当代批评界,具备如此理论辨析能力的,极其罕见。而且,他的辩驳文章,语言之诙谐、幽默,理论辨析之兴味盎然,津津有味,亦为批评界罕见之才。

如果我们认真阅读,李建军严厉批评那些作品作家,他也并没有一棍子打死,也还是以说理为上,好处说好,坏处说坏。而且,在批评中,一直闪现着他的人性之光。中国文化讲究知行合一,李建军是以自身的光芒试图去照亮那些黑暗的或者肮脏的文字,这真是鲁迅说的盗别人的火,煮自己的肉了。可这种先知式的做法,并不是大众所能很快认识到的。鲁迅笔下的夏瑜,他的生命之血,不是被他救助的对象华老栓给儿子吃了人血馒头了吗?

《怎可如此颂秦皇》,深入全面批评《大秦帝国》,发人深省,启我不少。《大秦帝国》多达11卷,500多万字,我只在书店翻过几卷,非常反感,深为痛恶,弃之不顾,恶心至极。而李建军竟然用了十多天,仔细地读了一遍,我真不知道他是如何忍耐下来的。这真是一种献身精神,让人佩服惊叹。而他由这部小说,"看当下历史叙事的危机",更是跳出三界外,高瞻远瞩,让人想到了王国维的一句诗:偶开天眼觑红尘。

（二）

李建军写过一篇文章：《小说的纪律》，强调小说的纪律。其实，文学批评也需要纪律，"乡愿"之辈是不配从事文学批评的。他说："纯粹意义上的文学批评，意味着对文学的一往情深的爱，意味着为了捍卫文学的尊严和价值而表现出来的勇敢而执着的精神。为了说出自己的感受和判断，为了表达自己的愿望和理想，那些真正的批评家的内心充满了难以遏抑的激情和冲动，很少考虑直言不讳的坦率会给自己带来什么不利的后果。"[①] 说这是夫子自道，也不为过。

纪律，是任何行业的底线，本不用多说什么，只是现在这个时代，什么都被"解构"了，一切固定的东西都烟消云散了，一切神圣的东西都被亵渎了，于是在一个"无所谓"的时代，坚守纪律，才这么艰难而伟大。李建军的优秀，不仅是坚持一个底线，虽然这也非常难得，更是一种眼力，判断作品优劣的眼力。这是一个优秀的文学批评家最重要的素质。

由于中国文坛的芜杂、功利，作家急速地市场化、世俗化，伟大的作家作品还没有产生。于是，李建军主要担当了文坛清道夫的角色，以他的火眼金睛把那些文学垃圾清理到它们应该去的地方。这个活不仅很累，也很得罪人，因为没有几个人会认为自己的东西是垃圾，他们都认为自己是天才，是没有被发现的文学大师。

但李建军依然故我，从不言退。就他的著作来说，很多篇章都在继续这种探索和坚持，如《文学批评：求真，还是"为善"》《文学批评的绝对命令》《文学之病与超越之路》《真正的大师》，都在摆事实，讲道理，可谓笔锋如刀，让一些人清醒，让一些人汗颜。他的另一些关于经典大师的文章，如《契诃夫：一只低掠水面的海鸥》《美好人物及其伦理》《忏悔精神与精神复活》《站在恺撒的对立面》《朴素而完美的叙事经验》等文，对以俄罗斯为代表的伟大文学传统，进行了深入而细致的剖析，确实发人深省，启人甚多，也呈现了他优秀的眼力。

他从来不苟且，这种不苟且是学术的不苟且，也是为人的不苟且。某一年，《文艺报》约请众批评家推荐一年来的优秀小说，人家都是一大

[①] 李建军：《批评家的精神气质与责任伦理》，《文艺研究》2005年第9期。

堆。他只有一句话：从来没有发现过，因此，也无法推荐（大意）。让人看出了他的决绝。我们知道，李建军对19世纪俄苏文学有很深的研究，在文学批评方面，他对别林斯基可以说情有独钟，有着非常扎实的研读。这也是许多"著名"作家得到他的批评后，恼羞成怒，而又无话可说的原因所在！

这种不苟且就是一种道德坚持。他说："在我的批评话语中，伦理尺度无疑具有至关重要的意义。"① 有人非议他的这种批评尺度已经过时了，其实，不是这种尺度过时了，而是我们的作家太"超前"了。人类只要存在一日，基本的道德标准就不能丧失。管子说："四维不张，国乃灭亡"，就是这个道理。而作为人类精神象征的文学作品，它在本质上是伦理性的。约翰逊博士说："人只要用理性来思考，就会思考道德问题。""一个作家永远有责任使世界变得更好，而正义和美德并不受时间和地点的限制。"当下文学界的恶骂鲁迅，就是一种道德沦丧的表征。当大多数作家失去起码的道德约束时，鲁迅就是一个让他们非常尴尬的巨大存在。而文学界、文化界的低俗化、萎靡化，也是道德碎片化的结果。

在文学界大谈"技术"的时候，在作家高呼我们就是"匠人"，并以此为荣的时候，李建军站出来，告诉人们，他们这是一种逃避，一种渎职。而对那些颠倒人类价值观，"创造"反人类作品的所谓著名作家，李建军毫不留情，痛加针砭，直言他们这是一种卑鄙，根本不是他们以为的"伟大"或"优秀"。可以说，在这样一个"技术"的时代、市场的时代，文学的世俗化、低俗化，乃是必然的归宿。李建军的道德坚持，他关于文学的道德思考，是当代文坛罕见的，也是必要而杰出的。

不过，伟大的批评家与伟大的作家是同步诞生的，没有巴尔扎克、司汤达、雨果，哪里还有圣伯夫？没有英国近代那些伟大的小说家，哪里还有利维斯？没有唐宋伟大的诗歌，哪里还有严羽的《沧浪诗话》？再往小里说，没有现代文学三十年的百花齐放，哪里还有胡风、李健吾、茅盾、沈从文、李长之？你批评的作家作品本身就是不入流的货色，那你的批评文字又承载在何处？又如何能对后世产生良好的影响？

我曾多次给他说，你去批评某些作品，真是不该，那是在浪费自己的生命。他告诫我要有耐心，他说，我不能容忍这种赤裸裸的谎言和欺诈。

---

① 李建军：《文学也是有缘故的》，《文学自由谈》2007年第5期。

一个社会的文化如果想有一个正常的环境，就必须有人站出来说出真相，指出问题。我之所以总是批评他们，实在是不能已于言，实在是觉得问题太严重了，到了不谈不得了的程度了。这时我总是想起叶公超的一句话，他在鲁迅去世后，在怀念文章中说，鲁迅生前骂过的人真的没有一个配他去骂，那些人真的不值他的一颗子弹。

很多所谓的文学大师们，面对李建军的凌厉批评，无词以对，而又恼羞成怒，于是开始编造各种谎言，比如李建军是报私仇啦，是想出名啦，而且是骂名人来出名，动机不纯啦，等等。有些作家甚至极其失态，恶语伤人，人身攻击，在报纸上大骂李建军是"疯狗"，真让人大开眼界。李建军不就是批评了你的小说吗？何苦如此失态呢？李建军说了："我希望那些因地缘、学缘、血缘而结成神圣、牢固的精神同盟的人能够明白，靠喊喊嚓嚓的流言蜚语和鸡毛蒜皮的闲言碎语虽然能够有效地实现对论敌的精神杀伤和人格羞辱，但却无助于我们追求文学批评的理想境界，无助于我们克服文学写作中存在的问题，无助于我们解决我们所面对的困难。"[1]

很多作家虽然敬佩李建军的人，可还是有许多误解。他们以为李建军是一个没有温情的人，只知道刻薄的批评。其实，倒不是如此。他是以出世的心，做入世的事而已。面对文学，他真有一种宗教般的虔诚。2007年8月我们在兰州观看舞剧《丝路花雨》，他感动得眼泪都下来了。我们去看甘肃省博物馆的出土彩陶，那些精美的藏品，让他流连忘返。明代李贽倡童心说，真是一针见血，一个世故的人是无法从事文学艺术工作的。那些所谓的大家对李建军的猜测只是自己内心的反映而已。李建军即使是在朋友的聚会上，经常也会因为观点的不同而激动，而拍案，而骂娘。有时从旁静静地看他的激动，真的很感慨呀，如此一个富有童趣，毫不知人情世故的批评家，真的让人很温暖。

毫无疑问，李建军是一位优秀的文学批评家，他有着过人的眼力，也坚守着文学批评的纪律，高扬着道德的大旗。疲弱而沦落的中国文坛需要这样的批评家，也需要他那些让人感到温暖，让读者明辨是非的著作。

---

[1] 《贾李之争："事件"之外还有"文学"》，《中国图书商报》2005年6月17日。

（三）

　　中国的文学批评，一直以诗论、词话形式存在，都是一句中的，点到为止，从不展开论述。那种"不能把某种个人威信或宗教威信的力量强加于人，而必须通过论证的方法来证明自己的正确性"，是来自古希腊的批评传统。中国自"五四"以后，西方文学批评的进入某种程度上改变了我们的文学批评方式，比如胡风。但论证的方式依然不太流行，比如李健吾、李长之、茅盾等基本还是中国式的，印象批评为主。新时期以来，我们的文学批评风起云涌，人才辈出，但基本还是说好话的多，严厉批评的少，而严厉批评还详加论证，富有逻辑，推理严密的批评家，更是凤毛麟角。

　　这个时候，李建军出来了，严厉批评当红的中国名家，但不是乱打棍子，乱扣帽子，而是采取了西方式的推理、论证。他的文章不仅有了说理的技巧，还有着严格的论证规则，本着求真的逻辑。这是亚里士多德当初确立的言说方式，是一种古希腊逻各斯的艺术。我们要知道，李建军的文学理论功夫那是中国文坛少见的，他对西方文学叙事学的研究颇有深度，专著《小说修辞研究》出版后得到业内人士的高度评价。在这部著作里，他从小说修辞角度，对现代小说的批评，是振聋发聩，引人深思的。

　　李建军《〈蛙〉：写的什么？写得如何？》《直议莫言与诺奖》《2012年度"诺奖"〈授奖辞〉解读》，严厉而认真地批评莫言的小说，不因为他获得了诺奖而有丝毫的手软，或如某些人立即屈膝歌颂，而忘记了自己早年的言辞。在文中，李建军写道：

　　　　莫言的写作经验，主要来自对西方小说的简单化模仿，而不是对中国"传统文学"和"口头文学"的创造性继承，或者，换句话说，"传统文学"和"口头文学"只是其装点性的外在表象，从西方文学趸来的"魔幻现实主义"才是他叙事的经验资源。

　　　　莫言的创作并没有达到我们这个时代精神创造的最高点。他的作品缺乏伟大的伦理精神，缺乏足以照亮人心的思想光芒，缺乏诺贝尔在他的遗嘱中所说的"理想倾向"。他的获奖，很大程度上，是"诺奖"评委根据"象征性文本"误读的结果，——他们从莫言的作品里看到的，是符合自己想象的"中国"、"中国人"和"中国文化"，而不是真正的"中国"、"中国人"和"中国文化"。①

在莫言已经获得了诺奖之后，他还能够以严格的文本细读提出自己的如上见解，是需要过人的胆识的。中国文学究竟如何，莫言的小说究竟如何？真的需要深入的研讨，而不是盲目地歌颂。郑板桥说"隔靴搔痒赞何益，入木三分骂亦精"。此话说得甚好。

李建军在《文学批评的伟大典范——写在别林斯基逝世165周年之际》一文中写道："他被称为'冷评家'和'酷评家'。有人则编造谣言侮辱他的人格，试图从道德上击垮他。他一如既往，毫不畏葸。""以平等而自由的姿态向作家说真话，一针见血而又有理有据地指出问题，是别林斯基文学批评的基本原则。在别林斯基心目中，没有哪位作家是不可以批评的，也没有什么问题是不可以谈论的。他绝不讨好任何作家，无论他社会地位有多高，无论他曾经享有多高的文学威望。"②他评价别林斯基的这两段话，也几乎就是他自己的写照。

现在我们很多批评家的标准只剩可怜的奖项了，似乎获得了诺贝尔奖就已经获得了批评的豁免权。周作人在《苦口甘口》一文说："要读外国文学作品须看标准名作，不可好奇立异，自找新著，反而上当，因为外国文学作品的好丑我们不能懂得，正如我们的文学也还是自己知道得清楚，外国文人如罗曼·罗兰亦未必能下判断也。"③

别林斯基在《论〈莫斯科观察家〉的批评及其文学意见》中说："批评才能是一种稀有的、因而是受到崇高评价的才能……有人认为批评这一门行业是轻而易举的，大家或多或少都能做到的，那就大错特错：批评家的才能是稀有的，他的道路是滑脚的，危险的。事实上，从一方面说来，该有多少条件汇合在这个才能卓越的人的身上：深刻的感觉，对艺术的热烈的爱，严格的多方面的研究，才智的客观性——这是公正无私的态度的源泉，——不受外界诱引的本领；从另一方面来说，他担当的责任又是多

---

① 李建军：《直议莫言与诺奖》，《文学报》2013年4月10日。
② 李建军：《文学批评的伟大典范——写在别林斯基逝世165周年之际》，《文学报》2013年5月30日。
③ 周作人著，止庵校订：《苦口甘口》，河北教育出版社2002年版，第10页。

么崇高！人们对被告的错误习见不以为怪；法官的错误却要受到双重嘲笑的责罚。"①

"批评家的才能是稀有的"，这话说得多好呀！对批评家来说，要对批评道路的危险性有深刻认识；但对社会来说，对自己的优秀批评家能否宽容一点呢？

---

① ［俄］别林斯基：《别林斯基选集》第 1 卷，满涛译，上海译文出版社 1979 年版，第 324 页。

三 王鹏程：文学批评是真理的呈现

文学批评是寻求真理的呈现，是去蔽澄明之境的敞开。正是在无蔽中有着遮蔽最深却未曾道出的东西，批评家就是让它表现出来。但是，我们知道，道出真理，甚至要付出生命的代价，说出真相，也是备受阻挠。很少见到作家不骂批评家的，包括一些大师级的作家，只是有含蓄与否之别而已。当然，批评家不见得每次批评都很到位，偶尔也有脱靶的可能。但脱靶，并不见得就是人身攻击的理由。作家批评评论家，倒可以理解，而批评家反过来无法容忍批评家的批评，却是让人感到奇怪。

我曾说，中华民族是一个非理性的民族，是一个不讲"理"的民族。我们的现代化就是从伦理到契约的过程。虽然理性也有很多问题，它应该也有它的边界。但我们目前的状况是还没有反思理性的资格。西方哲学的"being"，是我们缺乏的，我们不太在乎"真""是""真理"，等等，我们在乎的是伦理，是面子，是为尊者讳，为贤者讳，为长者讳。这种所谓的伦理、血亲、面子文化，严重阻碍了中华民族的前进，也阻碍了中国文学批评的成熟。

但总是有一些真正的批评家在泥泞的路上，艰难跋涉，风雨无阻，冰霜不惧。王鹏程就是其中之一。王鹏程，陕西咸阳人也，清华大学博士毕业，后为南京大学博士后，师从著名学者王彬彬先生。王彬彬先生，也是我非常敬仰的当代学人，学养丰厚，眼光犀利。

（一）严谨考据功夫里的真理追求

我与王鹏程素昧平生，至今一次未见，但却已是神交久矣。这是要感谢网络，感谢全球化的。没有网络虚拟世界，我们这样的外省边远学人，哪里有指点江山，结交高人的机会？要说文学批评，那更是岂敢？这不，王鹏程连著名的严家炎先生，都开始批评了。我多年一直订阅《粤海风》，2012年初看到第1期的一篇文章《对〈二十世纪中国文学史〉的批评》，洋洋洒洒，颇见功力，于是记住了作者王鹏程。要知道，这年头，批评是见不得人的，被批评的人不高兴，没被批评的人，也不高兴，因为我们的社会是你好他好大家都好，所谓乡愿是也。更何况他批评的是北京大学著名的资深学者严家炎。我还真佩服他的胆量。如今的学术界已经形成了圈子，而圈子里讲究圈子利益。后来，偶尔的机会，从网络上认识了王鹏程先生，才知道是一位青年才俊，刚从清华大学博士毕业。他敢讲真话，敢讲实话，不为尊者讳，不为名家讳。这是当下中国学界极其罕见的高贵品质。

新世纪以来，高校急速地市场化、商品化，资本大幅度地介入，学者绝大多数都耐不住了寂寞，更耐不住清贫，纷纷抢课题。就中文系来说，最好的办法就是编写文学史、作品选，既扬名，也赚钱。于是，每个大学都有自己的文学史教材、作品选了。至于质量如何，鬼知道。我就翻过某高校的一部文学史，还有历代作品选，错误百出，忍无可忍，但依然一直在做着教材。我曾撰文批评过这种误人子弟的行为，可谓为师无道。而一些名气很大的学者也被各种势力裹挟挂名主编了很多教材，但其实真正的撰稿者都是那些研究生，而且都是短期速成，其中错误百出，也就可以理解了。

《二十世纪中国文学史》是严家炎先生主编的，应该说不会有多少错误的，毕竟是北京大学。但王鹏程经过认真阅读，发现错误依然很多，于是他就撰写了《对〈二十世纪中国文学史〉的批评》一文，刊发于《粤海风》2012年第1期。在文章一开篇，他就说：

> 就此书的"史学"即关于研究对象的了解掌握程度而言，实在令人不敢恭维。尤其是《文学史》（下册）中的错讹、疏漏如同过江之鲫，不胜枚举，已经不是"史识"的问题，而是知识性的错误和学风的问题，让人难以置信这是"国内学界有影响的专家和学术带头人"编写的国家级规划教材。

然后，王鹏程分三个方面：知识性的疏漏及错误，复制、拼贴他人著述出现的错误，表述存在的问题及错误，列举大量的证据论述之，证明之。看来，他是下了功夫的。

文章最后，王鹏程写道：

> 20世纪20年代，梁启超在清华大学讲《中国历史研究法补编》，提出"史家的四长"，即"史德"、"史学"、"史识"、"史才"，并把"史德"排在第一位。何谓"史德"？章学诚说，"史德"就是"著书者之心术"，也即是柯林伍德所讲强调的"历史的良知"（historical conscience）无论是"史德"还是"历史的良知"，都蕴含着一个最基本的内容，那就是对研究对象有切实的了解、有认真的态度，所得结论必须是自己认真思考得来的，这是著史的前提和核心。《文学史》（下册）一些章节的著者，没有"史德"、缺乏"史学"，更遑论"史识"和"史才"。如果作为合著的学术著作，倒也罢了，其影响所及毕竟有限，同行也不难看出。然而作为全国大学中文系学生使用的国家规划的权威教材，其流毒所及，难以估量。学生们大都是初次接触这门课程，也难以辨别。而且在现在的教育体制和教育制度下，大多学生没有时间或精力阅读原作，文学史是他们完成文学教育的重要方式。中国有句古话，"误人子弟如杀人之父兄"。这样的教材，"嚼饭与人，徒增呕秽"姑且不说，而且误人子弟，连最基本的知识都弄出差错，这怎一个失望了得！

话说得很重的，但态度是对的。我对目前高校乱编教材，一直很有看法，深为这些学者所遗憾。集体编著，说到底就是由刚进校门的硕士生、博士生编著，导师挂名而已。作为高校老师，著书必须谨慎，而编写教材更应该慎之又慎，否则贻误学子，何止一代？

论文发表了，王鹏程出于礼貌，给严家炎先生寄去一封私信，极其客气地解释撰文的缘故，并请严老师批评。严家炎也很快给王鹏程回了一封信，语气颇为不满。王鹏程于是又写了一信解释。不料，该年第3期的《粤海风》在王鹏程毫不知情的情况下，刊载了严家炎先生的回信，还有王鹏程的第一封信。严先生发表自己的私信，那是他的权利，但连带发表了王鹏程博士的私信，似乎就不太妥当，不说别的，这里毕竟还有一个知识产权，和个人隐私问题。

当年严家炎批评柳青《创业史》的时候，也是一个青年才俊，与今日的王鹏程年岁不相上下。他的《谈〈创业史〉中梁三老汉的形象》《关于梁生宝形象》《梁生宝形象和新英雄人物创造问题》等一组文章,当年反响极大,柳青对他的批评也一直耿耿于怀。在文章中,他肯定了梁三老汉形象的艺术价值,对梁生宝形象有所保留。虽然是一组严谨的学术文章,可是我们阅读当时的批评文章,硝烟味还是很浓的,不少人上纲上线。但尘埃落定,严家炎先生无疑是对的,他的眼光是犀利而尖锐的,他的那几篇文章放到现在都还是很有价值。"作为艺术形象,《创业史》里最成功的不是别个,而是梁三老汉。""我不能同意这样一种流行的说法:《创业史》的最高成就在于塑造了梁生宝这个崭新的青年农民英雄形象。一年来关于梁生宝的评论已经很多,而且在个别文章中,这一形象被推崇到了过分的、与作品实际不完全相符合的程度。"这些当时非常叛逆的观点,如今看来,是那么具有见识。

几十年过去了,当中国的学术界急剧腐败、腐朽,严家炎主编的文学史也未能免俗。面对青年才俊的直言批评,他也如当年的柳青无法接受了。先是给王鹏程寄来了言辞犀利的书信,然后又将此信以《关于文学史写作的回信》为题刊发于《粤海风》2012年第3期。而王鹏程的再次辩难的书信,却再难面世了。中国当红的学者,或者成为了权威的学者,怎么都是如此的无法对话?当年王蒙对王彬彬批评的激烈,甚至过分的反驳、辱骂,贾平凹对李建军批评的激烈反应和羞辱,都体现着中国知识分子的无力、焦虑,和不成熟,当然还有专制。

王鹏程这种批评精神是当下中国文坛最罕见的。这是一代批评家的崭新面貌。这里再说到《创业史》,很多人对这部作品都给予极高的批评,我一直不敢苟同,为此还曾与几位前辈有过短暂的舌辩。但后来看很难改变他们的观点,再相持下去,就有点大逆不道,只好挂起免战牌。但我私心里,一直不大瞧得起《创业史》,看了几遍,没有看出他们认为的好来。后来,李建军说,陕西人对《创业史》,对柳青是有情感的,是不能碰的。但他后来还是碰了,他在《南方文坛》2012年第2期发表了《论〈创业史〉的小说伦理问题》,客观、公允地评价了这部长篇小说。他说:"作为小说家,柳青的眼界和生活范围都显得过于狭隘。他缺乏特立独行的批判精神","总体来看,他对生活的观察力和认知力,都是很不成熟甚至很幼稚的,——他不仅没有从混乱的经验里分辨出那些'真正重要的东西',反倒通过自己的叙事将它们给掩盖了。柳青按照他者的思想,为《创业史》预设了一个主题：'全书要表现的主题只有一个，就是农民接受社会主义公有制，放弃个体私有制'，不仅如此，他还根据不断变化的政治形势和政治需要修改自己的作品。"

同为陕西人的王鹏程早在《粤海风》2010年第4期，就发表了《我们究竟应该如何评价〈创业史〉》，公开提出了自己的观点。此文是一篇商榷文章，是对陈晓明《在历史愿望与朴素的生活书写之间——重读〈创业史〉的文学史意义》一文的批评。他以他一贯的认真，论从史出，注重文献的为学特点，纠正了陈晓明好几处常识错误。这看似无足轻重，其实极其关键，当代学者的轻率为文确实值得批评了，包括前面的严家炎诸位先生。在文章中，王鹏程披露了很多关于柳青的秘闻，他的"强硬"：

> 1955年，胜利社有农民退社，保留县委常委的柳青手腕很是强硬，李关信说"柳青下令说逮就逮，一绳子就捆了几个送到县上，""肖姓的农民被关了一年。"李关信说："在村民们看来，柳青是个怪人。"而且经常批评人，村民都很怕他。柳青给胜利社买了日本进口稻种，结果因肥力不足，又黄又瘦，农民编口谚说"柳书记，真是好，外国买根草，家家户户能饿到。"在柳青的文学世界里，"党"是中心和出发点，他在《永远听党的话》中说："一个作家面对着中国社会、中国革命和中国的伟大群众运动，来施展他的文学技巧本领，如果不好好学习毛主席的著作，就不要想写得准确深刻。"他也是躬身践行的。

这些资料显示的柳青，和小说中的隐形作者非常吻合，李建军的文章深刻地论述，虽然基于文本，但却非常真实，甚至真实得有点残酷。

王鹏程认为，《被开垦的处女地》应该是对《创业史》影响最大的作品，并做了详细的对比研究，颇有说服力。而他对柳青对梁生宝的描写，也是不认可的。文章虽然深度不够，论述不是很到位，相较于李建军的文章，差距是明显的。但可贵的是，他的路数是对的，方向没有错。作为一位批评家，是与非，基本的艺术鉴赏力，是必须具备的，但目前很多知名的批评家已经丧失了这个东西。

王鹏程很重视当代文学文献的挖掘和梳理，他的《戴着镣铐的舞蹈——对〈白鹿原〉修改问题的实证研究》，刊《当代文坛》2009年第1

期，就是这样一篇优秀的文章。我也撰写过《白鹿原》的论文，我看的是人民文学社1993年的版本，《当代》版、1997年版本都没有看过。看了他的文章，还是很佩服。这样的工作是需要耐心的，是一种辛苦活，造福别人甚多，而自己往往吃力不讨好。王鹏程细细地对比了三个版本，详细列举了删、改的文字。王鹏程从性爱删改、政治问题修订、删繁润色、《当代》发表时的压缩等几个方面做了详细的统计，其中政治问题修订，又分为四个方面："翻鏊子"问题、关于国共两党、肃反及其他问题、白孝文抓捕鹿兆鹏的内容。

《柳青在"延安整风"时为什么受到怀疑?》(《新文学史料》2010年第4期)也是这样的一篇佳文。王鹏程在翻阅旧报刊时偶然发现了"柳青"的八篇文章，刊载在梁实秋主编的《平明》副刊，还有生活书店主办的《永生》周刊和上海生生出版公司出版的《月刊》上，时间在1938年12月29日至1939年3月28日之间。这是难得的柳青佚文，《柳青文集》(人民文学出版社2002年版)以及柳青的各种作品选集未见收入。柳青的资料汇编和研究文章也未见论及。柳青在《我的思想和生活回顾》和《自传》中也无相关文字。

王鹏程不仅详细地介绍了这八篇文章的内容，和一些细节。而且还探究了柳青为什么后来一直不提及这些文章的原因：

> 令人不解的是，柳青的这八篇佚作，一万六千余字，作者后来为什么讳而不言？如果是一篇作品，由于年代久远或其它原因，作者可能遗忘。八篇文章，要忘记似乎不大可能，其中必有隐情，所以我判断柳青有意回避。回避的原因就是文章发表在国民党《中央日报》(重庆版)平明副刊上，编辑又是受到左翼文学批判的资产阶级文人梁实秋，而且最早的一篇《"朗诵诗"与"集体创作"》，梁实秋还加了一大段编者按。

而梁实秋1938年因为《与抗战无关论》而遭到"左翼"文学界的讨伐。1942年5月，毛泽东在《在延安文艺座谈会上的讲话》中，再次将梁实秋作为替资产阶级文学服务的代表人物提出来，予以批评。后面王鹏程接着说：

"野百合花"事件之后,延安文艺界的空气日益紧张,柳青也不可能心静如水,我们不难想象柳青思想上的巨大压力。柳青的这八篇佚稿,也解决了困惑我们很久的一个疑问,那就是在1943年延安整风时,时为"鲁艺"文化教员的柳青为什么受到怀疑。柳青写于1943年11月的《我的思想和生活回顾》应该是受怀疑时对上级组织的思想经历汇报,不过只字未提受到怀疑。在1956年3月20日写的《自传》中,柳青提到受怀疑,却没有说明原因。

至此,一个久未解决的问题涣然冰释。看来,文献功夫还是很有作用的。《柳青早期佚作散论》也在继续这个话题,发表在《文学评论》2011年第4期。发表于《人民文学》2010年第7期的《人间存一角,聊放侧枝花——汪曾祺〈小贝编〉钩沉札记》,也是一篇钩沉考据之作,是他从国家图书馆民国期刊库的缩微胶卷里发现、整理出的汪曾祺早年的一篇作品。

沈从文新中国成立后的转向文物研究,大家都认为是政治高压的结果,似乎如没有政治高压,沈从文还能写出更伟大的作品。王鹏程《沈从文的文体困境——从新近发现的长篇残稿〈来的是谁?〉谈起》一文,通过详细的文本分析,非常有力地告诉我们:

纵观其自《边城》之后直至70年代的创作,沈从文确实面临着难以克服的文体困境,他自己也意识到这个问题是难以解决的,因而他在屡次尝试失败之后转向文物研究,取得的成就同样卓著可观。

又说:

沈从文建国以后辍文学而治文物,并不是斩钉截铁式的突然完成,这个艰难的转向过程,一直持续到1971年写《来的是谁?》。

(二)考据之上的义理

我们知道,中国当代文学深受苏联影响,但到目前为止,学术界对苏联文学对我们文学的影响研究,仍然极其薄弱。这里面可能也有学科分化越来越细的原因,研究当代文学的学者,大多不懂俄语,而精通俄语的人，又不从事当代文学研究。但我觉得，这是一个必须，而且也是非常应该及早研究的领域，否则，对中国当代文学的认识，就无法进一步深入下去。比如，肖洛霍夫以《静静的顿河》闻名于世，然而在中国当代文坛产生深远影响的，还有他描写苏联农业集体化的长篇小说《被开垦的处女地》（第一部）。在一次与杨显惠的聊天中，他就说《创业史》是受了肖洛霍夫《被开垦的处女地》的影响，并承认他的创作也是受苏联文学影响很大，不过，他更多的是艾赫玛托夫，后来是《古拉格群岛》。他还谈及了张承志、张贤亮早期小说，也颇受艾赫玛托夫影响。但当时也只是听听而已，并没有想到就此写一篇文章。

王鹏程却就这个话题已写作发表了厚重的文字，刊于《当代文坛》2010年第4期的《农业合作化叙事的经验之源——论〈被开垦的处女地〉对中国当代小说创作的影响》，就是一篇优秀的此方面的代表作。在文章中，他写道："由于苏、中集体化的国情背景迥然不同、文学传统和文学精神的差异、翻译借鉴的有意筛选遮蔽，《被开垦的处女地》（第一部）在接受的过程中存在严重的误读。其在精神层面不但未对它的译者周立波发生影响，也未对深受其影响的丁玲、柳青、刘绍棠等的创作发生精神上的触动，只是在技术操作层面上为他们提供了经验。"然后，就此论点，展开了详细而扎实的论证，文本细读功夫很不一般。他对《被开垦的处女地》与《山乡巨变》的对比研究，对《被开垦的处女地》与《创业史》《暴风骤雨》《太阳照在桑干河上》，还有刘绍棠作品的对比研究，都是击中要害，颇具慧眼。然后很自然地得出结论：

> 然而，《被》复杂的主题意蕴，精神深处的强烈阵痛，悲剧的小说结尾，以及其被作为"生活与斗争的教科书"（辛未艾语），并没有内在地影响新中国的农业合作化小说写作。新中国的农业合作化小说恰恰忽略了肖氏作品中最为宝贵的"人性话语"，人的历史进步性与人性和人的魅力也被简单地划上了等号。无论是反映土改的《暴风骤雨》、《太阳照在桑干河上》，还是反映合作化的《三里湾》、《山乡巨变》、《创业史》，主题明显单一、正面人物纯洁无疵，几乎都无一例外的被按照"遇到困难——克服挫折——迎来光明"的模式，结尾也都是和谐欢乐的"大团圆"的传统老调。同《被》相较，中国的农业合作化小说实在过于皮相了。这也是时过境迁之后，

《被》在艺术上仍然放射出迷人的魅力,而中国农业合作化小说由于对政策的单一图解和诠释、对生活的美化和粉饰,以及浓郁的浪漫主义色彩,随着农业合作化运动的渐行渐远而淡出人们视野的原因。

由于有前面的详细的文本细读,和对比论证,这个结论就很有说服力了。

叶嘉莹女士是一位优秀的中国古典文学研究者,她对中国古诗词的诗心、词心的体悟是超人的,有着极高的文学鉴赏水平。可让我纳闷的是她为什么对《艳阳天》这样一部艺术水平极低的长篇小说如此青睐?[①] 她说:"浩然的《艳阳天》之所以列入世界伟大小说之林,则是不容置疑的一件事。"那么,她的鉴赏水平为什么在这里失效了呢?王鹏程的文章《怕君着眼未分明——论叶嘉莹先生的〈艳阳天〉研究》帮我们解开了这个谜。对"文化大革命"的误读,对"文革文学"的误读,不独叶嘉莹,著名历史学家,美籍华人何炳棣也未能幸免。这确实值得我们研究之,反思之。

王鹏程在文章中经过反复论证,得出结论:

> 叶先生毕生沉浸在中国伟大的诗词传统中,应该知道什么才是文学作品超越时空的决定性因素。那么,为何在对《艳阳天》的分析上,偏离了最基本的价值经验呢,这就是叶先生不幸的婚姻使其对《艳阳天》中萧长春和焦淑红的"志同道合"的爱情无限歆羡,叶先生所谓的《艳阳天》蕴涵的"热情与理想所凝结兴发感动的力量"能超越时空,也是即此而言,这才是叶先生赞誉《艳阳天》的最根本的原因。

又说:

> 当然,这和叶先生不幸的人生遭际有关,正是叶先生情感婚姻上的不幸,以及对此时国内的生活缺少体验和了解,才使得她把这种"伪爱情"当成了志同道合、海枯石烂的坚贞爱情。

[①] 参看杨光祖《浩然:一个时代的结束》,《时代文学》2008 年第 3 期,署名阳光。

这个结论，我个人觉得是可信的，因为文学阅读毕竟有着强烈的个人感受，就如胡适坚决不喜欢《红楼梦》，认为水平很低一样，无法讲道理。

当然，王鹏程还指出，叶嘉莹如此做，也与她的政治情结有关系。"叶先生口口声声说自己不懂政治，然而，她的文字在涉及政治问题的时候却能玩于股掌之间，游刃有余。除此之外，在杂文集中，我们可以看到，叶先生屡屡提及政治人物为自己脸上贴金或者为达官显要作序美言，往往有过誉之词，这都有悖于中国知识分子卓然独立的优秀传统。"

我想，可能还有一个原因，就是叶嘉莹是研究古诗词的，尤其是古诗词的鉴赏。她可能对小说，尤其深受西方影响的当代中国小说，阅读太少，对西方小说阅读得如何，不好说，我没有做过统计，可能不会太多。阅读经验不足，骤遇一部与自己私心吻合的作品，评价过高也是一种人之常情。

《由〈秦腔〉获"红楼梦"奖看当下批评的混乱和危机》，从文本细读入手，细致入微地分析了《秦腔》存在的问题，它的弊端所在，它的低俗化、肮脏化、无聊化。并对部分批评家的丧失立场，肆意胡说，做了严厉的批评。文章立论有据，辨析有力，可谓一篇佳文。

王鹏程的研究范围比较广泛，如他从《吴宓日记》看吴宓对洪深早期戏剧活动的影响的文章，就是一例。《吴宓日记》长达10卷，要从里面梳理资料，是需要耐心的。《陈寅恪桂林时期的学术研究》《钱锺书〈且住楼诗十首〉考释》《文王、武王所戡之"黎"不同——"清华简"武王所戡之"黎"应为"黎阳"》等，都可以看出他一定的学术功底。

作为一位文学批评家，王鹏程的文本细读功力，还稍有点弱，辞章方面也稍有欠缺。在对文学文本的细腻感受上，似乎略有不足。可能他的理性比较强大，又受过文献学的教育，考据功夫，遮蔽了他的文字感觉。如对陈忠实的散文、叶广芩《青木川》的评论，前者论之不足，后者食洋不化，批评家自己的声音没有完全出来。《一件拙劣的仿制古董——由读〈金瓶梅〉对〈废都〉艺术性的质疑》，文本对比，很扎实，说出了部分真相。但总体而言，他对《废都》的全盘否定，我还是不太同意的。《废都》还是有它一定的优越之处的。[①] 不过，中国当代文学批评界，也正缺

[①] 参看杨光祖《庄之蝶：肉体的狂欢与灵魂的救赎——重读〈废都〉》，《中州大学学报》2009年第2期。

少如此有着坚实的文献梳理能力的批评家。

另外,《论李建军的文学批评》一文,就稍显凌乱,引文过多,没有抓住要害,一语中的。《论陕西当代小说中的女性叙述》略有点简单,概括多,而细读少,有点仓促。《论秦腔对陕西当代小说的影响》,亦略显仓促,没有深入文本深处,缺乏一种厚重,可能作者对秦腔缺乏一种专业研究,对陕西当代小说没有全面扫描。

我曾经说,中国当代文学是变态的,畸形的,不健康的,有病毒的,而中国当代作家也大都是心理疾病患者,他们在政治与文学之间摇摆,人格分裂,趣味混乱,没有定力,水上浮萍。阅读和研究这样的文字,也是很容易中毒的,很容易把自己掉进去。我一直有这种恐惧,并在恐惧里研究,和拒斥。尼采说:"与怪兽搏斗的人要谨防自己因此而变成怪兽。如果你长时间地盯着深渊,深渊也会盯着你。"伟大的尼采。

王瑶曾经劝他的学生一定要研究透一个大作家,然后就可以顺流而下,不会迷失自己。我觉得非常有道理。作为一名当代文学的批评家和研究者,我们的视野不能仅限于阅读当下文学,那样就会逐渐而沦落为井底之蛙,满眼都是大师、杰作。我们必须要把触须伸入中外古今,真正地进入传统文化之河流,具备一种历史眼光,一种坐标系的感知能力,如此方能将当下的一部作品放置到文学之河去评价它的地位、影响、意义、水平,等等,不然,很容易痴人说梦的。

作为一位年轻的文学批评家,王鹏程已经取得了骄人的成绩,而且也显示了他深厚的潜力,假以时日,他会为中国的文学批评做出更大的贡献。

四　何英：女性视点下的当代文学

（一）女性的锋利和敏锐

何英在日常生活中，自有她柔情的一面，但一旦执笔为文，表现出的却是敏感、锋利。这种锋利是那种揭穿皇帝新衣的锋利，虽然让人难以接受，但却无法反对。因为她说的是事实。包括对一些年长的作家，她当面批评不留情面。

认识何英，是在2005年的鲁迅文学院第五届高研班上，那届高研班是全国中青年文学理论、文学评论高级研讨班，很多都已经是全国著名评论家、高校博导，比如葛红兵、刘川鄂，还有山西来的段崇轩、王春林，这都是以前就听闻过名字的。西北一共六个人，宁夏的牛学智，陕西的常智奇、李建彪，青海的曹有云，新疆的就是何英。第一次见何英，就直觉到她美丽之外的锋利，尤其那双眼睛，富于西域风情，顾盼生辉，但一看就绝不是善茬。她是美丽的，这毫无疑问，但这种美丽后面是有刀子的寒光，虽然它藏得很深。于是，我一直躲着她，不愿意与她正面接触。因为我也是刺猬，身上也有刺，两只刺猬最好的相处办法就是彼此保持一段距离。

但我们还是正面交锋了，虽然短暂，却依然火光四射，让同学们感到了一种寒意。鲁院经常举行小型的座谈会，就某部作品或某种现象进行讨论，有兴趣的同学都可以参加，人数不限。有一晚，我们西部的几个牵头主持了一个西部文学座谈会，来了二十多位同学，大家在灯光下相谈西部，不亦乐乎。就在会议进行中间，我谈到了新疆作家董立勃，那时候我的一篇论文《才情独异的自我寄生性写作》刚发表，是对董立勃几部长篇小说的一个解读，我就把我的观点简单陈述了一下。其间不乏尖锐与刻薄，何英忽然开始反击，语速之快，来势之凶猛，出乎我的意料。当然，她的有些观点不无道理，我也同意。但我批评的董立勃的自我重复，她也无法回应，她就说，杂志约稿多，他也无可奈何。我也毫不示弱，就直接说，他也可以不写。我从这次短暂冲突中，看到了何英尖锐刻薄之后的对于本土作家的热爱和保护。她毕竟还是新疆文联理论室的领导人。

所以，两个月学习期间，我们再很少来往，毕业的那天，她的行李很重，我正好路过，就送她去车站。那天，北京的杨花飘拂，满地皆白，我们一路无语。最后，她上车的时候，说，多联系，你是我们西北的老大哥。真正开始认识她，是在毕业之后，我们那届学员毕业后都活跃在全国批评界，现已大多是杂志主编、作协主席、高校文学院院长云云。何英也是风头正健，鱼跃龙门，仗剑东游，名出新疆了。

她的锋利不是面向青年作家，而是对着当代文坛的一些当红作家。这些个顾盼自雄的所谓大师们，一般评论家都只歌颂，而不批评。她却敢于动刀，而且往往一刀即中。雷达说："她对于一些风头正健、踌躇满志的作家，她发出的质疑往往是直指根本的，且绝非扮酷。她的声音是内行的，富于学理的，打中要害，却又布满了芒刺。"在批评界，能得到雷达如此之高评价的人，不是很多。上海女作家王安忆，很多批评家对她评价极高，说她是千变观音，才情纵横，说她的《长恨歌》写出了真正的旧上海。可我读了《长恨歌》却只有深深的失望，如果放到当下文坛，她对上海的描写还算优秀的话，但倘若与张爱玲的文字亦比，差距何啻千里。无论才气、思想深度，还是那种气象，那种旧上海的贵族气，哪方面她都无法跟张爱玲相提并论。何英说："如果以几百年为单元来看文学史，张爱玲也许比王安忆更令人难忘，尽管在技术层面，王安忆早已超过了张爱玲。但文学真正的魅力往往不在技术层面上。再把文学史长度放长来看，大师可能就是几百年出一个，那些真的很优秀的也只能当了亚一流的，好像屈原和宋玉的区别。这是没有办法的事，历史就是这么分明。"这段话只有一句"尽管在技术层面，王安忆早超过了张爱玲"我不大同意，别的都是我完全认同的。

严歌苓是近年比较火爆的海外华人作家，她的作品大陆连续出版，尤其长篇小说，已是好几部了。但看完她的《第九个寡妇》，我就绝望了，她以后的作品除了《金陵十三钗》之外，都没有读过，也不想去读。她小说最大的亮点是语言，她的语言还是不错。但就小说情节、结构而言，都是漏洞遍布，无法自足。她的小说往往是写一个传奇故事，或一个历史故事，却缺乏丰富而真实的细节，大都是闭门造车，胡思乱想。我曾撰文认为，她的小说没有结构，其实就是一个电视剧或电影脚本而已。曾有文坛前辈希望我写一文批评批评她，但我确实没有耐心和兴趣去读完她那么多的作品。何英的《严歌苓的"浓极而淡"》，是我读过的关于严歌苓小说的优秀评论之一，她关于严歌苓越来越只能靠技术和手段弥补早期生命感觉的缺失和隔膜，小说"看上去华丽无比、技术娴熟、语言地道，却由于没有贯注作者本人的生命感觉在里头，终归文学性让位于影像性、诗性让位于故事"的观点，都深得我心，不由得击节而叹。看她的文字，知道她读了王安忆、严歌苓那么多的作品，我就汗颜。作为一位批评家，她不仅严厉，而且极其勤奋。

贾平凹《秦腔》一出，很多评论家蜂拥而上，齐声赞好，似乎他们不是评论家，而是粉丝。何英站出来了，在《对〈秦腔〉评论的评论》中直陈己见："贾平凹是一个记录者，他可以做到把自己抽离得干干净净，他人的死亡、灾难都被他不动声色地匆匆记下。有评论家说，《秦腔》叙述节奏太慢。在我看来，不是太慢而是太快，太快的节奏使《秦腔》没有细节，全都是细节等于没有细节。他在每一个细节上匆匆掠过，毫不停留，自己都不停留，还能指望读者会停留？""通篇看完《秦腔》，除了作者令人惊叹的语言奇观和还原呈现的本领，我感受不到一部优秀作品所应具有的那种品质。"并对谢有顺等几位大腕的不负责任的揄扬，做了深入而犀利的批评。此文充分显示了何英优秀的文本细读功力，她就像庖丁，刀刃如新，而牛已"謋然已解，如土委地"，读的人也不由得踌躇四顾，为之神旺。

阎连科是一位我比较喜欢的作家，我喜欢他是因为他说真话，他的文学访谈、随笔，率性而谈，颇见真情，也见他的胆识。可是，他的长篇小说，说实话，我读了一些，总是喜欢不上来，总觉得他的小说有点"隔"，他太现代了，追求现代的过程中忘却了自己。读到何英批评他的《风雅颂》，马上找来读了，她发现"阎连科之前的几部作品，如果不是扎根河南农村老家，浓郁的原乡文化救了他，那些生硬的荒诞看起来不会那么顺理成章。现在他写了一个他并不深入了解并没有生命体验的群体，从语言到情节设置他都只有真的荒诞起来，他驾驭不了这个题材"。我觉得这才是何英，一个优秀的批评家。如今很多批评家已经成了肉喇叭了，他们与作家组成了一个利益链条，一荣俱荣，一损俱损，他们做的不是文学批评,他们是作家雇佣来的喊好者,他们是作家的啦啦队。

(二)"无处非中"的开阔视野

周涛说:"何英是个有女人心事还有男人心胸的人。"她看问题站得高,看得远,真正体现了后现代社会"无处非中"的意识。她没有边塞的自卑感,没有一般边塞人的闭塞感,她很时髦,几乎同京沪批评家站在一条线上。一方面,这要感谢网络时代,全球化真的让每个地方都是中心。另一面,也要承认何英的勤奋和付出。她这几年频繁出入北京、上海,长期访学,应该说对形成她宽阔的视野肯定有帮助。

《当叙事遭遇信息》就是一篇很前卫的理论文字,明显的有西方近代哲学著作的烙印,但作者自己的那种生命感的介入,那种消化的彻底,还是让人吃惊。《理论的过剩与叙事的消融》是我向她约的稿子,为《小说评论》杂志之"西部批评家"而组的。记得当时第一眼看到这篇文章,我就佩服了。那一期西部批评家,我约了四个人,还有宁夏的牛学智,云南的冉隆中,最后一个就是我。我的文章是《文学的技术与灵魂》,是从海德格尔那里得到灵感,针对当下中国文学的一点讨论。她的文章后来被多家杂志转载,我也感到很欣慰。她在文章中剖析了"理论过剩"现象,认为现代中国还没有产生真正意义上的理论,"过剩"只不过是引进、运用西方理论的过剩。当代文学在理论上的引进和运用上的过剩实际上反映出自身理论的饥渴与贫乏。引进的理论正在脱离本土经验而显现出意义踏空的理论游戏化。雷达对这篇文章也是表扬有加:"这些话比较尖刻,却并非无理。她看到了某些庄严事象背后的可笑之处,犹如戳穿皇帝的新衣。"

何英出生于中国最长内陆河塔里木河上游水源最丰富的地方。她的父亲是当地一所学校的校长,良好的家庭氛围培养了她对读书的最初兴趣。她与散文家周涛、小说家董立勃是校友,都先后毕业于新疆大学。何英年仅23岁就在新疆文联做了文学编辑,之后在新疆文联文艺理论研究室专事文学评论、研究。她不仅眼观中国,偶尔还眺望一下欧美,而且对本土文学也给予了极大的关注。评论集《呈现新疆》即评论、研究了新疆文坛数十位作家,如周涛、赵光鸣、董立勃、刘亮程、沈苇、北野、韩子勇、南子等。既有文坛大家,也有刚冒出的新秀。何英评论到赵光鸣的小说时说:"多年来,赵光鸣的写作远离中国文坛的时髦操作台,坚持自己的艺术个性,不跟风,不流俗,始终关注平凡世界的平凡人,刻画那些与他息息相通的底层人物,揭示凡俗世界的人性之美,于这众声喧哗的时代保持着难得的清醒和一个作家本应具备的操守。他的写作验证了乔伊斯的那句话:写头脑里的东西是不行的,必须写血液里的东西。"读到这里,我在佩服何英眼力的同时,不由得亦有一点愧疚,当年在重庆认识赵光鸣先生,曾打算给他写一个评论,可是时光流逝,如今依然一字未见。就是因为无法深切地进入他的小说。

何英太熟悉新疆了,所以面对新疆作家,或者以新疆为题材的作品,她虽然笔下甚为留情,但那种剑光还是会偶尔露峥嵘。在《永在的生活与命名的疲惫》一文中她批评红柯《西去的骑手》缺乏有力的情节,他的情节弱于逻辑性,描写战争,就像舞台一样,"战刀亮出来,举起一片金属哗啦声,孕司令骑着大灰马,一马当先冲出来,然后又是一番炸响,死伤怎么样交代一番,战争结束"。诙谐之中不乏讽刺。

从评论集《呈现新疆》到《深处的秘密——女性视点下的当代文学》,我们看到了何英的成长,她已经从新疆的评论家,成长为全国的评论家了。她的视野已经覆盖了全国,并且放眼世界了。她对全球化时代的特征,和西方现代思想家的熟悉,都是西部评论家里罕见的。在第二届上海"文学报·新批评"获奖感言中,她说,她希望达到弗吉尼亚·伍尔夫说过的那种境界:"只有双性同体的大脑才能创造出合格的作品。这种作品由于消弭了性别偏见而对男女两性都有益。因此,彻底地展现个人禀赋与才华,纵横自己的百伶百俐,既可尖俏幽默又能高雅纯粹。"

(三)理论的力量

何英行走边疆,放眼世界,对欧美那些所谓的理论,她似乎天生就懂,拿来就用,而且"恢恢乎其于游刃必有余地矣"。阅读她的文章,我就似乎看见她像庖丁,"手之所触,肩之所倚,足之所履,膝之所踦,砉然向然,奏刀騞然,莫不中音。合于《桑林》之舞,乃中《经首》之会",也似乎目睹她看到论述对象"謋然已解,如土委地",那种"提刀而立,为之四顾,为之踌躇满志,善刀而藏之"的潇洒与泼辣。

我的另一位朋友,宁夏的牛学智,也是拿捏西方当代文学理论,非常熟悉，而且善于也乐于探讨一些宏大的话题，比如中国文学批评的话语问题，这都是我从来不敢碰的题目。看来人之智商，确是有高下之分。我的大脑对那些纯理论问题似乎从来就不开窍，我只对具体的作家作品感兴趣。

何英的这种天赋，雷达先生曾撰文说："她一旦写起文章来，能熟练地运用整套的概念工具和理论新语，她可以对全国一些重大文学问题和重要现象作出令人惊讶的评判，她尤善于感受和渲染文坛变幻莫测的气象。"如《理论的过剩与叙事的消融》《当代文学的十个词组》都显示着她的自信和从容，完全不是一种边缘的言说，那种挣扎的言说，她就站在中心，站在灯光下的舞台上。这种风云气度，这种沙场秋点兵的大将之风，让人欢喜，让人嫉妒，真不愧是新疆支边青年的后代。

但理论有时候也不太灵光，她对张爱玲的评价，就有问题。周涛说："这个看法又让她说到我心里了，不谋而合啊。我不否认张爱玲是个大才女，但我也看不出她有人们捧的那么玄！正如那个周作人，我是死活看不出他的那些散文究竟妙在何处！我不知道是些什么人在暗中操纵着这个时代的文化价值判断。"周涛看不出张爱玲、周作人的"妙"，不是张爱玲、周作人有问题，也不是"什么人在暗中操纵"，这里没有"特务"，也没有什么别的"势力"，而是他的审美趣味太狭窄。你看他早年写了那么几篇豪放散文，就没有了下文，似乎江郎才尽。如果他能看出了周作人的妙处，也就不会如此迅速地终结自己的散文写作了。

何英大多时候像一位作家，文笔清新遒劲，幽默中讽刺时显，她的文字里总是有一把刀在那里，即便不亮出来，但人能够感觉到那种寒气。偶尔，她又会大显自己的温柔，还有后现代气，似乎要显示自己的"学问"。比如关于刘亮程的几篇文章，就很有不同的气质。《刘亮程论》就是要很"学术化"，文章充满了欧化句式，大都为长句，句号少，逗号很多。很多这样的句子充满着，缠绕着，颇有戴锦华的味道。戴锦华有一次在回答读者对她欧化句式的质疑时，她坦率地说，就是为了显示自己有学问，因为有一段时间很多人怀疑她没有学问。

《论北野诗的声音意义及诗学启示》也是一篇很有学问的文章，作者纵横古今中外，旁征博引，极具学问之成色。而且"治心、经世的声音之道""声音之与诗歌的复古与革新"，显示着何英不愿意厕身于评论家之列。她其实暗藏经营天下，致君尧舜的雄心，她比很多男子更多天下君国之情。

何英不像有些评论家，堆砌理论词汇，"前++""后++""新++"，诸如此类，俨然镶嵌画，或一地碎片。她既有理论素养，能熟练地使用整套概念工具和理论新语，又从不缺乏文学的才情，艺术直觉极好。她本来就是优秀的散文家，《阁楼上的疯女人》"充分发挥了何英的理性之美和感性之幻"（刘亮程）。读她的文章，我最喜欢的倒不是她的理论，歌德说过，理论是灰色的，而是那种过人的艺术感觉，就像她的眼睛，总是那么多情而冷酷。而就文体来说，她的语言犀利，很有力量，甚至咄咄逼人，富有极大的艺术感染力。

其实，我个人认为，最能体现何英理论力量的不是《理论的过剩和叙事的消融》，而是他的《王安忆与阿加莎·克里斯蒂》《残雪和她的城堡》诸文。残雪也一直是我关注的对象，我购买了几乎她的全部著作，包括那部与她哥哥邓晓芒的对话《于天上看见深渊：新经典主义文学对话录》。在这部对话里，残雪要谈哲学，却不懂哲学，邓晓芒要谈文学，却进入不了文学。至于她的小说，包括文学随笔、访谈，却一直难以找到那个门，直觉她太封闭了，她的文字似乎与这个世界无关，只是自我呓语而已。她的作品挂着现代或者后现代的外衣，五彩斑斓，耀人眼目。多次阅读，多次都半途而废。

后来看到何英的《残雪和她的城堡》，深感与我心有戚戚然。她说："残雪的意象群、象征性事件，早已形成为她自己的符号系统。她依靠这个系统写作，并拥有唯一解释权，将他人隔绝在外，只有她独自一人在黑暗中舞蹈。《边疆》的发表，意味着残雪正式筑就了自己的城堡。人们透过城堡，只看到一些憧憧暗影。至于那些莫名其妙的符号，也终于使她自身成为一个符号。"没有过人的艺术直觉，没有一定的现代艺术理论修养，如何说得出这段话呢？在何英这里，理论再不是用于自我包装的外衣，而是一种可以进入灵魂的力量。

何英说："好文学总是以势不可挡的力量摧毁人们的情感，人们在阅读面前被征服，看到自己永恒的可悲命运，看透今生来世。最终，哲学的深邃洞穿了文学。"

其实，好的文学评论亦是如此。

第五章
文学现象分析

一 电影/文学的分与合

——从电影《白鹿原》《萧红》谈起

可能因为从事文学艺术的工作,也可能因为我也是一位作家、评论家,所以,对根据经典文学作品改编的电影,和关于作家、艺术家的传记电影,我一直非常关注,也看了不少。虽然知道成功者居少,但每次还是去看,就是想从电影这个视角发现一些原来被遮蔽的东西。从某种意义上,我很感谢电影这个媒介,它从某种程度上宣传了文学,包括文学艺术家。当然,从另一面看,电影从文学这里也得到了不少营养。

不过,我很清楚地知道,文学,与电影,毕竟是两个完全不同的媒介,或者说载体,一个是凭借文字说话,一个是凭借镜头说话。美国电影理论家乔治·普鲁斯东认为:"小说与电影像两条相交叉的直线,在某一点上重合,然后向不通的方向延伸。在交叉的那一点上,小说和电影几乎没有区别,可是当两条线分开后,它们就不仅不能彼此转换,而且失去了一切相似之点。"因此,最优秀的文学作品,几乎是无法改编成功的,即使再成功,与原著相比,那都是不能以道里计。但最优秀的电影作品,很是很难用文字来说清楚的,毕竟人家是视觉语言。为什么呢?因为杰出的作家在自己的作品里,把文字的魅力,文字的弹性,逼到了极限。而最优秀的电影,也是将它们的视觉语言驰骋到了极限。因此,它们都是很难再置换成另一种艺术形式。从某种意义上,只有那些二流、三流的文学作品,更容易改编成功,因为它们给了电影人极大的改编空间。

比如,鲁迅的作品,曾经或还在被改编成电影,和别的艺术形式,但其实没有几个成功的。比如,那些世界名著,你看了电影,再去看原著,那还是差得很远。很多人凭借电影、电视了解的张爱玲,完全不是文学的张爱玲。电视剧《倾城之恋》就彻底把张爱玲庸俗化了,我在回答《西部商报》的采访时说过,他们把张爱玲琼瑶化了。当然,这样说,不是说改编都一样，没有差别，改编之高下，还是非常清楚的，好的改编即便不能和原著比，但对于普通大众了解名著，提高文学修养，开阔视野，也是一种渠道，有时候，说不定还是桥梁。

可能因为有这个理解背景，我对文学名著的改编，基本上抱有一种宽容的态度，只要不是故意歪曲，或者滥俗化。比如电影《金陵十二钗》，就是历史观、价值观完全错乱的一部电影，是张艺谋自我沉沦的又一个标本。当然严歌苓的小说，也不是好小说。大家可以看我的文章《艺术可以如此无耻吗》，发表在《文学自由谈》上，《学习时报》《杂文月刊》都转载了。

下面，我进入正题，谈谈电影《白鹿原》。小说《白鹿原》我是基本肯定的，唯一感到遗憾的是文字的啰嗦和芜杂。我一直觉得《白鹿原》中的人物形象最成功的是田小娥，大家可以看我的文章《田小娥论》，在那里我有详细的讨论。《白鹿原》一出，学术界有两个观点，我是一直不苟同的。一个是认为小说扭转了"五四"小说批评家族制的主潮，开始歌颂家族制，一个是田小娥是荡妇。我研读《白鹿原》的结果，认为小说根本没有歌颂家族制，作家只是对儒家做了部分的肯定，这从朱夫子这个人物就可以看出来。第二，田小娥绝不是荡妇，她是追求自由与爱的一位优秀女性，作家对她倾注的感情是最深的。白灵由于各种原因，作家不能酣畅淋漓地描写，而田小娥是可以的。我甚至认为，《白鹿原》的核心人物是田小娥，而不是白嘉轩。我们细读小说，作家对白嘉轩的描写是埋有伏笔的，也就是说作家对白嘉轩并不是完全肯定，作家也写了他的残酷、冷酷，还有阴暗。说它歌颂家族制，更是莫名其妙。我的《田小娥论》在《小说评论》刊出后，陈忠实给我打来电话，谈到这个话题时，他坚决说，不可能，我怎么能肯定万恶的家族制呢？

《白鹿原》是一部厚重的史诗小说，写了50年中国的艰难挣扎，写了一批人的生死情欲，写了不同政治势力和社会力量的较量，和他们较量中的残酷。小说里埋了很多密码，不过我们可以通过田小娥撬开这部小说的殿堂，看到那段历史的不堪，和人性的善与恶，看到中华民族的艰难转型，和不屈的精魂。因此，我对小说《白鹿原》的各种艺术形式的改编，都很有兴趣。比如话剧《白鹿原》、秦腔《白鹿原》等。我的看法是秦腔《白鹿原》不太成功，话剧《白鹿原》差强人意。不成功的原因，就是他们都想全面展现小说《白鹿原》。但这是不现实的，因为作为舞台艺术，你的时间最多就是两个小时。电影的改编也面临这个问题，如果是电视剧，就时间来说，就很有优势。

电影《白鹿原》在北京上映时，我正好在京做"西部之光"访问学者，于是，一个晚上跑去海淀黄庄电影院，一个人静静地看完了这部电影。那是一个小剧院，票价70多元，但剧场里人却不多。电影看完后，我给陈忠实发了一个短信，说电影基本是成功的，因为《白鹿原》这样的小说本来就太难改编了。任何改编都是一种宣传，一种阐释。后来，看影评，很多人对电影基本做了否定的评价，其中一个理由，就是把《白鹿原》拍成了田小娥传，我觉得这也未尝不可。其他导演也可以继续去拍，拍成白嘉轩传，黑娃传，等等的。因为电影的时间最多只有两个小时（当然也有三个多小时的，比如法国电影《追忆似水年华》，但那就感觉太冗长了），这是没有办法的。而且，导演从田小娥入手，和我几年前发表的文章吻合，我觉得他对小说的把握还是敏锐的。

我最看重电影《白鹿原》的，就是他对关中文化氛围的表现，毕竟也是陕西人。尤其电影中那两段老腔的演唱，真是让人泪下，这就是关中，这就是西北，大气淋漓，回肠荡气。我当年写《田小娥论》的时候，专程跑去西安，跑到白鹿原上，站在那里，我似乎看见了田小娥在高亢而苍劲的秦腔声中，向我跑来。电影的整个叙事，也是流畅的，尤其镜头的转换，我很喜欢，他表现出了西北之大，西北之老，西北之苍凉，只有在这里才有田小娥这样的女性。为了爱与自由，可以不顾一切，可以去做鬼。对于电影《白鹿原》，我最不满意的是张雨绮，她的田小娥整个没有灵魂，行尸走肉而已。这是我感到很遗憾的，这部电影要说失败的话，这是最大的失败，演员没有找对。不过，现在的中国，要找出一个真正能表演田小娥的女演员，还真的很难。比如，如今要演《日出》，到哪里能找出陈白露的演员？这对演员的素质要求太苛刻了。话剧《白鹿原》里田小娥是宋丹丹表演的，更加失败，完全喜剧化，或者说小品化。而且作为非西部人的宋丹丹根本无法把握这个人物。

电影放映后有一日，我们在雷达家闲聊。在前一日的人民日报社的座谈上，雷达已经严厉批评了电影《白鹿原》，他说最多打6分。我说可以打8分。雷达老师摇头，他说陈忠实打了9分。其实，陈忠实也是不满意的。不过，他知道导演已经尽力了。中国当下导演哪个来导，恐怕结果不会比这更好。否则，他们早就去做了。导演王全安认真去做了，我们就要鼓励，他没有人为地歪曲，没有庸俗化。雷达在《白鹿原评点本》里认为田小娥是荡妇，我完全不同意。他后来有所改正，但他说即便不是荡妇，但道德没有底线。没有底线，他重复道。不过，我不这样认为，理由在我的《田小娥论》里。

文学名著的改编太难，只要导演努力，认真去做了，我们还是鼓励为好。没有必要以小说的标准去衡量电影，那是不公正的。电视剧《三国演义》《红楼梦》《西游记》《水浒传》，哪一个超过了原著？而且它们都是电视剧。（新版电视剧《红楼梦》等就完全是粗制滥造，无聊之作，不值得谈论。）

电影《萧红》是在北大百年大讲堂看的，票价很便宜，10元。此前听说大家评价不高，但因为是萧红，我还是去看了。看完了，觉得不错，出乎意料。萧红的扮演者宋佳演得不错，气质上也很类似。萧军女婿王建忠认为，宋佳不会胡演。看来，他说的是对的。当然，要找缺点，那也很多。本来萧红这样的作家，表演难度太大。电影里一般类型化人物好演，比如英雄、土匪、妓女、贤妻良母、警察，等等，都比较好演，因为都有固定的模式，就观众来说，也很熟悉那些套路，接受没有困难。

但杰出的作家、艺术家，就很难演了。因为他们都是靠作品说话，而作品又是电影这个载体无法直接呈现的。而且他们都极有个性，很难找到一个合适的演员。我看过很多以作家、艺术家为题材的电影，成功的并不多。比如，濮存昕的《鲁迅》。濮存昕已经是很优秀的演员了，但要表演鲁迅那真是难为他了。《莫扎特》《左拉》《巴尔扎克》等等电影，我感觉还是没有传达出那种作家、艺术家特有的东西。不过，我一旦遇见这样的片子，还是看，也是想看看电影人怎么阐释的。

张爱玲、萧红这样的女作家，要找一个女演员，表演得很成功，太难了。我看过的片子里，电影《波洛克》是比较成功的，演员把那个画家波洛克演得出神入化，大概可能是波洛克比较简单吧？

有论者批评《萧红》只表现了萧红的情爱一面，有点世俗，而把她的真正精神没有表现出来。其实，我看还是不错的。电影里出现的爷爷的镜头，很温馨，爷爷在萧红的一生中影响巨大，可以说是她冷酷人生里难得的一点暖色。她晚年（其实就是30岁左右）写的《呼兰河传》，真的绝了，极其优秀的文字，鬼魅之笔，那河灯一节，每次读起，都让我心很疼。

河灯从几里路长的上流，流了很久很久才流过来了。再流了很久很久才流过去了。

在这过程中，有的流到半路就灭了。有的被冲到了岸边，在岸边生了野草的地方就被挂住了。

还有每当河灯一流到了下流，就有些孩子拿着竿子去抓它，有些渔船也顺手取了一两只。到后来河灯越来越稀疏了。

到往下流去，就显出荒凉孤寂的样子来了。因为越流越少了。

流到极远处去的，似乎那里的河水也发了黑。而且是流着流着地就少了一个。

河灯从上流过来的时候，虽然路上也有许多落伍的，也有许多淹灭了的，但始终没有觉得河灯是被鬼们托着走了的感觉。

可是当这河灯，从上流的远处流来，人们是满心欢喜的，等流过了自己，也还没有什么，唯独到了最后，那河灯流到了极远的下流去的时候，使看河灯的人们，内心里无由地来了空虚。

"那河灯，到底是要漂到哪里去呢？"

多半的人们，看到了这样的景况，就抬起身来离开了河沿回家去了。于是不但河里冷落，岸上也冷落了起来。

这时再往远处的下流看去，看着，看着，那灯就灭了一个。再看着看着，又灭了一个，还有两个一块灭的。于是就真像被鬼一个一个地托着走了。

打过了三更，河沿上一个人也没有了，河里边一个灯也没有了。

第一次读《呼兰河传》，至此处，头皮发冷。我也就知道鲁迅为什么那么青睐萧红了。确实是一个天才。两萧都"经过"了鲁迅，但真正获得鲁迅精髓，脱胎换骨的，只有萧红。萧军还是天资差一点。看他延安时期日记（《萧军全集》最后四卷，出版后没有公开发行），也就知道他虽然性格倔强，有对自由的追求，但骨子里的渣滓太多，专制的烙印是如何也磨不掉的。但萧红，就完全不一样了。她太敏感了，她骨子里对自由，对爱的追求，是那么纯正而深切。什么都无法阻挡，她也知道自己不需要什么。不像萧军到头来还是不知道自己在追求什么。

电影里最后在萧红临死之时，由端木蕻良朗诵放河灯这一段，画面出现河灯。我觉得无论摄像，还是情感，都表达得比较到位，是电影里的精彩段落。有爷爷、河灯这两个镜头，而且那么唯美，那么深情，那么感伤，我们就知道导演还是懂萧红的。

李建军批评电影《萧红》说："电影《萧红》从一开始，就找错了方向。它没有将焦点对准人物的精神世界，对准她的文学世界，没有致力于研究和探索萧红之所以优秀的精神特点。像当下许多流行的电影一样，它将注意力放在了作家的私人生活方面，放在了男欢女爱方面。"电影《萧红》确实有这个毛病，但这也是电影这种视觉艺术的局限所在，它毕竟不是文字的。

他接着说："本来，萧红与鲁迅的交往，是电影应该着力表现的一个事象，鲁、萧的交往中，也有很多的细节和故事，可供采择和利用，但是，导演完全没有这样的自觉意识。在这部电影里，鲁迅给观众留下最深印象的，似乎就是那句近乎轻慢的'你怎么谢我'的话——这简直是对鲁迅的亵渎。无论导演处理鲁迅和萧红交往细节的初衷何在，它留给人的感觉都是消极的、倒胃口的。"李建军的批评，后面一部分我同意，那句"你怎么谢我？"确实不雅。但电影不表现鲁、萧交往的过程，我感觉还是没有一个演员能演出来。鲁迅，太难演了，他的强烈的个性，高不可攀的精神高度，当下中国有哪个演员可以演出来？导演粗线条处理这一节，我想也是藏拙吧？

文学，与电影，真是一对冤家，他们之间的关系处理，真的极难。我看电影表演作家，或者名著，一般都是看看而已，从不抱很高的期望，因为这本来是两种艺术。所以，优秀的电影，必须从文学里超越出来，竭力发挥电影的潜力，而真正的作家，他们的创作也从来不想如何改编影视。当下，一些作家在创作小说之时，就想如何更有利于改编，这样的作家从来不是好作家。同样，一个导演、演员，在从事电影艺术时，想着如何完整真实地表达原著的精神面貌，那么，也拍不出优秀的电影。因为，一开始你就已经成为了别人的奴隶。

当然，从某种意义上，也可以说，电影就是文学，用电影表现手段完成的文学。不过，这又是另一个话题，且打住。

二　底层叙事如何超越

这几年关于底层叙事炒得很热，占据了文学报刊许多的篇幅，也成为新闻媒体的一个热点。在相当数量的评论家眼里，底层叙事似乎也成了衡量作家道德的一个标尺。写了底层，就值得歌颂；对底层"熟视无睹"，似乎有辱作家这个称号。于是，我们可爱的作家们疯狂地开始了底层叙事。

我们发现新时期以来的文学，很多的是一窝蜂，用陈思和的话说，似乎到了一个"共名"时期。"伤痕文学""知青文学""反思文学""寻根文学""新写实小说"，等等，就这样一路下来了。在这里面我们很难发现无法归类的作家，但是时迁事移，却没有留下让后人可以不断去回味的作品。新世纪了，情况应该好一点，却仍然不容乐观，甚至有江河日下的趋势。在急剧的市场化、媒介化之下，文学迅速的消费化、快餐化，下半身、新新人类、80后、玄幻文学、口水诗，等等，文学呈现大幅度的庸俗猎奇化，似乎亦无力或不愿承担任何责任，只是一路为市场而狂欢。中国文学进入失重阶段！

我们盘点中国当代文坛，文学作品的数量在迅猛的增长，可优秀之作却在惊人的减少。我们是否到了一个泡沫文学的时代呢？很多优秀的作家一反常态，写出了让人大跌眼镜的作品；而初出文坛的新秀，一出场就不同凡响，把搞笑、戏说、猎奇作为唯一的创作目标。文学创作不是私人私话，就是彻底消费，全面娱乐，娱乐至死。

我们在大学生中进行调查，很多人早就不读文学作品了，最多就是读读畅销书而已，而且圈子很小，基本上多元化了。至于那些知名作家，读者也是越来越小。很多文学杂志订阅量一年不如一年。我由于特殊的条件，经常向领导干部调查，发现他们已经10多年不读文学了。

面对文学的持续不景气，针对色情、暴力、无聊的肆无忌惮，于是，很多评论家开始求助于底层叙事！他们天真地认为，文学的衰落是因为不写底层。他们认为都是都市惹的祸，底层叙述，成为唯一的救命稻草，甚至有些评论家将此提升到道德主义高度。可是，我一直怀疑，在这个作家人格普遍萎靡、精神完全缺钙的时代，他们写底层能写出什么？我们研究"十七年文学""文革文学"，他们的问题并不在不写底层，他们写的基本都是底层，可现在清点一下，有多少优秀之作呢？

我认为，"底层生活"的道德外衣使得评论家很大程度上忽视了作家的个人素养，以为有"底层"就可以写出传世杰作。但他们恰巧忘了，只有理解了"底层"、熟悉了"底层"，并以自己过人的眼力思考了"底层"，然后才能写好"底层"。这里更需要的是作家的"眼光""境界"与"思想"。20世纪30年代，鲁迅那一代人大都经历过底层生活，也有许多作家写了底层生活，但只有鲁迅、沈从文、老舍等少数人的作品成了经典。左翼作家大都具有丰富的底层生活体验，但由于作家自身素养的有限，作品并没有达到应有的高度，或者当时喧嚣但很快就烟消云散，或者一出生就死亡，或者成为口号宣传品。鲁迅当时就批评说文学一定是宣传，但宣传却不一定是文学。这里就有一个作家"精神主体"的问题，没有一个强大的丰富的"主体"，你的"底层生活"再丰富，也写不出非常优秀的作品，更何况我们今天的作家有多少真正具备底层生活经验呢？

贾平凹无疑具备底层社会经验，可那是80年代前的"经验"。到我们阅读《秦腔》已经感到了他对底层生活的陌生，对今日农民的隔膜，难怪文本呈现得那样别扭。但可悲的是他不愿承认这一点。鲁迅先生在《故乡》里借"我"的口吻，表达了面对儿时伙伴闰土时，那种深深的"隔膜"，他写道："我似乎打了一个寒噤；我就知道，我们之间已经隔了一层可悲的厚障壁了。我也说不出话。"这就是鲁迅的伟大之处。我们的许多作家一离开乡土，不但俨然有城里人的自豪，而且有了官本位的意识作怪，早年那点可怜的乡土经验也就变质了，写作只是为了更加"城里人"而已，甚至写作就是为了获奖，就是为了赚钱。像鲁迅先生那样希望闰土及其下一代"应该有新的生活，为我们所未经生活过的"作家，可是凤毛麟角了。所以，我认为与其呼唤底层写作，还不如唤醒作家的底层关怀，唤醒他们人的尊严意识。一个作家更需要的是底层关怀，是人的觉醒，这是一个人文知识分子应该具备的素养。

学者说我们已经进入后现代了，我们的文化任务是解构，于是他们开始轻蔑鲁迅，侮辱"五四"。学者是时髦了，可我们的民族真的就不需要启蒙了，真的就不需要继承传统文化了，真的不需要现代化了？正如萨义德说的中东还需要宏大叙事，我们这个民族也需要宏大叙事。我们不仅需要底层生活体验，我们更需要对底层生活的高屋建瓴的观照，而不是轻侮的扭曲，浮皮潦草的描写，或廉价的歌颂。贾平凹的新作《高兴》看了真让人无法高兴起来。不知为什么，这几年作家普遍对城市拾垃圾的农民工感兴趣起来，最著名的有余华《兄弟》，拾垃圾竟成了亿万富翁，蹲在镀金的马桶上，想象着坐宇宙飞船去太空了。这次又有了贾平凹的《高兴》，也是进城农民拾垃圾，想象力如此苍白，也是他们久处城里，养尊处优的结果。真正的农民工，农民工的真正生活，他们哪里知道？唯一让我们安慰的是他们都属于"底层叙述"，可这样的"底层"又有多少价值？

读完《高兴》，我终于明白我看到的不是"农民工"，也不是"底层"，更多的只是作者的顾影自怜而已。张志忠曾经撰文认为贾平凹《废都》里的"庄之蝶"叠着作家自己的影迹，而"庄之蝶"本身无法自足，我们必须将对贾平凹的了解放入作品，也才能完成这部作品的阅读。其实，从《废都》开始，他的小说基本都入了这一套，《白夜》的夜郎、《高老庄》的子路，《秦腔》的引生，概莫能外。《高兴》里的农民工刘高兴，他的一言一行，他的思维思想感情，我们从中看不到"刘高兴"，看到的多是贾平凹。而且那种所谓神秘的东西依然在小说里作秀。刘高兴一直觉得自己是城里人，是西安人，他的一个肾在城里，他的灵魂在城里。这部分的描写贯穿整部小说，无聊而低俗，完全是贾平凹无聊陈腐情趣的流露，与农民工没有任何关系。

通读《高兴》，我们会很容易地发现贾平凹毕竟是农家子弟，小说中对农民的那份感情还是难能可贵。可是以贾平凹今日的身份、地位及微妙的心理变化，他对城市拾垃圾者这个阶层缺乏起码的同情之了解，更不要说同呼吸，共命运了。因此，我们从小说中看到的是背尸回乡、卖血、卖肾、卖身、公安腐败、义救美人、仇视城市等烂俗的情节，而关于呈现这个阶层特质的细节却是最缺乏的。我们看作家后记，看到他为了写这个阶层，专门去垃圾村实地考察，当然是开着高级的轿车。一方面为作家的"敬业"佩服，一方面也感到一种悲哀。就这样去跑上几趟，也敢写这几十万字的小说！——陕西文坛这几年的腐化真是触目惊心，贾平凹、陈忠实的自我作古，大修什么故居、纪念馆、艺术馆，让人生出无限感慨来。综观文学史，恕我孤陋寡闻，真还闻所未闻。无论是中国的屈原、李白、杜甫，还是西方的莎士比亚、托尔斯泰、左拉、纳博科夫，等等，真还没有哪一个作家做过这样的事情。陕西文坛新世纪以来的不景气，难道作为前辈的他们就没有责任吗？在这种对名利、金钱、权位的追逐中，在他们心态如此浮躁虚热下，又能写出什么作品呢？

现在我们一直在讨论鲁迅先生为什么没有长篇小说，其实鲁迅并不是写不出一部长篇，只是他对自己要求甚严，从不轻易下笔，所谓"选材要严，开掘要深"。他关于唐玄宗、杨贵妃的小说都有了眉目，他为了写长征也做了长期的资料工作，可最后他还是放弃了。这样严肃的创作精神我们现在还有吗？我们的作家二三年就一部长篇，甚至一年几部，那么底层叙述能起什么作用？文章千古事，得失寸心知，而现在市场的巨大诱惑让作家们失去了"寸心"，他们是为市场、版税、书商写作，独独没有了自己的灵魂，如今的文学创作几乎就是抽去灵魂的写作。

鲁迅、沈从文、老舍、艾芜等现代文学史上的大家，他们并没有宣言什么"底层叙事"，可他们那里有真正的"底层"，有真正"底层"里的悲欢离合，迷茫与希望。我们从阿Q、孔乙己、华老栓、翠翠、祥子等人物身上，看到了一个民族的苦难、灾难、无尽的眼泪，也看到了一个民族的希望与未来。他们是真正的底层叙述，他们是真正懂得中国的底层，他们本来就是底层中的一员。我们现在的作家素养远不如他们，可那种优越感却是空前的。他们把自己放大成为一个"底层"，甚至成为一个"民族"，真正的"底层""民族"却被他们放逐了。看看享有大名的王安忆，她近期的作品真是让人无限失望，《启蒙时代》何曾有启蒙？我们的作家现在都不喜欢宏大叙事，都喜欢鸡毛蒜皮，都喜欢风花雪月，都喜欢情感作秀，可关于国计民生、人的尊严、自由平等、启蒙民主、人类境遇，他们几乎都视而不见，或者是不愿，或者就是根本没有这个能力。

李敬泽曾说这几年文学大奖几乎都是"村里的事"。但是有几篇（部）小说是真正"村里的事"？作家的作品是获奖了，或者他们写作的目的就是获奖，可是有几个"村里的人"活在读者的心里？就这届鲁迅文学奖来说，有几篇好作品呢？其中底层叙事的也有几篇，可真是让人失望，有个别作品甚至语言都有问题。作品获奖了，作家得到了虚名实利，可读者却毫不关心。因为读者看的是艺术，而不是什么奖项。"底层叙事"喊了很多年了，评论家也推举了许多代表作，哪有一个人物走入百姓、走入读者的？或者有哪一篇（部）作品经得起反复重读的？

所以，我认为在文学创作中，我们更应该关注"创作（写作）"，至于前面的修饰词倒是次要的。托尔斯泰是贵族，他的创作题材也多写贵族生活，可你能说那里面就没有底层吗？玛丝洛娃等人物代表的不就是底层？《红楼梦》写的是四大家族，可那里面就没有底层吗？刘姥姥不用说了，那么多的大观园丫鬟不是底层吗？不庸讳言，他们写的主要是贵族生活，可我们从这些作品中感受到的却是一种博大的情感，虽经风雨磨洗，仍不改其灿烂光辉。

底层写作并不因为"底层"而具有天然的道德光辉，写作也不因为没有"底层"而缺少什么，关键是"写作"，是写作者的精神、魂魄。没有思想、精神、境界的写作，不管你写的是什么，照样是一地碎片，照出的是作家凌乱的萎靡的人格。鲁迅说，从血管里流出的是血，从水管里流出的总是水。我们更应该关注的是作家本身，是他们的底层关怀、人文情怀，是他们人的觉醒，而不仅仅是"底层写作"之"底层"。

三 乡土文学如何现代

中国是一个传统农业国家，现在农村居民依然占绝大多数，因此，乡土文学的发达是自然而必然的事情。在这样的一种语境中，创作乡土文学往往会获得道德的优越感；而创作都市题材小说，就连作家本身也感到底气的不足。乡土/都市的二元对立在现实中、艺术中也因此比比皆是。很多作家也经常理直气壮地宣称自己热爱乡土、乡村，而对都市往往嗤之以鼻，虽然他本人却非常喜欢在都市生活。

现代小说从奠基者鲁迅先生开始，乡土小说就显赫地登上了高雅文坛。鲁迅之后，乡土文学依然繁茂，但能继承并发扬光大者却寥寥无几，尤其当前的乡土文学创作已经是非常之贫乏了。泛道德主义的喧哗往往掩饰了内容的苍白，而在思想文化上的掘进几乎根本就没有进行。关键问题就是创作者本身的贫乏，他们原就没有人文关怀，更没有对文化的深入思考，比较优秀的作家也只是满足于现象的描述而已。

这里就有一个一体两面的问题。就目前而言，乡土文学创作成绩较大的还是出身农村的作家，那些城市籍作家进入这一个领域，往往很难成功。比如陕西作家叶广芩，原本是满族皇室后裔，她的家族小说就写得比较好，是他人无法靠近的。20世纪90年代后她进入陕西秦岭挂职，并开始了大量的秦岭小说写作，但我们从中看见的只是一个外来者的猎奇眼光，至于那片土地及那片土地上的人，她并没有写出来。一个人的早期经历非常重要，儿时或青少年没有过农村生活，要想写好乡土文学几乎是不可能的，那种细如发丝，那种微妙的语言无法言说的东西，是永远无法体验到并表达出来的。作家在真正属于自己的传统中才有希望创造伟大的作品。不懂这个道理的并不是叶广芩一人。而那些从小生活在农村的作家，比如路遥、贾平凹、陈忠实等人，先天的就有一种优势，这是后天无法补上的。但是，就这些农裔作家而言，目前面临的问题也很大，就是对农村的虚假写作、浮浅写作、图解政策写作，而对真正的乡土灵魂却抓不住，更休谈关于农村文化的现代化转型之思考。

我们应该知道，农民，作为一个群体，他们并不代表先进文化。历代农民起义已经雄辩的说明了这一点。综观古代历史，农民是受害者，但也是无意识中的参与者。这一点，鲁迅先生看得非常清楚，《药》《阿Q正传》等小说，及大量杂文里，在在都深刻反思这个问题。马克思、列宁、毛泽东在他们的著作中对这一个问题思考得也很深入。列宁说，在一个文盲众多的国度是无法建设社会主义的，无法建设社会主义文化的。毛泽东也说过，我们最大的问题就是教育农民。但由于鲁迅之后的乡土文学作家，自身素养的先天不足，后天更没有意识到这个严重的问题，所以，他们的乡土文学就只满足于现象的描述，甚至为了发表、畅销而有意地进行歪曲与虚假的写作。

正是在这个意义上，我认为农裔作家很容易为名利所俘，走向博大、伟大的路往往是那么的难。而他们先天的权力崇拜情结，和长期沉沦底层带给他们拼搏的强大动力，使得他们的创作一开始就有着非常强烈的现实诉求；改变贫寒家庭与出人头地的愿望，让他们尚无暇顾及艺术，更无论对乡土文化的深入反思，对乡土文化与民族文化现代化的思考，因此，他们的作品往往经不起反复阅读，无法接受多重角度的阐释，对读者的灵魂也没有丝毫的触动。比如路遥的作品就是如此，简单而浮浅；比如李佩甫的《城的灯》就是如此，只写出了农村人改变自身命运的不屈抗争，甚至可以让别人成为牺牲。

我总觉得中国文坛对路遥太厚爱了。本来贱近尊远，为亡者讳是我们的传统。但是就文学而言，还是应该严厉一些，客观一些。路遥的小说曾经感动了许多人，可伟大的文学不能仅限于感动，还应该有更多的东西让读者不断的一代接一代的去回味，去思考。中国当代文学缺的就是这些，不独路遥为然。

我们翻看一下李建军编辑的《路遥十五年祭》，就会比较清楚地知道路遥的生平、思想与境界。以他苍白的早期教育，青年红卫兵经历，及极端自卑与极端自尊的心理，当然是无法写出厚重伟大的作品的。我曾经说过，农民文化是农裔作家创作下滑或无法达到一个高境界的症结。我也是农家子弟，我也深知农民的善良，他们心地的淳厚。这点路遥在《平凡的世界》里写得很清楚。我每读到此处都是泪水涟涟。路遥之能被大家广泛阅读，主要在这里，不在别处。

他们不像那些大家族出身的作家，如曹雪芹、鲁迅、巴金、张爱玲；后者从小受到的教育与熏陶，使他们很早就看穿了所谓伟大崇高后面的荒唐无耻。他们写出的文学就是深刻的文学，不仅仅是生活现象的流水账或表扬簿。文学创作要求时代性、民族性、个人性，更强调超越性。正是在这个意义上，我对于西部文学批判得非常严厉。其实，从内心说，也是在批判我自己。作为农家子弟，承载着太多的落后文化、陈腐文化，如果不从这种文化基因里摆脱出来，艺术的创作就很难有大的成就。陕西文坛成在这里，败也败在这里。路遥亦在其内。但好在他去世得早，没有赶上陕西文坛自我作古的时代，也就没有把自己提前放入先贤祠。这也算是路遥的一幸吧？

一个民族必须要有一批文化精英，但这些文化精英之所以能成为文化精英，首先，从小受到过良好的教育，人的教育，人文主义的熏陶；还有就是对自己近于严酷的拷问及刻薄的自持，与民族文化重建的文化担当意识。像鲁迅、胡适、陈独秀等人。而相对来说，当代作家的精神世界太苍白，但自我感觉往往却太好。他们对自己的关心远远超过了对祖国民族的关心。就乡土文学而言，缺乏思想的深度与高度，缺乏一种震撼人心的写作。就拿路遥《平凡的世界》来说，它的境界并不大，充其量就是对底层民众的廉价歌颂，对领导干部的竭力揄扬，最好的部分就是描写饥饿，描写底层的善良，如此而已。从艺术上说也没有什么创新，就纯粹性而言，还不如《人生》。而《人生》最终只是农村人进城失败，又回到了那片宽厚的黄土地。歌颂了黄土的伟大，在关键时刻包容了返乡的游子，而且是一个道德有缺欠的游子。对民族性、人性、农民这个阶层、西北地域文化，等等，都缺乏深厚的哲学观照与思考。

当然，以路遥的学养、修养、胸襟、眼界，能走到这一步，已经非常可贵了，我们应该敬重他，敬重他对文学的执着。但这不等于就认可他的文学成就有多伟大。路遥的文学成就即便在当代文学里，也还数不上是一流的。面对文学，我们还是要冷心肠一些，刻薄一些。

我们希望灵魂的写作，伟大灵魂的写作；不是那些所谓的灵魂，仅仅是外界流行的风气的反映而已。乡土文学作家必须对中国文化、欧美文化有所了解，最好对它们的精微之处，它的起承转合，非常复杂的过程，与因之而产生的特质，有一个深切的设身处地的了解。当然，这是非常之难的，但又是非常必要的。鲁迅先生为什么能写出那么优秀或者说伟大的乡土文学，就因为他的博学，他的过人的思想，那双深邃的眼睛是能够纵观千年历史，也能跳出乡土的局限，而进入一个大境界。

四　文学创作与作家气象

中国当下文学颇如女性服装，非常的时尚化了。消费主义不仅已成为国人的生活信仰，而且也成为了作家的创作原则。读者有兴趣逛一下商场，会发现如今的女性服装是越来越瘦，越来越短。很多女性为此付出了身体的残酷代价，可她们宁愿不要健康，还是不断拼命减肥。电视广告上也还在喊着女人瘦好，瘦身方法可谓五花八门。我不禁担忧杨贵妃到了今日一定没有衣服穿，而且还被视为丑女。我们的文学也是如此，为了市场，为了时髦，为了销售量，减了肌肉，抽去骨头，染了头发，披上了露脐装，穿上了低腰裤，或裹上了野怪乱服，招摇过市。只是没有了灵魂，没有了作家自己，没有了精神，更没有了灵魂的焦虑，没有了文化的担当意识。

王船山有言："恶莫大于俗，俗莫大于肤浅。"一个真正的作家应该追求原创性，抗俗而不为俗迁，确乎不可拔，空诸依傍，高视阔步，游乎广天博地之间。但现在的情形是大家追逐风气，一时所尚，则群起而逐。王元化认为，教条主义与趋新猎奇之风看起来相反，实则相成。两者皆依傍权威，援经典以自重，而放弃自己独立见解。而时尚化的文学创作连"援经典以自重"都没有，他们那里就没有"经典"，有的只是消费，搞笑，娱乐至死。他们的文学，根本与高扬生命，突显心灵无关。他们喜欢的仅仅是低级趣味，仅仅是版税而已。如此精神状态，怎能创作出卓越的文学作品？熊十力说："凡有志根本学术者，当有孤往精神。"在当下这个热闹非凡的文学现场，哪里找这样的人呢？

2008年5月下旬，在兰州安宁庭院聆听闵惠芬二胡演奏与讲演，那卓越的演技，深厚的修养，浓烈的情感，深深地打动了我的心灵。但面对观众海潮般的掌声，她却对阿炳给予了很深的追思。她说阿炳深味人间底层的辛酸，心藏千余首民间音乐。《二泉映月》融注了他一生的悲凉。最后她说:"我们这些凡夫俗子怎能理解他那种境界,他那种苦味?因为**我们太幸福了**。"是的,技法可以通过练习而得到,可那种感觉、情感、境界,却不是可以通过苦练而获得。它需要的是万卷书,需要的是万里路,更需要自己对人生、生活的独特而深刻的感受与体悟,需要一颗伟大而博爱的心。

胡风有一个理论:**主观战斗精神**,我个人认为非常好。他说:"一个作家,怀着诚实的心,在现实生活里面有认识、有感受、有搏斗、有希望和追求,他的精神就会形成一个熔炉,能够把吸收进去的东西化成溶液,再用它来塑造完成全新的另外的东西。"这里所谓"新的另外的东西",就是具有"高度的艺术的真实的作品"。换言之,如果没有作家的"主观战斗精神",具有"高度的艺术的真实的作品"就无从产生。可做到这一点何其艰难!首先你得有一个**熔炉**,如果没有读破万卷书,你怎么能有"熔炉"?其次,你得有生活体会,深刻的独特的体会。所谓"有认识、有感受、有搏斗、有希望和追求",即指此也。曹雪芹、鲁迅等人天资甚高,从小接受了优秀的教育,而后家道的中落、衰败,更让他们深味了人间的悲凉辛酸。如此,他们才有了优秀的"熔炉",才有了优秀的"溶液",这才有了优秀的产品——他们的文学。

一句话,优秀的文学作品源自作家的气象。没有大的气象就没有杰出的文学作品。孟子说吾善养吾浩然之气,正是这个道理。曹雪芹、鲁迅有一个大而衰落的家庭,又逢一个天地翻覆的时代,感受自是奇异。我们已很难有那样的感受。但他们那种自我放逐,自我质疑,自我反思,在精神层面的不断挖掘,精勤猛进,我们完全可以学习、实践。人的自我发现、自我扩展可以有两个途径,或向外或向内,但向外的结局还是向内,所以**一个伟大的作家往往是精神世界非常丰富、驳杂、痛苦、艰难,甚至经常处于自我撕裂的过程,这种病蚌得珠的体验是一个作家成熟的必经过程,也是产生优秀作品的前提**。而一个没有深度灵魂斗争,沾沾自喜于外部成绩的人,根本与伟大、杰出无关,充其量也就是一个畅销书作者而已。托尔斯泰并没有贫寒的生活经历,他是一个贵族,衣食无忧。可他的精神世界是多么痛苦,为人类为农奴,他艰难地进行灵魂的苦斗。不要说他的小说了,读读他的《忏悔录》《生活之路》,我们该多么汗颜。

我们的作家在那个政治挂帅的时代,一心做政权的喇叭,做具体政策的图解者。而在发展经济的时代,也很快为市场所俘虏,成为物质主义、消费主义的牺牲品。他们的作品里什么都有了，只是没有"自己"，没有了灵魂，有的只是功利、名利、金钱，甚或低级趣味而已。

当代文学的低俗除了时代原因外，与作家精神世界的浅薄、肤浅大有关系，甚至是更大的关系。而对于此点往往被人们所忽视。新时期文坛上涌现出的一批作家，主要是新中国成立后出生的，以知青为主，他们本身先天不足，后天营养又没有跟上，吃的第一口奶就是狼奶。这使他们的作品有生活有感情，但缺乏大气象大气度大境界。而知青之后的作家不但在知识、气度上没有什么长进，而且与生活完全脱离，"80后"就只有搞笑、娱乐了，有学者称为拔根的文学。这几代作家不仅对外国文学（文化）一知半解，对本国文学（文化）也一知半解，一个没有传统没有历史没有底蕴的作家，你让他能写出什么作品来？对传统的无知，使得中国当代文坛似乎非常繁荣，作家林立，但却没有一个大师的苗子，而一些三流作家却在那里自以为大师，颐指气使，顾盼自雄，好像叱咤风云的模样。

为什么我们要如此看重作家的文化修养，作家的气象呢？因为有了一定的文化修养，有了大的器宇，他才可以想到民族，想到人类，想到更远的事情；他才可以有爱，有温暖，有批判。如此，也才能创作出伟大的作品。古人说：士先有器识然后才有文艺，不是虚言。为具体的政策写作当然不会有好作品，但为市场写作更不会有大师诞生。当一个作家有了博大的胸怀时，他才能一览众山小，他才能知道自己的分量，自己的不足。为什么当代文坛多沾沾自喜的小文人，而几乎没有包前孕后的文学大师？就是精神世界的严重不足，这里有作家的责任，也有时代、社会的责任。须知，文化的冲撞才能诞生文化的繁荣，只有在文化的撕裂中才可以产生大师。近代上海、江苏、浙江为什么出了那么多的文化大师，就是因为那里文化本来发达，而近代更是先得西方文化的进入，这种中西文化的剧烈冲撞，给了他们巨大的文化焦虑。于是有了章太炎、蔡元培、鲁迅、茅盾、吴昌硕、刘海粟，等等。

当代世界处于一个浮华的时代。目前国内许多作家、批评家对近年来的诺贝尔文学奖非议较多，其实，文学的衰落不独中国为然，事实上已成为一个世界现象。在这个消费主义、大众文化盛行的充满着视觉刺激的特殊时代，人们的心已很难静下来了。古人说：静以修身，俭以养德；淡泊明志，宁静致远，都是至理之言，可到在当下就非常的不合时宜。人们都忙于追逐身外之物，为声色犬马所诱惑，沉溺于肉体的狂欢之中，包括大量的作家，为人类生产精神产品的作家。在如此的喧哗与骚动中，人之内，还是之外，都已经距离和谐很远了，那么生命的深度展开与良知的呈现如何实现？而在这样的背景下，人类又最需要优秀的精神产品，以疗救他们苍白而枯萎的魂灵。

所以，我仍坚持认为，一个优秀的作家，对于文学真的应该有一种宗教般的献身精神，一种不断自我质疑的反思精神，一种生命的深度展开。当代文学必须从很私人化的泥淖里抽身而出，不能总是将文学与一己之经验等同。文学不仅需要青春的激情，也需要中年的成熟与老年的睿智。所以，我们非常需要"浮士德精神""堂吉诃德"精神。多一点浮士德、堂吉诃德，少一点鄙吝之气，少一点小农意识，或许我们的文学就有一个大变样。因为，文学，从本质上说是作家精神的燃烧，是作家与时代一起燃烧，是作家给人类提供的精神食粮！

五　文学批评与底线伦理

当代中国文学发展迅速，但也鱼龙混杂，良莠不齐，急需优秀的批评家进行评析，并在一个较高的层面进行深入而全面的研究。可多年来，我们的文学批评一直没有很好地担负起自己应有的责任。因为，在很多作家的心目中，批评家就是他们的寄生虫，依附于他们才能生存。而批评家也普遍具有这种自卑心理，觉得自己不会创作，对作家也不敢直言。加之中国固有的与人为善的文化传统，我们的批评就只有说好话了。批评的缺乏独立品格，导致了中国文学评价的迷茫与紊乱。

雷内·韦勒克在《哲学与战后美国文学批评》一文中写道："批评就是识别、判断，因此就要使用并且涉及标准、原则、概念，从而也蕴涵一种理论和美学，归根结底包含一种哲学、一种世界观。"略萨说："文学评论可以成为深入了解作家内心世界和创作方法的极为有用的向导；有时一篇评论文章本身就是一部创作，丝毫不比一部优秀小说或者长诗逊色。"诺思洛普·弗莱在《批评的剖析》一书的"论辩式的前言"里也论证道：文学理论和文学批评不是文学的寄生虫，批评也是一种艺术，批评家也是成功的艺术家。

所以，中国当代文学批评要走上健康的道路，批评家首先应该调整心态，在认真研究文本和作家的基础上，用独立的精神姿态进行作家作品的深度阐释、解析和批评，而不要做吹鼓手或侍从，应该认识到文学批评并不是附庸，它具有自己独立的品格。明代书法家王铎说："文要胆。文无胆，动即局促，不能开人不敢开之口。——笔无锋锷，无阵势，无纵横，其文窄而不大，单而不耸。"如果批评家面对一部作品，瞻前顾后，连基本的自信都没有，基本的胆气都没有，那批评文章还有什么价值可言？胆识，有胆才有识。顾忌多了，哪里还能出现什么识见？恐怕连文字都无法站立。王铎说："文要一气吹去，欲飞欲舞，提笔不住，何也？有生气故也。"只有有生气，才是一篇好文章。当然，那种乱吹捧的文字，并不是胆识，而是堕落，是沉沦，是文学批评的耻辱。有些学者大喊当代中国文学到了前所未有的高度，有些学者批评我们对当代文学有太多的偏见；可翻遍他们的文字，只有判断，而没有论证。有的学者对一部刚出版的小说，就大肆吹捧，捧到了经典的程度。但是阅读他们的文章，却缺乏基本的证据和推理。他们只是大言欺人！

英国著名批评家利维斯针对当时英国文学史上"经典"充斥的现状，认为必须有人站出来作价值判断或重大的甄别，从而形成"一种正确得当的差别意识"。同时，他还认为人们对一些作家交口称赞，可对他们的真正卓越之处却缺乏共同的认识。他的《伟大的传统》就是解决这些问题的优秀的批评著作，在世界文学批评界影响甚大。

众所周知，当代文学批评经常针对的是当代的作家及其作品，所以对批评家来说，就有了许多外在的压力或诱惑。批评家在评价一部作品时，往往会涉及到作家个人的俗世影响、地位、脸面、感情，对作品的批评经常被作家认为是对他们人格的否定，甚至还会招来官司之灾。一些优秀的作家也承认批评的任务就是剔除伪作，并对优秀的作品进行深度阐释，但当批评落到自己身上，还是难以承受，甚至对自己作品的独到分析，有时都无法接受。作家无法理解他们对自己作品的解释也仅是众多批评中的一种，并没有特殊的权威性这一文学批评的基本常识。

那么，作为一位严肃的文学批评家，我们该如何作为？首先，我们一定要守住一个先定原则：不能进行人身攻击。当然，这只是前提，任何公民都无权对另一位公民进行人身攻击。作为作家也必须清楚，批评家对你作品的批评永远不是人身攻击。你的作品一旦面世，任何读者都有说三道四的权利和资格。其次，文学批评家必须坚守批评的底线伦理：必须对你所阅读的作品做真实的言说。文学批评家的天职就是说真话。求真务实应该是批评家言说的基本职业道德，或者更准确地说，是职业底线。即便面对一些影响很大的作家，批评家也不能跟着他们的意愿走。他们的言论、观点仅是你进行批评的参考，不能取代你的思考和观点。批评家李建军曾撰文提出文学批评的责任伦理，我认为非常及时而中肯，可对于当代中国批评界来说，这个要求有点高。因此，我这里单提底线伦理，我们能做到说真话，就已经很难了。

但在目前的中国文坛、学界，学者、评论家往往囿于各种因素：主观因素或外部压力，经常不敢或不愿说真话。其中尤以新出版的文学作品研讨会为代表，由于与会人员大都拿了人家的钱或者是朋友关系，于是在会上就什么好话都敢说。在这样的大环境下，真正的批评家倒像是在无事生非了。

李欧梵说他一旦认识某位作家，就不会写他的评论了。这里面确实有他的难言之处。作家虹影经常在欧洲居住，她说："我的半个基地在欧洲，欧洲的批评家，是很活跃的，报纸的书评一针见血，不留情面，他们不需要顾忌作家的面子，他们不必认识作家，更从来不加入到出版社的包装中去，这种独立的评论声音，既来自学院，也来自学院外。而在中国见不到如此活跃的批评，这是中国当代文学的一个重大遗憾。"她呼吁："请讨论我们，请批评我们，必要的话，请得罪我们。但是保持沉默，是你们放弃了责任。"可惜有这等胸怀的作家在中国太少了。

当然，底线伦理仅是文学批评的基点，如果局限于此，则文学批评的深入还无从谈起。作为一个合格的批评家，还应该有更多的作为。这就牵涉到批评家理论主体的建构问题，而一个具备理论主体的批评家，一般不会突破底线伦理。因为他们在自己的文学批评上是有理论有信仰的。现在很有一些人在呼吁宽容，但不要忘了宽容必须是有前提的。对一个尚在批评伦理底线之下的批评家，我们还能谈什么宽容呢？只有在底线伦理之上，我们才能呼唤批评的宽容伦理。

文学本身是富有动态的、经常去挑战可能性的一门学科，它很难像自然科学那样去量化，什么是好文学，什么不是好文学，标准本不固定，这就往往给文学批评带来许多困难。一个没有阅读一定数量的优秀作品，没有较高的艺术感悟、艺术鉴赏的批评家，往往还不如界外人士对文学的评价更到位。我认为目前文学批评出现众多被读者、作家非议的问题，一个是批评家突破底线，丧失了批评的基本伦理诉求，为一些文学之外的因素而不敢说真话。还有一个更重要的原因被很多人遗忘了，就是现在的文学批评界充斥了一大批对文学没有丝毫兴趣，更缺乏文学感悟力、鉴赏力的所谓文学批评家。他们落后的文学观、陈旧的知识、迟钝的文学感觉，及其对生活鲜活感受力的缺乏，都是导致文学批评急剧下滑的原因所在。文学本身的复义性、多元性、没有准确结论性，无形中在增加挑战性、冒险性的同时，也降低了文学批评的门槛，出现了一批滥竽充数的所谓批评家。

作为一个中国文学的批评家，我们还需要那种建立在现代汉语写作基础上的，面对中国当代文学的主要问题而进行深入研究、思考的原创性的精神与思想。我们的许多批评家面对一个文本，不是从自己的艺术感受出发，而是从先入为主的外部理论入手，把文学当死尸，进行任意的想当然的解读。这样的文章，貌似颇有理论，其实与所论作品没有任何关系，是一种非常不严肃的学术态度。加拿大学者麦克卢汉说，大多数知识分子都把知识当作手电筒，不是用它去照亮世界，而是反过来，把自己弄得眼花缭乱。这种情况，以近年来急剧增长的学院批评家为主。他们在学位、职称的压力下，把中国当代文学当成了西方文学理论的操练场、跑马场，肆意糟蹋。

我们必须清楚，那种建立在文本细读基础上的具备批判精神、理论品格的独立的文学批评，才是一个批评家展示自己真正才华之所在，也才是中国文学的希望之所在。

六　作家主体与文学的生长

话题一涉及当代文学，总是非常沉重。我们以前对文学与政治的关系探讨甚多，关于政治对文学的负面影响有着比较深入的论述。可是我们发现在市场经济的大潮下，中国的作家溃败得更迅速，更彻底，阅读当下文学，那种媚俗、投机或者无耻已经弥漫得让人无法呼吸了。

于是，我们不得不回头反思作家主体了。看看俄苏白银时代的文学，我们缺少的其实也就是一个强大的作家主体。我们作家的精神萎靡，写作投机，不要说跟欧美大师比，与我们的古人相较，差距也已经很大了。"君子谋道不谋贫""吾善养我浩然之气""士不可以不弘毅""君子从道不从君"，这些圣人之言，古代士大夫信守的人生信条，已被当下的作家抛之脑后，更休谈西方意义上的民主、独立、自由精神了。那些本是我们骨子里所罕见的。当下作家几乎都是求田问舍之辈，都在那里争市场的宠儿，奖项的得主，而作品却越来越低俗，越来越没有品位。

阎连科自省中国作家缺少宗教信仰。如果宽泛地理解"宗教信仰"，我以为此话很有道理。中国作家成天奔波于编辑部与出版社之间，忙于窥测市场走向，如何能写出真正的杰作？因为没有信仰，当然不会有深度张力，不会有自我的撕裂，只看见别人的耻辱而不见自己的耻辱，还往往以真理自居，以大师自许，动辄呼风唤雨，老子天下第一。但一睹权钱名，却尽显谄媚之相。阅读中国人的自传，就是一副很好的"铜镜"，可以看出他们皮袍下的"小"来。在他们的自传里，他人皆狗屎，而独有自己一贯正确，未卜先知，鹤立鸡群、世人皆醉我独醒。所以，中国当下文化名人的自传，我翻过之后都有一种呕吐感，深悔浪费生命。而阅读西方文化人的自传，往往吃惊于他们的坦率，他们的敢于正视自己。比如，君特·格拉斯的《剥洋葱》，他就没有掩饰自己当年参加党卫军的经历，而且也丝毫没有夸大自己当年的认识。他当年参加纳粹，就觉得很光荣。这是当时政治、社会氛围下，一个德国青年人的正常反应。直到多少年后，他知道纳粹屠杀犹太人的真相，才开始忏悔自己的过去。而他其实没有杀过一个人，没有放过一枪。可是，中国知识分子的传记里，"文化大革命"都是别人的错，似乎自己只有委屈、冤枉。除了巴金，没有知识分子愿意为"文化大革命"承担责任，更休谈忏悔了，"文化大革命"于是成为了无头鬼，成了一场无人参加的鬼打墙。本来应该作为知识分子自我清洗，自我超越的绝佳机会，就这样滑过去了，"做戏的虚无党"又诞生了。

一个不敢正视过去的民族是一个不成熟的民族，一个不敢解剖自己的人也不是一个真正的人。人之所以为人，首在懂得尊严和自省。阅读我们的知青小说，风云散去，有几部好作品值得再读？除了大唱青春无悔，就是大诉冤屈。而当年参与打、砸、抢，参与批斗的学生都藏到哪里去了？真是白茫茫一片真干净。一场动乱过去，我们不主张复仇，但也不能遗忘。社会、别人可以原谅你，但自己却不能这么轻易地原谅自己。毒素还在，人如何生长？于是，一大批催生的带着毒素的文学作品面世了，给这个民族的也只是短暂的满足和无穷的毒害，成就的也只是作家个人的声名而已。我有时慨叹，在中国成名也太容易了！而中国的知识分子作为一个阶层，还远远没有成熟，更无法承担自己应该承担的责任。

我们不再论那样的三流作家，就那些已经被人封为"大师"的作家，又当如何？《废都》的肮脏，就是显例。当然，相对路遥，贾平凹的才气要大一些。路遥"干净"，而这个"干净"里却藏着深不可测的民族之毒。友人牛学智说，平凹小说藏垢纳污，但人生本就藏垢纳污，所以他的小说就复杂。此言很有启发意义。有读者喜欢早期的贾平凹，而不喜欢后期的贾平凹，尤其《废都》。其实，我认为这正是贾平凹的自我超越，是一次艰难的突破。君不见，香远益清的荷花是扎根在污泥中的。作为作家，只有牢牢地把根扎在黑暗的泥土里，才能开出鲜艳的花朵，生长出迎风而舞的青枝绿叶。朋友刘君有诗曰：爱情的树的根扎在地狱里，却要长到天堂去。一个人不经地狱的黑暗，不历炼狱的苦难，怎能飞升天堂？一个人没有把灵魂赌给魔鬼的勇气，哪里可能成就大师的伟业？

贾平凹的悲剧不是肮脏，而是沉溺于肮脏，没有从肮脏里开出莲花来。当然，要开出莲花，需千般勇气，万般折磨。齐白石、张大千晚年变法，何其艰难！那如蝉蜕壳，蛇蜕皮。我们的作家刚有名声，就忙于做官、应酬、走穴、当大师，哪里有时间去蜕皮？作为中国当代知识分子，本就先天不良，喝着狼奶长大，没有一番艰难清毒的过程，怎能够着大师的一个衣袖？托尔斯泰、伍尔夫这些从小接受过人类优秀文化养育的作家，一生都在不断地"生长"，甚至以自己的生命为代价，换来那几部惊世杰作。欧美大师对自己血淋淋的解剖，真让一个中国人难于接受，那种人与魔、信仰与理性的撕裂，让他们一生难得安宁。他们为自己成为一个"人"而写作，也给人类留下了许多优秀的精神食粮。读他们的作品，你才能知道什么是"人"，然后知道什么是"文学"。鲁迅说："立人而后凡事举"，就是这个道理。在中国知识分子中，达此境界的唯鲁迅先生一人而已。我一直不理解鲁迅从尼采、克尔凯郭尔那里得到了什么，让他如此迥异于中国知识分子，后来发现就是"个人"。克尔凯郭尔一生都在探究如何做一个基督徒，在信仰与理性之间撕扯。他说先做一个"个人"，然后才能做一个基督徒。他拒斥"群体"的思想给鲁迅的生命注入了独异的血液。

　　我曾在一篇文章中说，一个人的童年经验可能决定一个人的一生。作为作家尤其如此。作家一生的写作可能永远都摆脱不了童年情结。陕西作家几代人的史诗情结、底层情结、红色情结、自卑情结，都与他们的童年记忆息息相关。扩而大之，中国当代小说家的写作还未能完全脱离明清小说的窠臼，还没有现代化，《水浒传》《金瓶梅》《三国演义》的影响直至当下仍然非常强大，而《红楼梦》的"境界"除了在张爱玲那里灵光乍现之外，却一直晦暗未彰。王安忆的《长恨歌》更多张爱玲的色彩，而不是《红楼梦》。孔子说：甚矣吾衰也！久矣吾不复梦见周公。中国人高贵超妙的文化传统失落得太久了。先锋小说家自诩很少受中国传统影响，他们的文学养料是西方现代主义小说。当他们经常津津乐道于博尔赫斯、纳博科夫、卡夫卡、福克纳等大师的时候，你却发现一个不争的事实：他们获得的只是跳蚤——人家小说的形式，而且还是一个皮毛。至于大师骨髓里的文化血液，却丝毫未能得到。看看余华的《兄弟》，其实还是《水浒传》《金瓶梅》的遗毒，而《水浒传》《金瓶梅》的优秀也没有得到。一个不懂得本民族文化传统的人，也休想懂得人家的文化传统。须知，文学的后面是文化，写作最后靠的不是聪明，而是才学，是对传统的尊重和了解。

　　成就一个大师谈何容易？除了早期的优秀教育（而当代中国作家几

乎都没有得到），还需要不断地挑战自我，超越自我，挣脱内心的黑暗，才有希望达到文学的高地。但这一点，中国当下作家有几人在做呢？顾炎武在《与人书》说："《宋史》言，刘忠肃每戒子弟曰：'士当以器识为先，一命为文人，无足观也。'仆自一读此言，便绝应酬文字，所以养其器识而不堕于文人也。"我读至此处，陡生敬意，亦愧自心生。以之较当下文坛，及格者有几人？而他"七十老翁何所求，正欠一死。若必相逼，则以身殉之矣"的浩然正气，更是气贯长虹，与日月争光可也。

现在大多数作家缺乏自信，对自己的创作无所适从，他们的写作不是自我清理，而是自我异化，自己给自己戴上数不清的枷锁。像鲁迅那样自我放逐至虚无之境的作家，还没有出现。于是，他们唯一能够自我确证的标准就是外在的认可上，比如获奖，比如市场。包括一些已经在文坛拼搏了大半辈子的名人，到头来还需要这个外在的认可，否则也难找到自己的存在。更可怕的是当代作家早就把创作当作一个工程，或一个技术活，沾沾自喜于自己是一个手艺人，把自己手里的活做得非常精致。但没有想到的是他们的作品，准确地讲是产品，早就是一个死尸，没有生命，没有血液，没有生气。美国心理学家罗洛·梅说，艺术作品是从交会（encounter）中产生出来的。文学艺术的伟大并不在于它描绘了观察到或体验到的这种事物，而是它描绘了被它和这种现实的交会所提示出来的艺术家的幻想。因此，诗和绘画是独特的、原创的、绝不可能被复制的。但在这种交会中因为空隙（艺术家的幻想与等待存在的世界之间）的存在，就会出现不可避免的极度痛苦。他特别强调交会的一个显著特点就是强度或者说激情。但如今的作家把创作当作一个技术来看，他们最缺的就是激情和献身精神。罗洛·梅认为，他们把对技术——才智的崇拜，作为逃避直接交会时产生的焦虑的一种方式，于是，作家在创作时没有了"恐惧与战栗"，文学艺术也就远离了作家。

文学应该像一棵树，是能生长的，是生命而不是工程。它与作家自己有关，与人的魂灵有关，与民族命运有关，与人类自由有关。所以，鲁迅说：血管里流出的总是血，水管里流出的总是水。

七　长篇小说热与作家的文体意识

新世纪以来，长篇小说这个文体逐渐成为中国当代文坛的一个很霸道的文体，似乎作家不写长篇小说，就不是作家，起码不是好作家。于是，长篇小说如雨后野草，蜂拥而出，一时间让人目迷五色，心慌意乱。而那些动辄一年一部甚至数部长篇的妄人也似乎有了大自信，信口雌黄鲁迅，原因就是他没有写过长篇。他们认为，没有写过长篇，就无法成为伟大作家。言外之意，他们都写过长篇小说，于是，他们都早已超越鲁迅而进入伟大了。

看着这些言论，我多次慨叹鲁迅的伟大，他知道自己能做什么，如何去做。他不去写长篇小说，不是他写不出一部长篇小说来，而是他感觉到自己对长篇小说的思考不成熟。鲁迅的伟大，就在于他不做则可，做则一定要有独创性，要有超绝古人的地方。那种拾人涕唾的事情，他是不会去做的。他曾说："《儒林外史》作者的手段何尝在罗贯中下，然而留学生漫天塞地以来，这部书就好像不永久，也不伟大了，伟大也要有人懂。"

读鲁迅文字，包括那些书信，我直觉他一直在寻找一种独特的属于自己的长篇小说结构，还有那种节奏、韵律。但他一直没有找到。这是他在长篇小说创作上一再延宕，以至于最终放弃的很重要的原因。鲁迅是一位有强烈文体意识的作家，他非常懂得文学的形式之美。杂文的独创，散文诗的创作，还有格式独特的小说，都体现着他的不苟且，和他的文体之讲究。茅盾说："鲁迅君常常是创造'新形式'的先锋。"而这个"新形式"都是与他的生命相连，他从来不为形式而形式。他的写作就是自己生命的歌唱。

朱自清多次尝试写小说，但多次失败。他后来就转而去写散文，成就自己的文学英名。他早年还写诗歌，成绩不凡，后来可能也感觉到自己更适合写散文，遂废而不写了。周作人一生随笔，但就文学成就而言，也没有说就比那些写长篇小说的低多少。比如，相对于巴金，周作人的文学成就绝对高出许多。或者说，不可同日而语。

市场经济的形成和深度发展，给中国文学的影响也是巨大的，但到目前看，负面作用似乎更大。这里不谈别的，只谈长篇小说。据权威人士说，中国目前每年出版长篇小说1000多部。有人说，已经接近2000部。这里还不包括那些网络小说，那些自费出版的小说。这么多的长篇小说，谁能看完呢？谁又有心情去读完呢？

很多人喊叫，当代文学已经远远超过现代文学了，可是当代文学有多少作品可以让我们再三去阅读的呢？当代文学的高度达到鲁迅的高度了吗？我曾经说，文学不是打群架，说那边人多，那边就赢了。就长篇小说来说，数量可以说很多了，质量上也有几部作品说得过去。但绝大多数其实是无法阅读的。作为批评家，每年读最少几十部长篇小说，真是一种摧残。很坦率地说，我这几年已经很少阅读长篇小说了，除了追踪几位作家之外，别的都是翻阅一下而已。我怕读多了，我自己也变成垃圾桶。余华的《兄弟》读了之后，恶劣影响至今无法摆脱，我虽然写了批评文章，但自己的灵魂已经被污染了，无法清洗干净。他的近作《第七天》现在争吵很厉害，有杂志约稿，我婉拒，不敢去读了。

我一直想，为什么如今的中国文坛，长篇小说如此火爆？我想，不外乎两个字：名、利。就利益来讲，稿费时代，写长篇小说远远大于写散文、中短篇小说；就名来说，写长篇小说容易宣传，而且容易"触电"。如今很多作家的长篇小说越来越像电视剧脚本，他们未动笔之前就开始想着被那位导演相中了。著名的作家严歌苓即是一例。她的长篇小说你读上一部，就够了，都是一个模式。这样的写作完全是技术活，一位朋友讥之为挖土方。这是一种与自己生命无关，与灵魂无关的纯机械工作而已。

看着大量的作家放弃自己擅长的散文、诗歌，或者中短篇小说，纷纷挤入长篇小说的行列，我不禁为之惋惜，为之三叹。他们本来在自己的领域取得了不错的成绩，如果能够坚持下去，会写出更好的作品。但他们耐不住寂寞，都去写长篇了，而且一年一部，几年不见，已经出版五六部长篇了，但论起影响来，似乎没有人知道。不过，厚厚的几部长篇拿出来，作家自己感觉都很有成就。见到那些初出茅庐的青年才俊，竟然都已经几部长篇小说，而且一写就是上百年，从晚清写到当代，看着让人恐怖。本来，小说写百年历史风云，真的是需要大魄力、大才气、大见识。这么大的历史跨度，有几个作家可以拿下来？我觉得为文需要野心，但野心不要太大。

一个作家，他的能量也是有限的，除了福克纳、左拉、巴尔扎克、托尔斯泰少数大师。本来是一座贫矿，偏要创作数部长篇小说，甚至几十部长篇小说，究竟能有多少含金量？你的精神矿藏能承载这么多的文字嘛？

由于出手太快，文字都顾不上打磨，小说内容也直接从微博、网络粘贴。余华《第七天》就有这种现象。是时代太仓促，还是作家太着急？抑或作家已经没有消化现实的能力了？好的作家必须具有强大的穿透力。当代作家创作一个很大的问题，就是太着急，视长篇小说如进自家厨房，从名作家的注水写作，到青年作家的胆大妄为。认真看他们的作品，连最基本的长篇小说的结构都没有，甚至不懂得何为结构。他们以为字数凑够几十万字，那就是长篇了。

我曾说过，市场经济对当代中国文学的伤害，似乎并不比政治小。

一个作家，就他的创作来说，最重要的还是找到自己，找到最适合自己的文体。

长篇小说热可以休矣。

后　　记

　　前年，编辑此书时，就写了一个很长的后记，因为对书稿不太满意，就放下了。不过，后记却发表了。杨显惠老师看后，批评我后记写得太多了，把自己都暴露了。他话说得很含蓄，但我能理解，他认为作家还是隐藏一点的好。

　　所以，这次重编此书，我犹豫再三，决定原后记废弃不用。其实，很多话是不需要说的，读者读的是你的评论，不是你的隐私，或者你的生平。我看歌手大赛，反感于某些选手在台上爆自己的悲惨，或可怜。因为这种做法在中国很容易"骗得"评委的眼泪，由此而影响到打分。

　　但是，我还是无法把自己完全藏在幕后，那就简单说几句吧。

　　我从事文学评论十多年了，应该说还是付出了心血的。张爱玲说："因为是自己体验到的，不是人云亦云"，这话放到我的评论上，还不算大话吧？曾经到某高校演讲，一位硕士生问我的批评理论是什么，也就是说我用什么"理论"来"批评"。我当时回答他，我没有"理论"。他愣了一下，我又告诉他，我凭的是我的文学直觉。他似乎还是不明白。

　　多少年来，我们靠"理论"进行文学"批评"，误人误己呀。我这样说不是否定理论，理论很重要，但理论必须通过学习化为自己的血液，然后通过"直觉"表现出来。张爱玲在《私语》中说："一切要让人在切身体验中发现它"，可谓至理名言。当代作家，还有批评家的最大问题，不是没有理论，而是没有感觉，没有对文字的直觉。我经常说，文字必须要经过人的身体，成为一种生理的东西，没有疼痛感的文字，是无生命的。

　　我从小喜欢文学，孩童时代放羊都要"研究"那些山山水水，似乎很文学。后来上大学中文系，也是水到渠成的事情。毕业后长期从事中文教学工作，也就没有什么大惊小怪的。可真正走近文学应该说是在2003年，那一年由于偶然的机遇，我误闯当代文学界，开始了自己的文学批评。在与国内作家的交往交流中，在一个个文本的具体阐释中，我渐渐接近了文学，同时也似乎渐渐远离了文学。这些困惑都呈现在我的文字里，尤其这册小书，作为我的第四本论著，更多地承载了我的痛苦，作为文学的痛苦。

现在人们都习惯称我为批评家，甚至酷评家。其实从内心里我并没有把自己定位为一个文学评论者。我有更大的野心，我想通过文学作品的分析研究，提出自己的文学观，当然这个目标暂时还无法达到，仅在途中而已；其次表达自己对中国文化走向的思考，因此，称呼我的评论为文化批评也可以。作为一个中国人，一个中国的知识分子，我一直在思考中华民族往何处去。自己是从事文学研究，也就只能从文学、文化的角度切入，写下自己的反思，自己的心得。有心的读者可以从我的文章里触摸到我的心跳，看到我的良苦用心。

古人说，天地人神。可是我们远离天地太久了！一个文化人如果一不知天命，二不接地气，那他的文字就只能是温室中的花，好看而不中用，根本经不起风霜的打击。我一直在批评学院派的所谓文学论文，有某知名学者撰文批评我，说我因为没有受过严格的学院训练，因此才仇视学院派。其实，我也在高校从事教学工作，我也是一名教授。我只是对文学过分学科化、技术化、工匠化看不惯而已，并没有仇视。我以为文学更多的是人类的一种生存方式，一种存在状态，孔子说"志于道，据于德，依于仁，游于艺"，我觉得是很好的。

我们现在的学院派由于学科体制的需要，在所谓学术的名义下，屠宰文学，摧残文学，使得我们的学生越来越不知道文学为何物。阅读他们的文学论文，满篇是后现代名词，到处是德里达、海德格尔，其实，他们对这些扎根于西方文化厚土的大师了解多少真需要质疑。这种教条主义的态度，与当年毛泽东批评的党八股，"言必称希腊"，并没有多少差距。中国的文化创新、中国的文学创作，还是要建立在本民族的文化厚土里，否则就是无源之水，无本之木。

鲁迅说，从文学概论里走不出作家。我认为也走不出优秀的文学批评家。一名文学批评家，他必须把根扎到民族的大地去，一个与本民族的文化连接最紧密的人，才能知道它的疼与爱，才能与它生命相关。我们必须向别的民族、国家学习，这种学习也不能限制在几个名词上，而是要触到他们文化的生命线上。

在十多年的文学评论实践中，我也积累了不少的个人体验。新世纪以来，是文学评论日益学院化、技术化的时期，文学评论文体日益规范化，语言日益教条化。但我一直在抵制这个倾向，我顽固地认为文学评论必须首先是美文，而且必须与你所评的作品息息相关。我们有些学院派的文学评论，其实把文章中的作品换一个别的作品都依然可以说得通。王朝闻说，一个美学家必须掌握一门艺术，这样才能深入美学的堂奥。从事文学评论的人，从事一下文学实践对于体悟作品的细微之处，非常有好处，因为道心唯微，艺术的奥妙就在它的微细之处。我个人本来最早就是写散文的，前后发表了200余篇。后来从事文学评论，散文的写作就很少了，但依然在坚持。近几年，已经在《华夏散文》《西湖》《雨花》《作品》《延河》《书屋》《海燕》《飞天》《黄河文学》等杂志发表了几十篇，并被圈内朋友所认可，多次入选全国散文年选。就我个人来说，对我的部分散文我还是很珍爱的。

很多人说我的评论与众不同，一是随笔化，二是太刻薄。我写评论文字，总是尽量散文化、美文化，而不愿意太学术化，干巴巴的让读者为难。至于批评我为文太刻薄，缺乏对作家的同情之了解，我倒一直不十分认同。多年前，美国的一位朋友陈瑞琳女士，也是一个优秀的作家、评论家，她看了我的那篇关于西北中短篇小说的文章，给我发来一个短信："你这文章能发表，那编辑真是开了宏恩！你手上那把刀子总是扎到作者的痛处，作者叫痛，编辑也不好受，我读着都心惊肉跳。"看了之后，我才第一次认真地反思，难道我的文章真的这样厉害吗？最近几年，我在西北文学方面下力甚多，尤其陕西文学，当然主要以批评为主，包括对贾平凹、陈忠实老师，我一直奉守"我尊重，我苛求"的宗旨，我认为对自己喜欢的作家，进行廉价的吹捧，是一种亵渎。古人说，恒言其君之恶者为忠臣，我愿意做一个如此的批评者。

还有一些批评文字，随着时光的流逝，作家及其作品渐渐消隐，批评文字也变得似乎无的放矢，也只好弃之不觉可惜了。岁月不饶人，子在川上曰：逝者如斯夫，不舍昼夜。在以后的岁月里，我的文章可能会更加沉稳、博大一些，岁月会磨去我身上的年少轻狂，我的心智能走向一个化境吗？我期待。

此书的绝大部分文字，都是2007年以后写的，先后在《人民日报》《新华文摘》《中国现代文学研究丛刊》《当代作家评论》《南方文坛》

《文艺争鸣》《当代文坛》《小说评论》《中州大学学报》《文艺报》《文学报》《文学自由谈》等报刊发表。在此特向李辉、吴义勤、陈歆耕、张燕玲、高海涛、周玉宁、朱竞、石一宁、李建军、李国平、任芙康、黄桂元、马青山、赵月斌、刘海燕、郭文斌、闻玉霞等先生（女士）致以谢意，没有他们的约稿、支持，这些文字是不可能产生或发表出来，更休谈产生社会影响。

感谢中国社会科学出版社，感谢责任编辑罗莉。她们为此书付出了很多心血。我的第二册文学评论集，也是这里出版的。

感谢苍天厚土，是它们让卑微的我像草一样生活于这片土地，一条大河穿过的城市，并写下这些文字。诗人阿信说："我担心会让那些神灵感到不安。它们就藏在每一个词的后面。"

最后，感谢我的父母亲，感谢我的三叔，感谢我的妻子党淑芳女士，感谢他们多年来对我的宽容和支持；感谢儿子艺村，他给了我许多的文学想象和人生体悟。也感谢我曾工作过二十多年的甘肃省委党校，虽然，我现在又回到母校西北师范大学，担任传媒学院的教授，但党校二十多年的愉快生活，还是让我挂怀的，那里的宽容、敏锐、时代感，还有每年变化不定的课程，强迫我不断成长，最后阴差阳错地成为了一名文学评论家。这是出乎我之意外的。当然，也感谢我的学兄徐兆寿博士，没有他的厚爱，也就没有这本书，我也没有机会重回母校任教。

2015 年 6 月 26 日
于兰州黄河之滨南书房